HEYNE BÜCHER

LARS GÖRLING

491

Roman

WILHELM HEYNE VERLAG
MÜNCHEN

HEYNE-BUCH Nr. 5037
im Wilhelm Heyne Verlag, München

Aus dem Schwedischen übersetzt
von F.K. Henriksen
und bearbeitet von Klaus-Rainer Röhl

Printed in Belgium 1973
Umschlaggestaltung: Atelier Heinrichs, München
Gesamtherstellung: Marabout - Gérard & C°, Verviers

ISBN 3-453-00358-6

GENERATION X

Eine Anmerkung zu Lars Görlings Roman 491

›491‹ hat in Deutschland ein Film-Vorleben gehabt — wenn auch ein arg kastriertes, da achtunddreißig anstößige Stellen ›für deutsche Augen unzumutbar‹ gewesen waren. Was sagen die deutschen Augenärzte zu diesem Resultat? Eine Zeitung in Malmö hatte geschrieben: »Derjenige, der diesen Film als unmoralisch bezeichnet, ist blind und taub.« Auch die Ohrenärzte sollten im Interesse unserer Volksgesundheit mobilisiert werden!

Jetzt ist der Roman, nachdem der Bildstreifen gedreht worden war, in deutscher Übersetzung erschienen: drei Jahre nach der Veröffentlichung in Schweden. Dort gibt es seit langem eine Flut von Büchern über ein Thema, das zwei englische Autoren in einer Studie ›Die Generation X‹ genannt haben. Das konservative *Svenska Dagbladet* fand im Werk Lars Görlings nicht nur die exakteste Darstellung dieses ›X‹, sondern auch einen bedeutenden Roman.

Er ist keine sozialkritische Untersuchung und kein Aufruf an Erzieher. Er ist mehr als alles eine Zustandsschilderung, die durch sprachliche Verdichtung und Abwesenheit einer ›Moral-von-der-schicht‹ ausgezeichnet ist. Sieben Jungen zwischen Fünfzehn und Siebzehn, vielfach vorbestraft, von der Justiz zu pädagogischen Experimenten verborgt, leben im Stockholm der fünfziger Jahre unter der Obhut einer Institution mit dem ominösen Namen ›Sachlichkeit‹. Sie besteht darin, daß man diese Halbwüchsigen ununterbrochen testet.

Es wird viel gefragt, viel zu Papier gebracht — zu welchem Zweck? Das bleibt im Dunkel. Die Jungen meinen: Man untersuche sie wie ›Insekten‹. Ein Mitarbeiter sieht in dieser Fragerei einen zeitgemäßen Spleen. Vielleicht ist dies ›Frag mich was‹ auch nur eine Art, die Bürokratie zu ernähren. Die ›Insekten‹ schweigen, lügen oder wehren sich mit einem hilflosen Ja und Nein. Die ehrlichste Antwort lautet: »Was gibt's denn da schon viel zu sagen«. Dieser internationale Ausfrage-Ritus rund um die Generation ›X‹ ist ausgezeichnet karikiert worden und zwar in einer Szene des italienischen Films ›Der Job‹.

Einer von den Sieben, Nisse, erzählt ihre Geschichte und fädelt den romanhaftesten Teil ein; er ist zugleich Beobachter und Hauptdarsteller. In der schwedischen Presse gab es den Einwand: Diese Jugend benehme sich für ihr Alter zu erwachsen. Vielleicht sind einige Sentenzen zu intellektuell. Aber die Schilderung ist gerade darin echt, daß die Halbwüchsigen gar nicht auf dem Wege sind, ganzwüchsig zu werden. Sie sind nicht unreif, weil die Zeit sie nicht ›reif‹ machen wird. Die üblichen Vokabeln stimmen nicht.

Sie sind auch keine Verbrecher; eher blutige Dilettanten, die etwas anstellen, was gegen die Gesetze ist. Schon gar nicht sind sie Rebellen, etwa eine Opposition von Knirpsen. Sie haben weder mit den Erwachsenen noch miteinander etwas zu tun; sie halten nicht zusammen, von ›Räuberbande‹ keine Spur. Mehr als alles andere sind sie gleichgültig. Sie unternehmen kleine Exkursionen, um etwas zu drehen – und haben auch hier kein Ziel. Sie belauern etwas lüstern eine Verführung – die ihnen schnuppe ist. Will man durchaus ihr Ideal herausfinden, so wäre es dies: in Ruhe gelassen zu werden.

Diese kleine Welt (innerhalb der größeren aus Predigten, Festreden und politischen Erpressungen) kommt am besten in der ersten Hälfte zu Wort: Nichts Nennenswertes geschieht, kurze Dialoge sind keine. Eher Fensterchen, durch die man in Kraut- und Rüben-Seelen schaut. Später wird die Story turbulenter, mehr Kientopp: Die Jungen, die nichts zu tun haben, als ab und zu vor den Angestellten der ›Sachlichkeit‹ ihr Herz auszuschütten (wie es programmatisch zu sein hat), hecken aus Langeweile einige saftigere Touren aus. Ihre tollste ist: Operation Nisse, die haarsträubendste: die Demütigung ihres lieben Aufsehers Krister.

Dieser Jüngling ist die originellste (leider stark überzeichnete) Figur. In bürgerlichen Verhältnissen aufgewachsen – dreiundzwanzig, Student der Soziologie, Psychologie und Mathematik, unansehnlich, ungepflegt, arm, verwaist – ist er eine seltene Variante des vertrauten ›Idealisten‹. Er hat ein schlechtes Gewissen, weil er als Bürger zur Welt kam. Er fühlt sich mitschuldig am Zustand der Gesellschaft – und besonders am Schicksal der Zöglinge. Er fühlt sich nicht berechtigt zu urteilen, zu disziplinieren, zu strafen. Er ist für seine Schutzbefohlenen kein Schutz, sondern ein lächerlicher Held – und wird zum Anlaß der Katastrophe.

Wir kennen am besten diese ›Idealisten‹, wie sie sich, in Abscheu vor der universalen Ausbeutung, ganz risikolos in militante Poeme und Essays entladen. Hier wird's ernster, weil Krister mit der Wirklichkeit konfrontiert ist; so versagt er sichtbar. Statt anzupacken, kraftvoll bescheiden zu helfen, verzeiht er kontinuierlich, auch dann, wenn sich die üblen Streiche gegen ihn wenden. »Irgendwie habt ihr ja recht«, sagt er, nachdem sie den Armen noch ausgeplündert haben. »Nimm's mir nicht übel«, sagt er, weil er nicht versteht, daß seine Güte sie zur Bosheit reizt.

Krister ist ein moralischer Don Quichote von heute, eine erhellende Konzeption – und leider in der Stilisierung des Autors eine Art von süßlichem Jesulein, ein Abziehbild-Heiland, ein etwas langatmiger ›Idiot‹, ohne die großartige Souveränität, die Dostojewski ihm gegeben hat. Nisse, der Rädelsführer (ohne Gefolgschaft), ist wütend über diesen Schwachmatikus-Erlöser und spinnt eine Geschichte, die ihn verhöhnen soll, und die zur Zerstörung des Unternehmens ›Sachlichkeit‹ führt.

Der Autor Lars Görling, vierunddreißig, veröffentlichte 1961 die Geschichte *Triptychon*, 1964 einen Band Erzählungen mit dem Titel *Der ganze Apparat*. Sein ›krasser Realismus‹ (wie man in Amerika sagt) ist der Wirklichkeit, die er darstellt, angemessen. In den besten Partien des Buchs ist er weniger kraß als durchsichtig: Die Worte der Jungen verraten, was sie selbst nicht wissen. Da ist ein Humor, der nicht schwarz ist, sondern human. Und obwohl die Erzählung nicht sentenziös ist, gibt es beachtliche Sätze: »Die Schulen verschlucken Kinder und brüten junge Greise aus«.

Die wenigen Kapitel, in denen lieblose Liebe hart gezeichnet wird, sind kaum ein Aphrodisiakum: bisweilen Unfug oder ein bißchen Gier und nie Frühlings-Erwachen. Amouröses ist sichtbar nicht da. Die Moral-Wächter ahnen nicht, daß die Stimulation um so wirksamer ist, je mehr sie poetisch erwärmt wird. Kunst heizt stärker ein als Fotografie. Hier ist die Kunst nicht im Dienste des Eros, sondern der Demonstration seiner Abwesenheit. Playboy ist animierender, von *Anna Karenina* nicht zu reden.

Mit dem gängigen philosophischen Hausrat, zum Beispiel der ›Entfremdung‹, kommt man hier nicht weit. Die Sieben sind in ganz anderer Weise ohne ›Mitte‹ als die Erwachsenen, die doch immerhin ihre Spielregeln haben und tragende Sätze. Die Fünfzehn-Sechzehn-Siebzehnjährigen verschlendern ihre Tage ohne Routine und (eine besondere Haltlosigkeit!) recht phrasenlos.

Bei allem Abscheulichen, was hier geschieht, wird der Leser vielleicht angerührt von einer Freiheit, die keine Zurechtmachung zuläßt. Mehr ist allerdings nicht drin.

LUDWIG MARCUSE

EINLEITUNG

Ich sage dir:
Nicht siebenmal, sondern siebenzigmal siebenmal . . .

491 ist vielleicht ein verwirrender Titel. Er findet aber seine Erklärung in dem aus der Bibel stammenden Motto des Buches, man solle nicht siebenmal vergeben, sondern siebenzigmal siebenmal. Der Verfasser glaubt nun, in seinem Roman Situationen zu schildern, bei denen selbst diese 490 Male nicht mehr ausreichen, so daß also Vergebung nicht erwartet werden kann.

Der Handlungsverlauf bringt diese Ansicht auf eine ungewöhnliche und aufrührerische Weise zum Ausdruck: Das Stockholm zu Beginn der fünfziger Jahre bildet den Rahmen der Handlung. In einer alten Wohnung im Stadtteil Klara hat eine soziale Organisation, die *Sachlichkeit,* eine Anzahl auf die schiefe Bahn gekommener Jugendlicher eingemietet. Die fürs erste ganz beherrschte Erzählung macht uns zunächst mit dieser Unterkunft und ihren Bewohnern bekannt. Langsam steigert sich das Tempo. Die Jungen werden durch ihre Protesthaltung gegen die Gesellschaft und gegen ihre verständnislosen Beschützer in immer ärgere Geschehnisse verwickelt. Mit einem ›geliehenen‹ Auto fängt es an, es kommt zu unsinnigen Gewalthandlungen und zu abstoßenden sexuellen Exzessen, es kommt zu einer fürchterlichen Szene auf einem Schiff im Hafen, wo sie Alkohol kaufen wollen, und zum Schluß löst sich der ganze Heimbetrieb in völlige Anarchie auf.

Lars Görlings Buch ist eine äußerst harte Lektüre. Der künstlerische Wert des Buches ist jedoch unbestreitbar, und sein moralisches Anliegen wird klar und deutlich. Es ist eine Anklage, wie sie in solcher Schärfe in der schwedischen Literatur bisher kaum zu finden war. Ohne direkte Vorwürfe zu erheben, ist der Roman durch seine Handlung ein flammender Protest gegen gefühlskalten Formalismus und mangelndes Verständnis in der Jugenderziehung. Es ist ein furchtbares Buch, ein unwiderstehliches Buch, und es kann sehr wohl sein, daß es sich als eines der wichtigsten dieses Jahrzehnts erweisen wird.

Zwei Bullen fuhren mich vom Kriminalamt zur Sachlichkeit und lieferten mich dort beim Inspektor ab.

». . . und nun benimm dich mal ordentlich, mein Junge, wir möchten dich bei uns nicht wiedersehen. — Wollen Sie bitte mal quittieren und hier unterschreiben, Herr Inspektor.« Der Inspektor nahm den Arm von meinen Schultern und kritzelte etwas aufs Papier. Dann faßte er mich wieder an der Schulter, wir beide standen nebeneinander und sahen den Bullen nach.

»Nun bist du einer von meinen Jungs, Nisse. Nils Nissemann.«

Seine Hand drückte eine Weile fest zu, löste sich dann und glitt über meinen Arm, meinen Ellbogen, meinen Unterarm und mein Handgelenk und preßte einen Augenblick lang meine Hand. Ich blickte zu Boden, konnte aber doch sehen, daß er lachte: Sein Gesicht legte sich in Falten, die Lippen wurden spitz, die Brillengläser glänzten. Dann ließ er mich los.

»Es war nicht leicht. Ich sage das nicht, um aus dir Dankbarkeit herauszuholen. Aber du hattest wirklich eine ganze Menge angestellt. Scheinst ein recht energischer Junge zu sein.

Ja, es war schwer. Du wunderst dich vielleicht, warum wir uns solche Mühe machten, deinen Fall durchzukriegen. Du weißt sicher, daß der Staatsanwalt alle möglichen Einwände gegen unseren Versuch, dich freizukriegen, erhob. Und du warst dir selbst wohl darüber im klaren, daß es ziemlich mulmig aussah. Hast wohl kaum damit gerechnet, daß du diesmal noch durchkommst. Nein, bei dir war es nicht leicht . . .«

Er schüttelte den Kopf.

»Warum taten wir es also? In erster Linie, weil ich nicht der Meinung bin, daß Gefängnis in deinem Fall irgend etwas nützen würde. Solche Energie und Unternehmungslust — es wäre wirklich schade, so gutes Material hinter Gittern verkommen zu lassen. Wir meinten, es sei besser, dir eine reelle Chance zu geben. Was hältst du davon?

Wir werden eine Zeitlang für deine Verpflegung und Unterkunft sorgen. Ganz ohne allen Zwang. Kein Mensch wird irgend etwas von dir verlangen — daß du vielleicht eine Arbeit annehmen sollst, die dir dann nicht zusagt, oder dergleichen. Wir lassen dir Zeit, die kannst du dir einteilen, wie du willst. Nun, was sagst du dazu?

Mit einer einzigen kleinen Einschränkung — es ist wohl besser, daß ich das gleich zur Sprache bringe: Es handelt sich um die Vormittage. Da möchten wir gern, daß du bei uns hier unten gewisse Fragen beantwortest, die dir unsere Psychologen stellen werden. Nichts Gefährliches oder Unangenehmes! Sollten Fragen darunter sein, die dir nicht gefallen, dann lehnst du es einfach ab zu antworten. Also, keinerlei Zwang oder Druck von unserer Seite. Nun?«

So ungefähr hatte er geredet. Es ist jetzt acht Jahre her, und ich habe nicht jedes Wort so genau behalten. Ich muß das alles aus Bruchstücken zusammensetzen und gegen Gefühle abwägen, die sich mir tief eingeprägt haben. So ist es übrigens mit der ganzen Geschichte.

Es war im März 1953. Ich erinnere mich noch an die Aussicht über den Platz unten: die kahlen Bäume und um sie herum der Kreisverkehr, der leere Schulhof rechts und links der Bahnhof. Es war Vormittag, das Licht ließ die Konturen der Zimmer hart und scharf erscheinen.

Und ich weiß noch genau, wie er aussah. Sein Gesicht war breit, die Stirn voller Buckel und Knoten, die Nase war wie ein Schnabel, klein, krumm, scharf und etwas schief. Sie teilte das Gesicht in zwei Hälften, die nicht zusammen gehörten; die eine war unbewegt und unergründlich, das Auge beobachtete scharf, der Mund war aufgeworfen. Die andere Hälfte zuckte nervös und veränderte unaufhörlich den Ausdruck: Trauer, Heiterkeit, Angst. Er ging immer adrett in Grau gekleidet, seine Hände waren weich und gepflegt. Er war sicher kleiner, als ich in Erinnerung habe; ich selbst war damals erst einen Meter sechzig.

Die linke Gesichtshälfte zuckte und zappelte, die rechte blieb unbeweglich, beide aber wurden verbunden durch ein glänzendes Band von Schweißperlen auf der Oberlippe.

Im übrigen war es Erpressung. Ich hatte keine Wahl. Wenn ich mich geweigert hätte, hätte mich die Polente wiedergeholt. Ich zuckte mit den Achseln und verzog einen Mundwinkel.

»Damit sind wir uns also einig? Schön! Ausgezeichnet!«

Er faßte mich wieder um die Schultern und schüttelte mich langsam, während sein Gesicht zappelte und hüpfte.

Natürlich war es nicht meinetwegen, das merkte ich, und es handelte sich nicht nur um mich. Ich war nicht der erste, sondern der letzte: Die andern sechs unserer Gruppe hatte man schon in einer *Acht*-Zimmer-Wohnung in einem abbruchreifen Haus in der Klarabergstraße untergebracht. Sie machten Untersuchungen, und wir bildeten eine Kontrollgruppe. Ich weiß nicht, worauf die Untersuchung hinauslief, auch nicht, wie viele Kontrollgruppen es gab und wo sie untergebracht waren. Niemand sprach davon.

Es war ein ganz gewöhnliches, dreistöckiges Mietshaus, abgesehen davon, daß es im übrigen längst leer stand und auf seinen Abbruch wartete. Es war über hundert Jahre alt und baufällig. Der Torweg führte direkt in einen kleinen Hof mit Kopfsteinpflaster; früher war hier ein Baum gewachsen, man hatte ihn dann umgeschlagen, und der Stumpf stand noch da. Das Vorderhaus begrenzte den Hof von drei Seiten, die vierte nahm ein Hinterhaus ein, das nur ein Stockwerk hatte. Im Vorderhaus war in jeder Etage nur eine Wohnung, drei davon waren früher als Kontor verwendet worden, sie standen jetzt leer. Die vierte Wohnung hatte die *Sachlichkeit* vorläufig gemietet und uns zur Verfügung gestellt.

Acht Zimmer: vier Schlafzimmer, der Aufenthaltsraum, ein Tischtenniszimmer, ein Waschraum, die Küche und das Anrichtezimmer für die Hausmutter, das Büro und ein Zimmer für Krister. Von der Küche und vom Tischtenniszimmer aus konnte man auf das Dach des Hinterhauses kommen, man konnte an seinem Rand liegen und auf den Kirchhof hinuntersehen: Bäume, Wege, welkes Gras, Gräber, Leichenhäuser und die Kirche selbst, die Klarakirche, rot und schwarz, hoch und tot.

Das Hinterhaus wurde noch von einem Glasgroßhändler als Lager verwendet, sonst stand auch dieses Gebäude leer. Jetzt ist es verschwunden. An der Stelle, wo es gestanden hat, liegt nun, bescheiden, gerade und säuberlich, ein weißes, zweistöckiges Haus. Ich muß sagen, daß es hier jetzt viel schöner und besser aussieht, die Kirche und die hohen Bäume kommen ganz anders zur Geltung.

Es war ein Märztag, grau und kalt, die Erde noch gefroren. Man hatte mich bei einem Einbruchsversuch erwischt, ich wurde damals schon wegen ein paar anderer Kleinigkeiten gesucht. Es war ein kalter Winter gewesen, und ich hatte die Kälte satt.

An der Tür hing ein handgemaltes Schild:

JUGENDPENSIONAT

Die Tür war frisch repariert, das Holz an den Angeln und rings um die Klinke leuchtend gelb gestrichen, das Schloß neu. Ich drückte die Klinke nieder, die Tür war nicht verschlossen. Ich ging hinein.

Drinnen war es ebenso leer und still wie auf der Treppe. Ich war an den Türen in den unteren Etagen stehen geblieben und hatte gelauscht, aber nichts rührte sich. Es waren immer noch ein paar Firmenschilder an den Türen, in lautem Widerspruch zu der Stille dahinter. Die Treppe war hundert Jahre alt, die Stufen waren abgetreten und grau. Die Tünche blätterte von den Wänden.

Im Flur standen keine Möbel, und es hingen keine Kleider an den Haken. Ich schloß vorsichtig die Wohnungstür hinter mir und ging langsam weiter – auf eine Tür zu. Ich sah in ein Zimmer mit zwei Fenstern, vor denen je ein Tisch mit vier, fünf Stühlen stand. Weiter weg standen ein Sofa und zwei Lehnsessel, ein kleinerer Tisch und ein Plattenspieler auf drei Beinen; das vierte lag abgebrochen auf dem Deckel. Gleich links von der Tür stand ein Kachelofen, davor ein gußeiserner Ofen und eine Holzkiste mit Koks. Es brannte und sauste im Ofen, das einzige Geräusch, was zu hören war. Ich machte einen Schritt über die Schwelle.

Zu spät entdeckte ich, daß irgend jemand rechts von der Tür auf einer Stuhllehne saß – ich sah, besser gesagt, daß sich etwas bewegte, und wandte mich um. Der Mensch fuhr hoch, und der Stuhl kippte zu Boden: Der Kerl fiel mit einem Krachen hintenüber, er schlug mit dem Kopf gegen die Wand, knallte dagegen, sprang auf und verzog sich nach hinten in eine Ecke. Den Stuhl hielt er dabei als Schutz vor sich hoch. Dann war es wieder still. Wir starrten einander an, aber keiner sagte etwas. Man hörte nur das Sausen im Ofen.

Er sah wie ein Mongole aus. Sein Gesicht war ebenso breit wie lang, und die starken Backenknochen saßen so hoch, daß sie die Augen zu schmalen Schlitzen zusammendrängten. Die Nase war kurz und flach. Die Hände, mit denen er den Stuhl schützend vor sich hielt, wirkten breit wie sein Gesicht, die Finger kurz und dick. Auf dem Kopf trug er eine feuerrote über die Stirn herabgezogene Strickhaube, an den Füßen plumpe Schnürstiefel. Die Hosenbeine waren ausgefranst. Dazu trug er einen hellen Sommermantel mit breitem Ledergürtel, der stramm um die Hüften gespannt war.

Seine Augen waren immer noch auf mich gerichtet; ich hatte noch nie so helle Augen gesehen. Ich wußte nicht, was ich sagen sollte, Angst hatte ich jedenfalls nicht. Er war kleiner als ich. Er wäre aber was ich damals noch nicht wußte, auf mich losgefahren und hätte mir den Stuhl über den Schädel geschlagen, wenn ich nur einen einzigen Schritt weitergegangen wäre – weil *er* Angst hatte und sich bedroht fühlte. Er hatte gehört, wie ich ganz langsam hereingekommen und immer näher geschlichen war.

Doch ehe etwas geschehen konnte, ging die Tür hinter mir auf, und ich hörte eine Stimme: »Was is denn das für 'ne Type?«

Ich drehte mich schnell um. In der Türöffnung, an die Türfassung gelehnt, stand ein kleiner Kerl von dunklem, schlankem Typ. Schwarze Haare, schwarze Augen. Er sah mich nicht direkt an, sondern machte nur eine Kopfbewegung zu mir hin.

»Keine Ahnung«, sagte die Rotmütze. »Hat sich an mich rangeschlichen.«

»Frag ihn, was er hier zu suchen hat!«

»Frag doch selbst«, sagte ich. Auch er war kleiner als ich.

Er holte aus der Hintertasche einen Dolch und begann, sich damit die Fingernägel reinzumachen.

»Frag ihn, Dschingis!«

»Warum hast du dich an mich rangeschlichen?« fragte die Rotmütze, die also Dschingis hieß.

»Konnte ja nicht wissen, daß du da sitzt.«

»Willst du zu Krister?«

»Wer ist Krister?«

»Wer ist Krister?« äffte mir der Schwarze nach.

In dem Moment kam ein Dritter ins Zimmer, spitznäsig und häßlich, rotäugig und mit ganz dünnen Haaren. Er sah aus wie ein alter Mann, krumm und grau. Ich dachte erst, daß er nur vorbeigehen wollte; er sah uns nicht einmal an. Aber als er schon fast vorbei war, sah er mich an und sagte: »Kommst du von der Sachlichkeit? Dann mußt du mit Krister reden.«

Er stank aus dem Mund, der voller Zahnlücken war.

»Wo find' ich ihn?«

»Komm mit.«

Wir gingen wieder auf den Flur und in die andere Richtung weiter bis ans Ende eines winkligen Korridors. Das Fischmaul öffnete dort ohne anzuklopfen, eine Tür und nickte mir zu, daß ich hineingehen solle.

Es war aber niemand im Zimmer. Ich konnte keinen Menschen sehen. Doch der Fisch sagte einfach in die Luft hinein: »Da ist einer von der Sachlichkeit gekommen.«

Dann setzte er sich auf den einzigen Lehnstuhl, der im Zimmer zu finden war.

Vor dem Fenster hingen keine Gardinen. In der einen Ecke war ein Ofen, in dem aber kein Feuer brannte; es war eiskalt. Mitten im Zimmer stand auf dem Fußboden ein elektrischer Heizapparat, dessen Stecker entzwei war. Vor dem Fenster stand ein Schreibtisch, vollbepackt mit Büchern und Papieren, dahinter, an die Wand gelehnt, lagen Bücher in hohen, ungleichmäßigen Stapeln, und auch drei, vier Stühle waren ganz mit Büchern beladen. Fast alle waren zerfleddert, eins, das aufgeschlagen auf dem Schreibtisch lag, war an den Rändern vollgekritzelt, und auf der einen Seite war ein großer Tintenklecks.

Der Schreibtisch, drei, vier Stühle, ein durchgesessener Polsterstuhl, eine Schreibtischlampe, ein übervoller Papierkorb, und dann gab es noch eine mächtige Holzkiste, auf der mit schwarzen Buchstaben zu lesen war:

CHRYSLER CO. PLYMOUTH DIV.

»Bist du schon eingezogen?« fragte der Hecht zu der Riesenkiste hin.

Fast alle Papiere waren vollgekritzelt, teils mit allerhand Berechnungen, Zahlenreihen, die ich nicht verstand, eine Art von Gleichungen, die groß und kräftig, mitten auf der Seite begannen und sich in der rechten unteren Ecke verliefen, unterwegs aber immer kleiner, undeutlicher und schließlich ganz unleserlich wurden, teils mit Zeichnungen, auf denen immer dasselbe zu sehen war: Männer mit großen Köpfen und unglücklichen Augen, traurigen Mündern und kleinen Körpern. Sie kamen in verschiedenen Größen vor, manche füllten einen ganzen Bogen aus, andere waren kaum einen Zentimeter groß.

Das Fenster ging nach dem Hof. Unten waren ein paar Männer damit beschäftigt, Pappkartons ins Hinterhaus zu tragen.

Da tönte aus der Kiste eine Stimme: »Ich kann den Deckel nicht aufkriegen. Du mußt mir helfen, Fisch.«

Das Hechtmaul stand auf, ging zur Kiste hin und riß den Deckel auf. Ein Kopf, der das Modell für alle die gezeichneten Köpfe war, kam zum Vorschein. Er sah mich unsicher an: »Sieht wohl bißchen verrückt aus, was? Sollst du hier wohnen? Ich meine, sollst du auch in die Gruppe aufgenommen werden? Kennt ihr euch? Übrigens, besten Dank, Fisch. Der Deckel verklemmt sich manchmal, und da muß ich warten, bis jemand kommt und mir heraushilft. Nicht gerade angenehm. Ich habe mir gedacht, wenn man den Deckel festnagelt und statt dessen hier an der schmalen Seitenwand Scharniere anbringt . . .«

Er unterbrach sich und sah mich wieder an: »Kannst du tischlern? Die Sache kann doch nicht so schwer sein. Ob man hier ein Brett zur Verstärkung anbringt? Oder soll man nur die halbe Breite als Tür nehmen und hier ein Stück gewissermaßen als Schwelle stehenlassen? Wie wäre es deiner Meinung nach am besten?«

Er fing an, während er das sagte, aus der Kiste zu klettern. Als er auf dem Boden stand, unterbrach er sich und sagte nochmals: »Sieht wohl ziemlich verrückt aus, nicht? Es ist aber bloß so 'ne Erfindung, die ich mir ausgedacht habe. Man spart dabei Heizung...«

Von denen, die ich bis dahin gesehen hatte, war er als einziger größer als ich. Aber nicht viel. Sein Körper wirkte klein und schmächtig, nur der Kopf war groß. Er hatte dunkles, wirres Haar, die Augen waren sehr blau. Sie sahen ebenso unglücklich aus, und der Mund war ebenso traurig wie bei den gezeichneten Männchen. Selbst sein Eifer wirkte jämmerlich.

Er sagte unsicher: »Wenn's auch ein bißchen verrückt aussieht, du kannst dir die Sache ja mal ansehen. Ich meine, unter andern Umständen wäre es gar nicht so verrückt . . . Du, Fisch, könntest du nicht eben mal zur Epa runterlaufen und eine billige Stichsäge holen, das wäre nett von dir.«

Der Fisch rührte sich nicht vom Fleck.

»Du kannst dir's jedenfalls mal ansehen.«

Die Kiste glich ungefähr einem warmgefütterten Fischkasten. Sie war innen mit Isolierplatten ausgekleidet, und da und dort waren Luftlöcher ausgebohrt; durch eines der Löcher ringelte sich ein Leitungsdraht, und an dem einen Ende – dort, wo keine Tür sein sollte – war eine verbeulte Bettlampe angenagelt. Dann gab es noch ein kleines, wackliges Regal, auf dem einige Bücher und ein Haufen Papier (mit Zahlen und gezeichneten Männchen) um Platz kämpften. Unter dem Regal stand eine Thermosflasche. Auf dem Boden lag ein zerknüllter Schlafsack.

»Die Lampe genügt faktisch, um die ganze Kiste warmzuhalten,« sagte Krister. »Selbst wenn es im Zimmer kalt ist wie in einem Eiskeller, so ist es in der Kiste warm! Stell dir vor: Der Heizofen da frißt am Tag für zwei Kronen vierzig Strom, und dabei gibt er überhaupt nichts her. Die Lampe braucht höchstens für fünfzehn Öre Strom. Und man braucht keine Möbel; und wenn man unter der Kiste Räder anbringt . . . Du, Fisch, bring auch ein paar ordentliche Scharniere mit! Und Schrauben! Vergiß die Schrauben nicht!«

Der Fisch rührte sich noch immer nicht.

»Ist doch gar nicht so verrückt, was? Zwar, Treetex ist für den Boden nichts, es verträgt nicht, daß man darauf geht. Schaumgummi wäre sicher gescheiter, und das gäbe zugleich eine Matratze ab. Wie dick müßte er sein? Sechs Zentimeter? Du, Fisch, schau auch zu Kuntze in der Drottningsstraße und frag, was drei Quadratmeter kosten, wenn du vorbei kommst!«

Er machte einen Schritt zurück und besah sich die Kiste: »Besonders elegant sieht das ja nicht gerade aus. Vielleicht sollte man doch etwas Farbe dran verschwenden. Du, Fisch, geh auch zu Becker und frag, was man nehmen soll, was am schnellsten trocknet! Ja, und also auch Nägel und Schrauben und eine Stichsäge! Und dann Kuntze und ... War sonst noch was?«

»Scharniere«, sagte der Fisch.

»Ach ja, auch Scharniere. Kannst du einstweilen auslegen? Und dann brauchen wir auch noch ein kleines Brett zum Verstärken. Ungefähr zehn mal drei Zentimeter. Ja, und eine Thermosflasche, die andere ging heute nacht entzwei. Schaumgummi, Brett, Scharniere, Farbe, Thermosflasche ... Und Nägel! Und vergiß die Stichsäge nicht! War sonst noch was?«

Die Kiste war gut zwei Meter lang, einen Meter breit und ebenso hoch, also kleiner als jede Zelle.

»Es ist vielleicht gescheiter, daß ich selbst gehe, wenn du mich einen Augenblick entschuldigst ...«

Zielbewußt nahm er Kurs auf die Tür, angelte sich im Vorbeigehen eine Pelzmütze vom Haken und verschwand. Die Tür fiel hinter ihm ins Schloß.

»Und was passiert jetzt?«

»Nichts.«

»Wer bestimmt, wo ich wohnen soll?«

»Such dir irgendwo ein Bett.«

»Zeig mir, wo!«

Wir gingen durch die Wohnung. Es gab, wie gesagt, vier Schlafzimmer, die wir benutzen konnten; das eine stand aber leer und war ungeheizt. Es waren große, hohe Räume, die Betten und Schränke wirkten ziemlich klein.

»Hier wohnen ich und Racing. Ganz hinten wohnen Knirps und Metzger. Knirps, das ist der kleine Schwarze, den du eben gesehen hast. Im Zimmer dazwischen wohnen Dschingis und Egon.«

»Und wo werd' ich wohnen?«

Er zuckte mit den Achseln.

»Nimm dir irgendein Bett.«

Auch ich zuckte mit den Achseln und warf meine Jacke, die Mütze und die Handschuhe auf das nächste leere Bett. Und dort blieb ich auch; es war im Mittelzimmer, wo Dschingis und Egon wohnten, in dem Bett rechts vorn beim Fenster. Dann steckte ich die Hände in die Hosentaschen und schaute zum Fenster hinaus, bis der Fisch verschwand.

Als ich ungefähr eine halbe Stunde später die Wohnung durchstöberte, war sie leer. Fisch, Dschingis und alle anderen waren verschwunden. Ich saß allein im ganzen Pensionat, und das war beschissen. Es war nicht sehr verheißungsvoll, und ich bezweifelte, daß ich es hier lange aushalten würde.

Erst nach vier Stunden kam Krister zurück, mit einer Thermoskanne zu sechsachtzig, einem Fensterthermometer, einem Paket kleiner Schrauben und einem Paket großer Nägel, ohne Scharniere, ohne Brett, mit einem Stemmeisen anstatt einer Stichsäge und mit einer Malerrolle und einer Seidendecke für den Kistenboden.

Er hatte auch Farbe gekauft, und fing gleich an, sie aufzutragen. Eine ganze Menge davon blieb an ihm selbst kleben, so daß er nachher sein Hemd wechseln mußte. Die Schuhe und die Hosen konnte er noch einigermaßen sauber kriegen; aber länger als eine Woche hatte er mitten auf dem Kopf einen großen Klecks Farbe.

Er malte das Innere der Kiste aus, vergaß aber, den Deckel offenstehen zu lassen, die Farbe konnte also bis zum Abend nicht trocknen. Trotzdem schlief er in der Kiste und bekam davon Kopfschmerzen und ein Ekzem. Er fragte mich, ob ich ihm beim Malen helfen wollte. Ich wollte aber nicht.

Statt dessen setzte ich mich in den Aufenthaltsraum und besah mir die andern sechs, die nach und nach eintrudelten — um zu sehen, was das für Typen waren und ob ich hier wohnen bleiben sollte oder nicht.

Als erster kam Dschingis, der mit dem Stuhl. Er fuhr zusammen, als er mich entdeckte, und fast hätte er sich am Kamin verbrannt, ehe er sich ins Schlafzimmer in Sicherheit bringen konnte.

Dann kam Knirps. Als ich ihn musterte, nahm er einen Stuhl, stellte ihn mitten ins Zimmer, setzte sich drauf und glotzte mich an. Der Fisch wäre, als er heimkam, beinahe über den Stuhl gefallen und sagte: »Verdammt noch mal, was sitzt du denn da?«

»Muß mir den Heini mal anschauen.«

Seine Augen ließen mich nicht los.

»Paß bloß auf! Der ist größer als du.«

Knirps zog die Lippen zusammen und spuckte zwischen uns auf den Boden.

»Soll mal einer was versuchen.«

Er ließ zwischen Daumen und Zeigefinger ein Messer baumeln.

Dann kam einer, der 'n Schnurrbart hatte, obwohl er nicht viel älter war als ich. Als er mich sah, blieb er stehen, schaute Knirps fragend an und machte dabei eine Kopfbewegung zu mir hin.

»Neu?«

»Mhm«, machte der Knirps und glotzte weiter.

»Na denn, Tach«, sagte der Schnurrbart. »Ich heiße Olof.«

»Olof?« zischte Knirps. »Metzger heißt er!«

»Nils«, sagte ich.

Er blieb einen Augenblick zögernd stehen, ehe er in dem Schlafzimmer verschwand, wo er und Knirps wohnten. Außer dem Schnurrbart hatte er noch ein recht großes, rundes Kinn und trug eine Ponyfrisur. Er sah anders aus als wir, nicht bloß wegen des Schnurrbarts.

»Nils — verdammt komischer Name«, sagte Knirps.

Als nächster kam einer, den ich kannte. Das hatte ich gehofft, weil dann alles leichter werden würde. Als Fisch von einem Egon sprach, hatte ich schon gedacht, daß er der wäre, den ich kannte; ich hatte es sogar fest angenommen, weil der Name ja nicht so häufig ist.

»Ach nee, der Räuber!« sagte er, als er kam. »Na, hab'n sie dich auch hierher gekriegt?«

Er gab mir einen Schlag auf den Rücken und sagte zu Knirps: »Das ist 'n harter Knochen, da paß man auf!«

Knirps machte ein zweifelndes Gesicht, hörte aber auf, mich anzustarren, und begann, sich dann mit dem Messer die Fingernägel zu säubern.

»Jetzt kommt endlich mal Leben in die Bude! Bis jetzt war es hier stinklangweilig gewesen, nichts wie Kinder und Hosenscheißer. Sieh dir bloß den Kleinen da an!«

Er deutete auf Knirps, der gleich hitzig wurde und hochfuhr: »Für dich bin ich noch lange kein Kleiner. Komm doch, wenn du dich traust, verdammter Idiot!«

Aber Egon lachte bloß und wandte ihm den Rücken zu.

»Der Kleine hat direkt 'n hitziges Gemüt!«

»Schon lange hier?«

»Kam erst vorige Woche. Da waren nur Fisch und Dschingis hier. Möcht' wissen, wie viele noch kommen werden. Hast du was davon gehört?«

»Nein.«

»Na, jetzt gibt's jedenfalls was zu fressen. Du kannst an meinem Tisch sitzen und du, Fisch, verzieh dich mal zu den andern!«

Der Fisch sah wütend aus, sagte aber nichts. Krister kam aus seinem Zimmer und fragte: »Gibt's schon Essen?«

Aus der Küche rief eine Stimme: »Herr Assistent! Schicken Sie mir doch einen von den Jungs, daß er mir auftragen hilft. Ich kann wirklich nicht alles allein machen!«

»Mit dem Assistenten meint sie Krister«, sagte Egon, »obwohl man's nicht für möglich halten sollte. Das Weibsstück, das da schrie, war die Hausmutter, 'ne Satanshexe. Du, Metzger, du bist ja immer so hilfsbereit. Man raus und hilf der Madam, daß wir endlich was zu fressen kriegen.«

»Ach ja, Metzger, sei so nett«, sagte Krister.

Der Metzger stand gleich auf und ging hinaus.

»Habt ihr schon miteinander gesprochen?« wollte Egon wissen und sah Krister und mich an. »Hast du schon 'nen Platz angewiesen bekommen?«

»Ja«, antwortete ich. Krister aber bekam einen ganz roten Kopf.

»Er ist neu im Team. Werden ihm helfen müssen, daß er sich zurechtfindet. Kennst du die Jungs schon? Der, der da mit dem Essen kommt, das ist Metzger, das hier ist Knirps, und das ist Dschingis. Dieser scheußliche Teufel da heißt Fisch, und das ist Racing. Und das hier ist der Räuber-Nisse, prima Kerl, für den steh' ich grade. Das is 'n Kumpel von mir, verstanden?«

Das waren wir, sieben Mann. Dazu kam noch ein achter, eine Woche nach mir, aber er verschwand nach ein paar Tagen wieder. Ich kann mich nicht mal an seinen Namen erinnern. Aber ich weiß noch, daß es am ersten Tag zu Mittag braune Bohnen und Fleischwurst gab. Und während wir aßen, kam die Hausmutter aus der Küche, sah mich an und sagte: »Da ist ja ein neuer Junge gekommen, wie ich sehe. Na, denn hoffe ich, daß Sie die Mahlzeiten einhalten und sich ordentlich und anständig benehmen werden. Damit ist es bei den andern nämlich nicht sehr weit her.«

Ihre Stimme klang schrill und gekränkt. Wir sahen einander an: In ihren Augen lag nichts als Abscheu und Verachtung. Zwischen uns zuckte ein Funken rein persönlicher Antipathie auf. Sie fuhr fort: »Doch damit kann man wohl nicht rechnen. Sie sind bestimmt aus dem gleichen Stoff wie die andern da.«

Ich war neu und sagte nichts. Aber die Wurst schmeckte schlechter.

Racing war ein Typ für sich und schwer einzureihen. Und er war auch nicht leicht zu nehmen; er sprach nie über sich selbst, und ich kann mich nicht erinnern, daß er seinen richtigen Namen sagte. Er sagte immer nur Racing, sonst nichts. Den Namen hatte er bekommen, als er einmal als Vierzehnjähriger mit einem Hillman einem Bullenauto davongefahren war. Er benahm sich, als ob er direkt aus der Sonntagsschule käme. Nach dem Essen kam er zu mir, verbeugte sich, reichte mir die Hand und sagte: »Ich hoffe, daß du dich hier wohlfühlen wirst.«

Ich dachte, er wollte mich verarschen.

Noch etwas machte Racing interessant: er besaß eine ziemlich komplette mechanische Werkstatteinrichtung, Modellhobelbank, Schweißapparat mit transportablen Flaschen, zwei E-Bohrer und eine Menge Zubehör, dazu noch zwei Kisten mit verschiedenem Werkzeug. Er verstand auch, damit umzugehen, konnte fast alles anfertigen, Modellmotore, neues Werkzeug, das er sich selbst ausgedacht hatte, Schlüssel ...

Am ersten Abend war ich im Kino, ich hatte vom Inspektor zehn Kronen bekommen. Egon war auch dabei, ich bezahlte für ihn mit. Wir sahen einen Western. Danach machten wir eine kleine Spritztour in die Stadt hinunter, über den Norrmalmsmarkt, durch den BZ, also den Berzeliipark, über den Stureplatz und die Birger Jarlsstraße hinauf. Es war nirgends was los, wegen der Kälte. Wir gingen nach Hause.

Ich muß noch erwähnen, daß ich mit Egon nicht besonders dick befreundet war, er war bloß der einzige, den ich in der Bude dort kannte, als ich hinkam. Die ersten Tage hockten wir immer zusammen, bis ich mich besser eingewöhnt hatte.

Er, Dschingis und ich teilten uns, wie gesagt, ein Zimmer. Dschingis Bett stand neben meinem. Er fuhr in die Höhe, als er mich sah. Um ihn zu beruhigen, sagte ich: »Du brauchst dich nicht aufzuregen, ich beiß' nicht.« Aber er begriff wohl nichts und starrte mich nur mit seinen Steinaugen an. Erst später, als ich mich auszog und hinlegte, fiel bei ihm der Groschen. Da lachte er laut und hysterisch und schrie: »*Mich beißen, hah!* Nee, *das* hab' ich doch nicht geglaubt. Aber 'n Idiot war ich, daß ich vor dir so 'ne Angst gehabt hab', als du kamst. 'n richtiger Idiot!«

Seine Augen fingen an zu glänzen, er warf den Kopf nach hinten und schoß eine Lachsalve nach der andern ab.

»Halt's Maul du Spinner«, sagte Egon. »Leg dich hin und schlaf.«

Das begriff er wieder nicht.

Dschingis und Knirps waren fünfzehn, Racing, Egon, ich und Fisch sechzehn. Metzger war eben siebzehn geworden. Ich erfuhr später, daß Dschingis, Racing und Knirps genau da herkamen, wo ich auch herkam, nämlich direkt vom Kriminalamt. Die andern waren von der Sachlichkeit selbst ausgesucht worden. Das alles nur zu dem Zweck, uns auszufragen. Wir bezahlen für Essen und Unterkunft und die zehn Kronen Taschengeld, die es jede Woche gab, mit unseren Vormittagen, an denen wir Fragen beantworten mußten.

Vormittags war das Pensionat leer — von der Hausmutter abgesehen. Wir waren unten in der Sachlichkeit, und Krister war auf der Uni in irgendwelchen Vorlesungen. Neben seiner Arbeit für die Sachlichkeit bereitete er sich ja auf eine Prüfung vor. Wenn wir alle dann nach Hause gekommen und mit Mittagessen fertig waren, nahm die Hausmutter frei, sie hatte das Abendessen schon zubereitet, so daß wir es nur zu wärmen brauchten. Aber die Befragungen fingen erst in der zweiten Woche an. Zunächst war alles noch einigermaßen verworren.

Krister war dreiundzwanzig und das hier nun seine erste Stellung.

An einem der ersten Tage bat Krister mich, eben mal zu ihm zu kommen. Es war am Nachmittag, ich lag auf meinem Bett und las ein Buch, das ich schon ein paarmal gelesen hatte. Es war nicht besonders gut, ich stand also gleich auf und ging zu ihm.

Bei ihm drin herrschte die gleiche Unordnung wie früher. Das einzige, was sich gebessert hatte, war, daß jetzt Gardinen aufgehängt waren. Aber die Kiste stand immer noch da, obwohl er nicht mehr darin schlief, weil sein Ekzem dort immer schlimmer wurde. Er sah ziemlich scheißig aus, im ganzen Gesicht hatte er einen roten Ausschlag, der an der Stirn schorfige Stellen bildete. Der Farbklecks im Haar war immer noch da. Er setzte sich hinter den Schreibtisch und ich auf den Lehnstuhl. Nach kurzem Schweigen fragte er aber verlegen: »Du hast wohl nicht vielleicht eine Zigarette?«

»Klar.«

Eine bleiche Sonne schien zum Fenster herein. Es war behaglich warm, und irgendwo summte eine Fliege; ich mußte mich zusammennehmen, um wach zu bleiben.

»Hast du etwas dagegen, daß ich dir ein paar persönliche Fragen stelle? Ich meine, keine ausgefallenen Sachen — und du brauchst auch nicht zu antworten, wenn du nicht willst. Ich meine, wenn ich damit etwas Besonderes berühre, das du . . .« Er wurde noch verlegener.

»Du bist dir also im klaren, daß du gar nicht zu antworten brauchst, denn ich frage nur aus eigenem Interesse, ohne Auftrag. Ich meine, falls du findest, daß mich das nichts angeht. Aber ich verspreche dir, daß ich von allem, was du mir möglicherweise anvertraust, nicht das Geringste irgendwie weitergeben werde, und es wird auch keinen Einfluß auf deine Behandlung oder Einstufung haben. Ich weiß nicht einmal recht, warum ich frage und was ich mit den Antworten anfangen soll. Du weißt vielleicht, daß ich studiere — an der Uni: Soziologie und Psychologie und Mathe. Ich habe mir auch von den andern verschiedene Fragen beantworten lassen, das weißt du sicher schon. Vielleicht bist du schon gewarnt worden?«

»Mhm.«

»Hat man dir etwas Unangenehmes über mich gesagt?«

»Unangenehmes? Nein. Durchaus nicht.«

»Ist natürlich dumm, so zu fragen.«

Er wurde rot.

»Weißt du, ich habe von dem ganzen Job hier keine Ahnung. Und ich weiß auch von euch nichts. Ich möchte gern wissen, wie ihr seid und wie es euch früher gegangen ist. Und ich muß ja fragen, weil ich doch noch keine Möglichkeit hatte . . .«

»Na, denn fragen Sie mal los. Dann werd'n wir ja sehen . . .«

»Dein Vater und deine Mutter — leben beide noch?«

»Ja.«

»Sind sie verheiratet?«

»Ja, aber nicht miteinander.«

»Und du kannst nicht zu Hause wohnen?«

Ich zuckte mit den Schultern. Er sah mich unsicher an.

»Wie geht es ihnen? Ich meine, was ist dein Vater?«

»Er hat 'ne Druckerei.«

»Und du hast sicher auch vor, Drucker zu werden?«

»Nee.«

»Du hast keine Arbeit? Nein, natürlich nicht, das versteht sich von selbst... Aber du hast doch die Absicht, irgendeine Arbeit anzunehmen? Ich meine, gibt es eine Arbeit, die du dir denken könntest?«

»Kommt drauf an.«

»Eine Frage, die dir vielleicht dumm vorkommt — aber wie bekamst du's mit der Polizei zu tun?«

»Haben mich eben *hopp*genommen.«

»Weshalb?«

Ich zuckte wieder mit den Schultern.

»Und deine Eltern? Was sagen die dazu?«

»Die müssen Sie mal fragen.«

»Du meinst, daß mich das nichts angeht? Nun ja, in gewisser Weise ist das richtig ...«

»So habe ich's gar nicht gemeint. Bloß, daß ich mit denen nichts mehr zu tun habe.«

Er war ziemlich ungeschickt. Von uns beiden hatte ich die größere Routine. Oft genug war ich schon von professionellen Schnüfflern ausgefragt worden und bin dabei immer ganz gut weggekommen. Bei der Polente und bei der Sozialberatung.

»Was für eine Ausbildung hast du?«

»Ja, was soll man da schon antworten? Volksschule.«

»Mehr nicht? Du hast keine Hauptschule* besucht?«

»Doch, aber nur ganz kurz, nur n' halbes Jahr.«

»Warum hast du nicht weitergemacht?«

Im Sonnenlicht wurde die Unordnung und Armseligkeit hier besonders deutlich. Der Staub tanzte in Spiralen langsam zur Decke. Die Tapete hatte große Flecke und war an einigen Stellen ganz zerfetzt. Von den Holzborden und Türstöcken blätterte die Farbe ab. Das Linoleum war so abgetreten, daß man bei den Schwellen und an den Fugen die Bodenbretter sehen konnte. Der Ofen hatte große Sprünge, an der Decke hing eine Unmenge von Spinnweben. Und Krister hatte da nichts verbessert. Im Gegenteil: Die Unordnung hob den ganzen elenden Zustand noch hervor. Er hatte da und dort an den Wänden Zeitungsausschnitte angeheftet — ich sah unter ihnen nach, aber sie verdeckten keine besonders schlimmen Flecke oder Löcher. Er hatte die Sammelmanie, er hob

* Oberstufe, entspricht unserer Mittelschule.

alles auf und konnte es nicht übers Herz bringen, was wegzuwerfen, nicht mal ausgesprochenen Müll oder Reklamebroschüren und alte, wertlose Zeitungen. Und mitten in dem Durcheinander stand die Kiste, ungehobelt, schief und schlecht zusammengefügt, aber leuchtend rot gestrichen.

»Hast du keine Lust zu antworten?«

»Was gibt's denn schon viel zu sagen?«

Fisch kam ins Zimmer. Als er sah, daß der Lehnstuhl besetzt war, schob er seinen Hintern auf die Kiste: »Naja, jetzt wirst du ausgequetscht.«

»Da kannst du hören, wie bekannt meine schlechte Angewohnheit hier schon ist«, sagte Krister.

»Hast ihm auch was vorgelogen, so wie die andern?«

Krister erschrak.

»Haben die mich angelogen? Weißt du was davon? Hast du gehört, daß . . .«

Er sprach nicht weiter, weil Egon ins Zimmer kam.

»Zum Kotzen, wie's hier aussieht«, sagte Egon in gekränktem Ton. »So was kann doch, verdammt noch mal, nicht angehen. Denk doch mal an deine Stellung hier, Krister! Denk daran, daß du hier der Verantwortliche bist! Und nun mach mal deine Augen auf, wie es hier bei dir aussieht.«

Er breitete seine Arme aus: diese Haufen, diese Berge, diese Stapel von Büchern, Papier, Abfall. Die Kiste. Die Ausschnitte. Die wackligen Möbel, der Staub, der Schmutz. In der Thermosflasche standen jetzt einige künstliche Blumen, schreiend rot und grün.

»So darf's hier doch, zum Deubel noch mal, nicht aussehen!« Krister begann mit einer Erklärung, Egon achtete aber nicht darauf, sondern ging umher, versetzte dem Papierkorb einen Tritt, daß er umfiel, und breitete mit den Füßen seinen Inhalt über den ganzen Boden aus.

»Damit es hier gleich richtig nach 'nem Schweinestall aussieht.«

Als er aber einen Stuhl voller Bücher ebenfalls mit einem Tritt umwarf, fuhr Krister hoch: »Nein, damit hör auf! Du hörst doch, was ich sage! Ich hab' doch schon angefangen, hier Ordnung hereinzubringen. Kannst du denn die Gardinen nicht sehen?«

»Das ist schon was!«

»Und die Sachlichkeit hat mir einen neuen Schreibtisch und einen Stuhl und einen Lehnsessel versprochen.«

»Die wirst du nie kriegen, wenn du dich nicht scharf dahinter klemmst.«

»Übrigens, wenn ihr schon vom Saubermachen redet«, sagte der Fisch zu Egon, »dann vergiß nicht, daß du mir zwei Kronen schuldest, für diese Woche. Sag es Krister, daß er mir sie gleich geben soll, sonst krieg' ich sie nie. Und du auch«, sagte er zu Knirps, der auch noch hereingekommen war.

»Ich werd' dir was blasen«, sagte Knirps.

Der Fisch feixte: »Blasen kannst dir selber einen, verdammich! Was denkst du wohl, wer bei dir saubergemacht hat?«

»Du kannst mich am Arsch lecken!«

»Wenn ich bei dir saubermachen soll«, sagte der Fisch zu mir, »dann kostet das zwei Kronen pro Woche. Das Bett mußte du dir aber selbst machen.«

»Schwuler Mistbock.«

Eigentlich sollten wir alle der Reihe nach saubermachen, aber der Fisch hatte dieses Geschäft übernommen und verdiente sich damit ein paar Kronen. Dafür kaufte er sich Schnaps. Oder Brennspiritus, was weiß ich. Jetzt lungerte er mit seinem Besen herum.

»Diese Scheißkiste hau' ich jetzt in Klump«, sagte Egon. »Dann könn' wir aus den Brettern Feuer machen, damit es hier wenigstens warm wird!«

»Ma langsam«, sagte der Fisch, »die gehört schon mir, damit kann ich im Tagesraum gut anheizen.«

»Nu mach dich aber dünn, verdammtes Scheuerweib, ich kann dich nicht mehr sehn!«

Der Fisch feixte und verzog sich.

»Wirklich 'n fieser Typ«, sagte Egon und sah ihm nach. »Stinkt wie verfault! Dem haben sie ins Hirn gepinkelt, und nun geht er rum und verpestet alles.«

»Was hat er denn nun wieder gemacht?« fragte Krister.

»Kommt ja gar nicht drauf an, was er gemacht hat, aber er zieht uns alle mit runter in 'n Dreck! Mit dem ist es genauso wie mit dir: Wir andern müssen auch für euch gradestehen.«

Krister sagte sanft: »Falls du irgendwelche Klagen hast, mußt du dich schon an den Inspektor wenden. Und wenn du es hier nicht aushalten kannst, dann mußt du eben ausziehen.«

»Was ist denn das wieder für eine Art zu diskutieren? Aber von mir aus kannst du sagen, was du willst, ich hau' jetzt die Kiste kaputt.«

Er trat an die Kiste, packte zu und riß die eine Kopfseite ab. Krister machte keine Miene, ihn daran zu hindern, aber das Ekzem in seinem Gesicht glühte dunkler auf, wurde fast violett wie blühendes Heidekraut.

Aber dann fiel ihm plötzlich etwas ein: »Ach ja, du, Nisse! Was der Fisch da gesagt hat: hast du auch gelogen? Ich meine, ich hatte ja kein *Recht,* dich zu befragen, aber auf alle Fälle ... War das wahr, was du mir gesagt hast? Oder ...«

Ich antwortete nur: »Was glaubst *du* denn?«

»Jaja, es war wohl naiv von mir, solche Fragen zu stellen. Plump und taktlos – nimm mir's nicht übel, wenn du kannst. Ich war wohl zu aufdringlich.«

Er starrte auf das Papier, auf das er während der Befragung seine Notizen geschrieben und seine Zeichnungen gemacht hatte. Hinter ihm war Egon beschäftigt, den Rest der Kiste zu zerschlagen. Die Treetexfliesen wirbelten umher, die Seidendecke ging in Fetzen, und der Staub tanzte. Man hörte das Krachen der Bretter, die sich spalteten, und das Quietschen von Nägeln, die herausgezogen wurden.

Egon und Metzger waren die einzigen, die größer waren als ich. Aber Metzger war schmal und schmächtig, ich brauchte also nur vor Egon Angst zu haben. Nicht seiner Länge wegen, und vielleicht auch nicht gerade Angst. Aber er war viel stärker gebaut und war jähzornig.

Seine Stirn ging direkt in die Nase über, beide bildeten eine einzige gerade Linie. Sein Kinn war kräftig, die Backenknochen waren breit und kantig, die Augen waren hellblau und die Lippen dünn. Die Ohren lagen dicht am Kopf, und sein Nacken war ganz gerade. Er sah aus, wie ich selbst hätte aussehen mögen – das genaue Gegenteil von mir. Mein Haar war braun und glatt, während seins blond und leicht gelockt war. Meine Stirn war gebogen, und ich hatte eine Stupsnase. Mein Hals war zu lang und vorgebeugt, das Kinn zu klein. Die Lippen waren zu dick, und die Ohren standen vom Kopf gerade ab, meine Augen hatten keine bestimmte Farbe. Im Spiegel machte ich keine sonderlich gute Figur, darum sah ich auch nicht gern hinein.

Nun habe ich erzählt, wie alt wir waren, und auch ein bißchen, wie wir aussahen: Dschingis, Knirps, Metzger, Fisch, Egon und ich selbst. Und dann gab es noch Racing, aber über sein Aussehen läßt sich schwer was sagen. Er hatte eigentlich keins.

Höchstwahrscheinlich war's ein Freitagnachmittag, als das mit der Kiste geschah. Jedenfalls brannten die Kistenreste im Kamin, als alle drinnen waren, um unser Taschengeld zu holen, das immer Freitagabend ausgegeben wurde. Als jeder seins bekommen und dafür mit seiner Klaue auf der von Krister vorgelegten Liste quittiert hatte, setzten wir uns um den Kamin und quasselten noch etwas. Krister schaltete die Schreibtischlampe aus und setzte sich zu uns, um dabei zu sein.

Es war eine ungewöhnliche Stimmung, wenigstens für mich, aber ich glaube, auch für die andern, da keiner fortging. Nicht einmal Racing, obwohl der nicht bei uns saß, sondern ein Stück weiter weg an der Wand lehnte. Und daß sich Knirps auf Kristers Stuhl setzte und anfing, seine Initialien in die Schreibtischplatte einzuschneiden, hieß nicht, daß ihn das Gespräch kalt ließ. Aber er war so, daß er lieber zuhörte, weil er sich nicht gut ausdrücken konnte, und besser zuhörte, wenn seine Hände mit irgend etwas beschäftigt waren. Draußen war Mondschein, und das gab ihm genügend Licht.

Es begann mit dem üblichen Gerede, in dem sich unser Unbehagen Luft machte, das wir immer fühlten, wenn wir unser Geld, unser Gnadenbrot, bekommen hatten. Wir fluchten darüber, daß die Sachlichkeit so knauserig war.

»Die halten uns wie 'ne Art Versuchskaninchen, und wir dürfen, verdammt, auch nicht mehr kosten als Karnickel. Zehn Kröten pro Woche. Wie soll man damit auskommen können?«

»Sollen wohl noch froh sein, daß wir mehr als Kohlrüben und Brennessel zu fressen kriegen.«

»Soweit kommt's noch«, sagte der Fisch. »Krister, du mußt dem Küchentrampel sagen, daß sie morgens mehr Schokolade kochen soll. Wenn *ich* ihr's sag', dann macht sie nur noch weniger.« Er grinste: »Ich hab' ihr's jetzt bald eine Woche lang jeden Tag gesagt, aber es ist immer weniger geworden. Bald sind wir bei einem Eierbecher pro Mann angelangt.«

»Gibt's was Beschisseneres, als abhängig sein?« gröhlte Egon wütend. »Man sollte auf einer öden Insel wohnen . . .«

»Man müßte die irgendwie abhängen können, daß wir die Bude hier übernehmen und für uns selbst sorgen könnten.«

»Man müßte sie so weit kriegen, daß sie uns alle vergessen.«

»Davor brauchen wir keine Angst haben. Auf wem sollten sie denn sonst rumhacken?«

»Ja, dazu sind wir gut genug. Die haben uns mehr nötig als wir sie. Wenn die sich mal scheißig fühlen, dann macht es Laune, auf uns rumzuhacken, dann fühlen sie sich gleich besser. Sie quasseln sich vor, wie kümmerlich wir sind – und da werden sie selbst gleich automatisch besser. Denken sie!«

»Kotzübel sind wir für sie, sonst nichts!«

»Nana, so schlimm ist es wohl nicht immer«, wandte Krister ein. »Auch wenn ihr bis zu einem gewissen Grad recht habt. Wenn die Menschen sich etwas scheißig fühlen – wie ihr das nennt –, dann hacken sie wohl nicht immer auf anderen rum? Manchmal können sie auch etwas Gutes tun und sich auf diese Weise ein besseres Gefühl von sich selbst verschaffen. Oder vielleicht nicht?«

»Aber jedenfalls sind sie froh, daß wir existieren. Da haben sie ihre kleine Chance.«

»Verflucht dreckig ging's denen, wenn es uns nicht gäbe. Und ich glaub' gar nicht, daß sie wollen, daß wir uns ›bessern‹. Jedenfalls nicht viele von ihnen. Denn wer könnte ihnen dann helfen?«

»Ihr tut ja fast so, als ob ihr die ganze Ungerechtigkeit der Welt auf euren Schultern tragen müßtet«, sagte Krister scherzhaft.

»Ist das vielleicht so falsch?«

»Auch ein Gesichtspunkt«, gab er zu.

»Willst du behaupten, daß wir schlechter sind als sie? Sind wir das vielleicht?«

»Die behaupten das ja! Weil's in ihrem Interesse ist . . .«

In unseren Augen glühte ein Feuer. Es war ein Hunger, der nicht gestillt, ein Unrecht, das nicht gut gemacht werden konnte: es stak uns immer im Hals, und manchmal erstickten wir fast daran.

Die Menschheit war in *sie* und *wir* gespalten, und *wir*, das bedeutete für einen jeden von uns *ich*. Wir hatten alle Argumente fertigformuliert und kannten alle Antworten. Für Krister aber war das alles neu, und es fiel im schwer, sich gegen uns zu halten; wer etwas zu verteidigen hat, hat es immer schwerer.

»Besser, schlechter«, sagte Krister. »Weshalb immer gleich werten?«

»Das mußt du *ihnen* sagen. *Sie* tun das ja, nicht wir.«

»Ja, in gewisser Weise ist es wohl so – daß die Leute ihre Mitmenschen bewerten. Das ist aber nicht richtig – und wenn *sie* unrecht haben, braucht das noch nicht zu bedeuten, daß andere recht haben. Ich meine, man kann ja gewisse Handlungen beurteilen, ohne daß man dabei gleich über den Menschen, der sie begeht, ein Urteil zu fällen braucht.«

»Braucht, braucht! Halt dich an die Wirklichkeit!«

»Du hast's leicht, den Ruhigen, Überlegenen zu spielen. Das kostet dich nichts. Du badest nichts aus.«

»Du sagst, *wir* soll'n nicht verurteilen. Sag das doch *ihnen*. Ihnen müßte es doch leichter fallen, sie werden ja nicht von einem Haufen Behörden dahin geschickt und dorthin geschoben und in alle möglichen Anstalten gesteckt und getreten und geprügelt und ...«

»Möglicherweise ist's für sie nicht leichter, wenn ihr sie erst mal in der Mangel habt.«

»Was ist schlimmer? Ein Auto oder ein paar Piepen loszuwerden oder ist es nicht schlimmer, in eine Erziehungsanstalt zu kommen?«

»Oder in 'n Knast?«

»Und der Kies gehört ihnen meistens gar nicht!«

»Und das Auto kriegen sie nach 'n paar Stunden wieder ...«

»Aber bei Gericht werden ja nicht ›unsere Taten‹ bewertet, sondern wir selber. *Uns* verurteilt man, und wir können dann schmoren.«

»Die Gesellschaft nimmt vielleicht ein bißchen reichlich Rücksicht auf ihr eigenes Bestes ...«

»Und dabei kommen welche in die Klemme, und das sind wir. Aber *wir* dürfen nicht klagen. Wir sollen uns alles gefallen lassen und noch dankbar sein, daß man uns nicht totschlägt.«

»Und vor lauter Dankbarkeit noch heulen, wenn sie das Kleingeld rausrücken.«

»Zehn Eier die Woche!«

»Andererseits aber: Die Anständigen und Ordentlichen kriegen gar nichts.«

»Brauchen die denn was?«

»Die haben's mit ihrer Anständigkeit ganz schön raus, wie man kriegt, was man braucht.«

»Stell dir mal vor, daß es gar nicht unsere Schuld ist, daß wir hier gelandet sind. Das sage nicht *ich*, sondern das sagen sie selbst.«

»Es ist klar, daß ich von euch nicht verlangen kann, daß ihr dankbar sein sollt«, sagte Krister.

»Das ist ja prächtig!«

»Aber man kann vielleicht sagen, daß das Problem Recht und Unrecht von den moralischen Konventionen abhängt, und an moralischen Konventionen läßt sich nur sehr langsam etwas ändern. Das braucht seine Zeit, und ich kann es begreifen, daß ihr ungeduldig seid. Ja, es braucht seine Zeit, bis sich neue Anschauungen durchsetzen. Sogar an verantwortlicher Stelle, weil dort auch nur Menschen sitzen.«

»Es geht aber besonders langsam, wenn es sich um was dreht, was zu ihrem Nachteil ist.«

»Man braucht das nicht so auszulegen — wenn es vielleicht auch teilweise richtig ist. Man will sich vor allem gegen Ansichten wehren, die das Dasein noch komplizierter machen.«

»Oder sich vor jeder Beschwerde drücken.«

»Auf anderen Gebieten aber! Warum geht's denn da nicht so langsam? Du kannst sagen, was du willst, es ist doch ganz einfach: Sie scheißen auf alles, was unbequem ist.«

»Und teuer . . .«

Dschingis steckte sein flaches Gesicht vor: »Wie bin *ich* denn, Krister? Bin ich *auch* schlecht, Krister? Bin ich schlecht? Krister! . . .«

»Tja«, sagte Krister und sah zu Boden. »Irgendwie habt ihr ja recht, das muß ich zugeben. Die Theorien von der Bedeutung des Milieus und dergleichen sind nicht gerade neu. Und ihr habt das alles vielleicht aus nächster Nähe erlebt . . . Es fehlt wohl auch an gutem Willen. Ich meine von seiten der Behörden. Ich bin kein Fachmann auf diesem Gebiet, es sieht aber so aus, als ob da seit einigen Jahren ziemlicher Stillstand eingetreten wäre. Doch es gibt andere Gebiete, und da . . .«

»Ja, aber jetzt dreht sich's um uns.«

»Ja, ich möchte es so sagen: Die Behörden — denn über die beschwert ihr euch ja — die Behörden haben ja auf die öffentliche Meinung Rücksicht zu nehmen, da wir in einer Demokratie leben und Demokratien auf diese Weise funktionieren . . . man kann das vielleicht als einen Nachteil ansehen . . . ich versuche niemanden zu verteidigen; ich möchte nur erklären.«

»Weil man die nicht verteidigen kann!«

»Die verurteilen und werfen uns weg wie Dreck und treten uns in die Scheiße. Und dabei quasseln sie sich gegenseitig die Ohren voll von Humanismus und Gerechtigkeit und Verständnis und Fürsorge und Pflege. Und beim ganzen Gequassel vergessen sie uns und meinen, daß alles, was sie da gesagt haben, wunder wie großartig und schlau ist. Und dafür kriegen sie ihr Geld — und das sind bestimmt mehr als zehn Kronen die Woche.«

»Könnten wir nicht 'ne Gewerkschaft gründen? Das würde Mitglieder geben! Dann müßten die da oben aber aufpassen . . .«

»Und du wärst Präsident, was?« feixte der Fisch.

Egon wandte sich blitzschnell um, um ihm was aufs Maul zu hauen, fing dann aber zu lachen an: »Wär' gar nicht so dumm! Präsident der Ganovengewerkschaft, feste Anstellung mit dickem Gehalt . . .«

»Dann reserviert mir mal den Posten als Kassierer!«

»Das würd' dir so passen, was? Nein, nein . . .«

»Ach, möchtest du selber auch sein, was?«

»Es müßten vier Kassierer sein, die aufeinander aufpassen.«

»Und die sich gegenseitig nicht riechen könnten!«

»Und Panzerschränke mit Doppeltüren. Und Safes . . .«

»Krister, glaubst *du* an Gott?« fragte Dschingis. »*Ich* schon.«

»An einen schrecklichen Gott«, sagte Krister. »Einen rächenden Gott, der uns alle bei Nacht töten und auffressen möchte, einen grinsenden Mongolengott!«

»Jaja«, schrie Dschingis aufgeregt und klatschte in die Hände.

»Aber im Ernst . . .«

». . . sind sie auch nicht besser.«

»Wen meinst du?«

»Eben alle. Ist doch bloß Feigheit, daß sie mich nicht offen beklauen. Könnten sie's ohne Gefahr tun, dann . . . So aber tun sie's im geheimen, und das Gesetz ist so, daß es sie schützt. Dafür sorgen sie schon.«

»Nenn mal ein Beispiel.«

»Nun, manchmal werden sie doch erwischt – und dann erfährt man es. Und da sagen dann alle: Nicht zu glauben, daß *der* wirklich *so* war. *Das* hätte man doch wirklich nicht vermutet! Aber die meisten gehen frei aus, und die decken sich gegenseitig. Und soll mal im wirklich großen Maßstab gegaunert werden, dann verändern sie einfach das Gesetz, bis es paßt. Je höher oben, desto geringer die Wahrscheinlichkeit, daß sie geschnappt werden. Sind zu viele dran beteiligt. Und dann haben sie Anwälte – keine solchen Nieten, wie wir sie bekommen, wenn wir aufs Gericht müssen, von der Sorte, die man erst ein paar Minuten, ehe es losgeht, zu sehen kriegt, keine Ahnung haben, worum sich's handelt, und die dann bei der Verhandlung bloß was von bedingter Verurteilung zu flüstern wissen und von der mildesten Strafe unter Berücksichtigung der schwierigen Verhältnisse und so weiter — sondern gerissene Burschen.«

»Keine solchen kleinen Scheißer, wie wir es sind, die irgendwo in 'ner Firma was drehen und in 'nem Lager was mitgehen lassen, sondern Herrschaften, die gleich die ganze Firma einstecken, nachdem sie den Besitzer erst mal umgelegt haben und ...«

»Und dann diese verfluchten Roboter, die uns ehrliche Diebe anspucken und sich selbst für die allerehrlichsten Menschen von der Welt halten, die niemals was klauen würden. Nee, sie nennen das ja nicht Stehlen. Die ›runden bloß ab‹, und weiß der Teufel, was sie dafür für Namen haben. Und wenn die Polente kommt, dann kohlen sie ihr was vor: Nee, gestohlen haben sie doch, verdammt, nicht! Und sie glauben's noch selbst!«

»Und die besoffenen Autofahrer! Haben die vielleicht was angestellt? Ooch, bißchen duhn, das zählt doch nicht. Das ist doch ein ganz andrer Fall: Und dann sitzen sie da und geben an, wie besoffen sie waren, und kotzen sich über die Diebe aus! *Das* sind deine anständigen Arbeitsmenschen, ja!«

»Meine?« sagte Krister. »Ich habe doch wohl nie ...«

»Wenn ich der König wäre«, begann Dschingis ...

Krister sagte: »Welche Strafe haben die denn eurer Meinung nach verdient?«

»Verprügeln und erschießen!«

»Wie, stimmt denn das zu dem, was ihr eben gesagt habt?«

»Ja, nämlich nicht, weil sie gestohlen haben, sondern weil sie so hundsgemein lügen; so dreckig heucheln und dann noch heulen! Und weil sie sich selbst für so pikfein halten! Auspeitschen sollte man diese verdammten Herrschaften, bis sie zugeben, daß sie nicht besser sind als wir. Dann ...«

Ich zuckte mit den Schultern.

»Ja, du kannst leicht von Sachlichkeit reden, du hast ja noch nie was mit denen zu tun gehabt.«

Da geschah etwas, was unser Gespräch unterbrach.

Der Knirps war mit seinen Buchstaben fertig geworden, er hatte sie so tief ins Holz gekerbt, wie er wollte, und hatte nun statt dessen zu spielen begonnen. Er hatte die linke Hand mit gespeizten Fingern auf die Schreibtischplatte gelegt und stieß nun das Messer wechselweise knapp neben der Hand und dann wieder zwischen zwei Fingern ins Holz. Erst neben die Hand, dann zwischen Daumen und Zeigefinger, dann wieder neben die Hand und dann zwischen Zeigefinger und Mittelfinger, dann neben die Hand und zwischen Mittelfinger und Ringfinger, dann neben die Hand und zwischen Ringfinger und kleinen Finger. Dann das ganze nochmal von vorn, aber schneller. Und nochmal und nochmal und jedesmal schneller und immer schneller. Und immer doller. Wir hatten hinter uns die Stöße gehört, waren aber zu eifrig bei dem Gespräch, außerdem kannten wir dieses Spiel bei ihm schon.

Da hörten die Stöße plötzlich auf. Es dauerte aber eine Weile, ehe wir uns umwandten und sahen, was passiert war, ehe wir begriffen, daß es hinter uns still geworden war.

Dieses Spiel ist so, daß man entweder aufgibt oder sich das Messer ins Fleisch stößt. Der Knirps hatte nicht aufgehört, bis es schief ging – wie es in seinem Fall ja kommen mußte, da er nicht nachgeben konnte. Er hatte das Messer in die Hautfalte zwischen Daumen und Zeigefinger gestoßen – man verletzt sich meistens an der Haut zwischen den Fingern –, aber anstatt das Messer herauszuziehen, hatte er es in der Wunde herumgedreht, und nun saß er da und glotzte auf das Blut, das rings um die Messerklinge hervorzusickern begann. Als wir zu ihm kamen, war die Blutpfütze schon einen Dezimeter groß, und sah im Mondlicht ganz schwarz aus.

Der Fisch sagte: »Na, machst du vielleicht Hackepeter?«

»Halt die Schnauze, du widerlicher Hund«, sagte Egon verbissen. »Siehst du denn nicht, daß er wirklich verletzt ist?«

»Verletzt? Hat er doch selbst gemacht.«

»Mein Gott, was ist denn geschehen?« Krister kam herbeigestürzt.

Knirps blickte auf, es funkelte in seinen Augen: »Verträgst es nicht, 'n bißchen Blut zu sehen?«

Metzger tat einen Blick über meine Schultern, und ich merkte, daß er ganz bleich wurde, ehe er sich abwenden konnte.

Während Krister den Knirps verband, sagte er aufgebracht: »Ihr jammert und klagt, wie schlecht euch die andern behandeln, aber ihr geht mit euch selbst schlimmer um, als es ein anderer tun könnte.«

Wir gaben ihm gleich Kontra: »Das ist doch wohl unsere Sache und geht sonst niemand was an!«

»Und wer jammert und klagt?« fragte der Knirps.

»Nein, nein, nicht über das da, aber ...«

»Na also! Glaubst du vielleicht, ich bin ein Weichling?«

»Was heißt *jammern*? Weil man sagt, wie beschissen alles ist, jammert man doch nicht!«

»Also von mir aus *protestieren*, aber . . .«

»Ach, laß sie doch«, sagte Fisch. »Die fühlen sich doch nicht wohl, wenn sie nichts zu heulen haben.«

»Was sagst du? Wer soll hier heulen?«

»Also jammern.«

»Ich werde dir heulen geben!«

»Jammern«, sagte ich.

»Du schäbige, verdammte, beschissene, verkommene Drecksau du! Ich werd' . . .«

»So, Egon, jetzt Schluß«, bat Krister. »Sei doch endlich mal vernünftig.«

Dann kam etwas Unerwartetes. Das heißt, ich hatte es noch nie gesehen. Dschingis ging ganz ruhig auf Egon zu und kratzte ihm ohne weiteres mit seiner kleinen Eisenhakenhand vier lange Striemen quer übers Gesicht, vom linken Auge über die Nase und den Mund. Ich sah alles von Anfang an, wie er hinging und sich in die Höhe reckte, und wie sein Daumen unter Egons Nase Halt machte.

Als er das getan hatte, kroch er in sich zusammen und hob die Hand zum Schutz gegen den Schlag, der unvermeidlich war — sowie Egon sich gefaßt haben würde. Seine Lider zuckten, als Egons Faust angesaust kam. Der Schlag traf ihn im Nacken, und er schlug auf den Boden hin.

»Das war aber nicht nötig!« Krister zitterte am ganzen Körper, aber nicht aus Wut.

»Soll ich mich von ihm einfach kratzen lassen? Soll ich einfach ruhig stehen bleiben und warten bis alle Teufel . . .«

»Du weißt doch, wie er ist!«

»Teufels-Bürodirektor!« schrie der Fisch voller Haß zu Egon. »Teufels-Inspektor! Chefinspektor! Teufels-Ingenieur!«

»Gibst du mir die Schuld, wenn er angefangen hat?!«

»Teufels-Kanzleisekretär! Teufels-Zoller! Teufels-Kontorchef!«

Und das stimmte tatsächlich.

»Ich scheiß' drauf, was dein verdammter Alter ist«, schrie Egon. »Du dreckiger . . .«

»Man kann von dir wohl mehr erwarten als von ihm!«

». . . der kratzt! Wie ein dreckiges Gör!«

»Nun hör doch auf, Fisch«, bat Krister. »Mach nicht alles noch schlimmer! Sei so nett!«

»Sonst bekomm' ich wahrscheinlich noch Schläge, wie? Dieser verfluchte Bürochef rennt herum und droht allen Prügel an, und der Herr Assistent sagt dann auch noch, daß wir den Mund halten sollen!«

»Lieber Fisch, wir sind jetzt doch alle erregt!«

»Bürochef bei der Sachlichkeit! Überwacht die Gifterzeugung, wie? Garantiert für die verlangte Qualität und daß alles hygienisch vor sich geht und daß die Ware von der gleichen Güte bleibt und nicht verunreinigt wird – ein garantierter Tod im Namen der Sachlichkeit, und garantiert schmerzlos, im Namen der Humanität.«

»Na, dann nimm doch einen Job als Giftschmecker, du verdammter Mistköter. Aber – so'n Gift, das dich umbringt, gibt's ja gar nicht. Aber wart man, bis ich mit dir allein bin . . .«

Krister wachte auf: »Meine Lieben, hört doch . . .«

Dschingis sagte: »Äh, was hab' ich denn bloß getan! Aber ich *dacht'* gar nichts dabei. Ich tat es, ohne an was zu *denken.* Ich haß' mich selbst, weil ich das getan hab'!«

Dann steckte Dschingis die Hand, mit der er Egon gekratzt hatte, mitten in die Glut im Ofen und verbrannte sich und schrie, und Metzger begann zu kotzen, und Fisch schrie, daß er die Kotze aber selbst aufwischen müßte. Und dann langte Metzger dem Fisch eine, ehe es Egon besorgen konnte und Fisch ihm entkam.

Und Krister mußte Dschingis ins Krankenhaus bringen. Nur Racing und ich blieben im Zimmer. Racing sagte: »Ich möcht' mal wissen, was er in dem andern Zimmer hat. Es ist immer abgeschlossen.«

Mehr passierte an diesem Abend nicht. Egon und Knirps waren verschwunden, als Racing und ich aus Kristers Zimmer kamen. Nach 'ner Weile kam Krister wieder mit Dschingis und bestand darauf, daß er sich hinlegte. Ich lag schon im Bett. Krister blieb auf Dschingis' Bettkante sitzen und redete leise mit ihm, bis Egon nach Hause kam. Ich weiß nicht, worüber sie sprachen, ich wollte nicht zuhören.

Egon kam, wie gesagt, nach Hause, es war gegen zwölf, aber der Knirps blieb die ganze Nacht weg.

Es war Winter, und wir froren. Wir wurden träge und langsam wie Insekten. Und später, als die Befragungen losgingen, untersuchte man uns auch ungefähr so wie Insekten. Dieses Gefühl hatten wir jedenfalls. Und genauso wie Insekten krochen und krabbelten wir auch sinnlos umher, ohne irgendwohin zu kommen.

Anfangs rief man uns zu ›privaten, vorbereitenden Gesprächen‹ auf: Man tastete und klopfte uns ein bißchen ab und schrieb sich dann und wann was auf – mehr wohl, wie wir reagierten, als was wir antworteten. Ich wenigstens hatte nicht viel zu sagen, und ich glaube, auch Knirps und Metzger und Racing nicht; ich meine auch nicht, daß man aus dem Fisch viel herausholen konnte, oder etwas Vernünftiges aus Dschingis. Und was Egon betrifft, so gab er meist nur allgemeines, loses Gerede zum besten. Viel Material, mit dem sie was anfangen konnten, bekamen sie kaum. Aber jedenfalls etwas zum Schreiben und zum Bestimmen der Arten. Und wir gingen eben hin.

Krister verteidigte sie heftig: »Versucht doch, sie zu verstehen! Versucht zu verstehen, daß sie doch wiederum nur versuchen, euch verstehen zu lernen! Und wenn sie auch etwas naiv wirken, etwas beschränkt, so macht euch nichts draus. Versucht, ein wenig tolerant zu sein! Wenn sie etwas Dummes sagen, etwas, was euch dumm vorkommt, weil ihr ja das meiste von dem wißt, wovon sie nun selbst wenigstens einen Schimmer wissen möchten, dann seid mal nicht so kritisch. Sie meinen es mit euch jedenfalls nicht böse ...«

Er versuchte zu scherzen: »Versucht mal zu vergessen, wer sie sind, betrachtet sie wie ganz gewöhnliche Menschen.«

Aber er kam nicht an mit seinem Witz. Der Knirps sagte: »Du tust, was du kannst, für die paar Piepen, die sie dir zustecken.«

»Warum soll'n wir uns denn so anstrengen, sie zu verstehen, dafür kriegen wir doch nichts! Im Gegenteil, man weiß ja, wie das, was sie von einem zusammenschmieren, dann gegen einen verwendet wird.«

Niemand zwang uns, das habe ich schon gesagt. Man bat uns und fragte, ob wir gewillt waren und Lust hatten, auf die Fragen zu antworten. Aber diese Freundlichkeit war wie eine Schmierseife, mit der sie uns einschmierten, damit alle Fehler zum Vorschein kämen.

Dschingis' Unterwürfigkeit, das Geträume von Metzger und seine ewige Angst vor Krach, Racings Zuverlässigkeit, das Bedürfnis von Knirps, den starken Mann zu markieren – alles könnten sie ausnützen, wenn sie dahinter kämen. Und wozu? Man konnte ihnen nicht trauen. Wir hatten alle unsere schwachen Stellen.

»Ich hab' es auch nicht leichter als ihr«, sagte Krister. »Ich bin ebenso abhängig.«

»Das mußte mit dir selbst abmachen.«

»Wenn du ihnen traust, bist du auf alle Fälle ein Idiot.«

»Er ist selbst einer von ihnen«, sagte Fisch.

»Halt doch deine verdammte Schnauze«, sagte Egon wütend. »Krister ist nicht wie die andern.«

»Wenn wir nur die Wohnung von der Sachlichkeit übernehmen könnten! Genau so weitermachen, aber sie los sein – wir würden schon keinen Mist machen, Krister könnte kontrollieren . . .«

»Schade«, sagte Krister, »aber ich fürchte, daß sie darauf nicht eingehen werden. Sonst wäre die Idee nicht so schlecht.«

»Wir sollten sehen, daß wir 'ne andere Wohnung kriegen!«

»Was haste denn an dieser auszusetzen?«

»Nichts. Nur daß sie nicht uns gehört.«

»Der Sachlichkeit auch nicht!«

»Nein. Aber was haben wir schon für Chancen gegen sie?«

»Wenn wir sie nur irgendwie loswerden könnten . . .«

»Woran denkt ihr denn?« fragte Krister unsicher.

Die Hausmutter schrie: »Wenn ich nicht wäre, würde hier überhaupt nichts gemacht werden. Ich muß zusehen, daß wenigstens 'n bißchen Ordnung hereinkommt in dieses – *Erholungsheim!* Ja, Erholungsheim! Ihr tut ja nichts andres als die Beine hinter euch herziehen! Ja, und das gilt faktisch auch für den sogenannten Herrn Assistenten!«

Na, da hatte sie sich wieder mal abreagiert. Ihre Stimme zitterte vor Entrüstung. Als Abschluß, ehe sie die Tür zur Küche hinter sich schloß, rief sie noch: »Ich muß für euch alle die Mutter spielen!«

Eine Weile war alles still. Dann sagte Krister: »Wenn sie damit nur aufhören wollte!«

Er starrte ganz verstimmt in seine leere Tasse. Das trug sich beim Frühstück zu. Vor dem Fenster dämmerte es, der Tag lag noch ungebrochen, grau und hoffnungslos vor uns. Vor der Tür zu unserem Zimmer lag Dschingis' Laken noch als stinkiger Haufen da. Er war Bettnässer.

»Läßt du dir das gefallen?« fragte Egon herausfordernd.

Krister zuckte mit den Achseln.

»Es führt ja zu nichts, Krach anzufangen . . .«

»Krach anfangen? Sie hat doch, verdammt, angefangen! Ist's

vielleicht recht, daß sie dir vor'n Koffer scheißen darf, wann's ihr paßt, ohne daß du dich rührst? Du bist doch, zum Teufel, ihr Chef, oder nicht?«

»Statt hier zu sitzen und zu quasseln, könntest dich verdünnisieren, damit ich abdecken kann«, sagte Fisch.

Krister stand sofort auf, Egon dagegen, dem es galt, antwortete gereizt: »Ich werd' doch, zum Teufel, erst noch fertig essen dürfen!«

»Die Schokolade ist alle, und die Stullen auch. Du hast nur noch deine Nägel zum Beißen.«

»In dieser verdammten Bruchbude lassen sie einen noch verhungern.«

»Daran bin ich eigentlich schuld. Ich hätte es ihr sagen müssen. Es ist wirklich zu wenig. Aber sie hat sicher bloß nicht daran gedacht, daß . . .«

»Sie macht's doch mit Absicht! Leuten wie uns, die nicht malochen und rackern, darf's nicht zu gut gehen. Und wenn man die Sachlichkeit auch ganz offen bescheißen kann, so hat *sie* jedenfalls nicht die Absicht, sich was vormachen zu lassen. Sie weiß besser Bescheid! Prügel und Wasser und hartes Brot! Sie weiß, was sie tut, das kann ich dir sagen. Es wird immer weniger werden.«

Der Fisch machte sie nach: ». . . und man weiß ja genau, was ihr nachts treibt, und da braucht man sich ja nicht zu wundern, daß ihr morgens nicht aus den Betten kriechen könnt; aber ich wüßte schon, wie man euch kleinkriegen würde, wenn man bloß dürfte. Aber heutzutage ist ja alles verdreht, ihr seid ja, o Gott, o Gott, so zartfühlend, man darf euch nicht einmal anrühren. Aber ich weiß, was ich weiß und höre und sehe!«

»Ja, Mutti!«

Dschingis saß zusammengekrochen da und war ganz still, er hatte scheue Augen, so lange das Laken dalag. Als es der Fisch aber mit dem Besenstiel hochgenommen und hinausgetragen hatte, richtete er sich auf und aß schnell seine Stullen.

Racing spielte mit Brotkugeln und ließ sie unablässig umherrollen. Er sagte nichts und ich weiß nicht, ob er überhaupt etwas hörte. Knirps saß ihm gegenüber und folgte mit zwinkernden Augen dem Rollen der Kugeln. Seine Kiefer mahlten langsam und mechanisch. Es dauerte immer einige Zeit, bis er richtig wach wurde. Nur wir drei, Egon, Fisch und ich, waren schon in Schwung und diskutierten. Auch Krister; aber der fühlte sich morgens auch meist recht schlapp.

Metzger war schon unterwegs.

»Schon weg wie gewöhnlich, um doofe Blumen zu kaufen«, sagte Knirps schläfrig und zog die Schultern hoch. »Scheiß-Metzger, was? Äh –«

Er blickte zum Fenster hinaus. Die Bäume draußen sahen aus wie große, struppige Reisigbündel in der diesigen Dunkelheit, und die Kirche konnte man auch nur eben ahnen: etwas Schwarzes, das den Blick versperrte. Vom Hof unten hörte man Rufe und Schritte; im Glaslager hatte die Arbeit begonnen.

Das mit dem Metzger und seinen Blumen – das war so: Eigentlich war er es gar nicht, der die Blumen kaufte. Er begleitete nur morgens einen Mann, der in der Klarahalle immer einen ganzen Berg Blumen kaufte; der Alte hatte ein paar Leute, die für ihn an den U-Bahnhaltestellen in den südlichen Vororten mit Bauchläden und auch Kisten und Körben Blumen verkauften. Er hätte übrigens wenig Nutzen gehabt, wenn Metzger für den Einkauf gesorgt hätte – der Metzger war nämlich ein völliger Idiot in Geschäftsdingen und mochte Blumen viel zu gern.

Ich weiß nicht, ob und wie er mit dem Alten verwandt war. Jedenfalls aber ließ ihn der Alte manchmal draußen in Hökarängen mit einem Bauchladen Blumen verkaufen. Das kann auch nicht viel eingebracht haben, der Metzger bekam zumindest nichts dafür. Wenn sie aber nicht verwandt waren, dann mußte ihn der Alte ganz gut leiden können – fast so gut, wie der Metzger Blumen leiden konnte. Das zeigte sich auch später, aber davon werde ich noch berichten.

Der Metzger wußte alles, was mit Blumen zusammenhing. Nicht nur über die verschiedenen Familien und Arten und dergleichen, oder über die Blumen, die er bundweise in einem Holzkasten vor seinem Bauch umhertrug, sondern auch, wie man sie züchten und treiben und düngen und pflegen mußte. Übrigens, wenn man genau hinsah, hatte er auch was von so einer Blume an sich – ich meine, wenn man ihm in die Augen sah. Der Rest war ziemlich schäbig.

Es war erst acht Uhr. Wir sollten um halbneun bei der Sachlichkeit unten sein, mußten uns also irgendwie die Zeit vertreiben. Die war aber so kurz, als daß es keinen Sinn gehabt hätte, wirklich was anzufangen, und wieder hinlegen konnten wir uns auch nicht – wegen der Hausmutter.

Racing verschwand in seinem Schlafzimmer und begann, an etwas herumzufeilen, vermutlich an einem Schlüssel, und Dschingis legte sich auf sein Bett, was er ja seiner Hand wegen durfte. Krister ging auch in sein Zimmer, um zu studieren, und Fisch begann mit dem Reinemachen.

Wir drei blieben sitzen, Egon und ich an dem einen Tisch, Knirps an dem anderen.

»Die Madam wird bald wiederkommen, um zu kontrollieren.«

»Wo soll'n wir denn hingeh'n? Man kann ja nichts anfangen um diese Zeit.«

»Ihr habt aber mächtigen Schiß vor ihr«, sagte Knirps.

»Die Schok war sauer. Ebenso sauer wie die Hexe selbst.«

»Spiel'n wir doch Karten! Kasino?«

»Lohnt sich das noch?«

»Scheiß. Jetzt wird sie gleich auftauchen und sich das Maul zerreißen.«

»Dann kneif' ich sie in die Fotze«, sagte Knirps.

»Du gibst ja ordentlich an. Zeig doch mal, ob du mehr als quasseln kannst.«

Knirps lag mit aufgestütztem Kopf halb über den Tisch gelümmelt. Er antwortete nicht, aber seine Augen fingen an zu glänzen.

»Verflucht noch mal, ich hab' nur eine Stulle bekommen!«

Egon rieb sich den Magen.

»*Ich* habe jedenfalls keine Lust, hier zu sitzen und zu warten, daß ich wie'n Stück Scheiße behandelt werde!«

Ich stand auf und ging in unser Zimmer. Nach einer Weile kam Egon und gleich darauf Knirps. Egon und ich setzten uns jeder auf sein Bett und starrten Dschingis an, der schon eingeschlafen war. Er sabberte so, daß sein ganzes Kissen naß wurde. Knirps war an der Tür stehengeblieben und ließ seine Augen zwischen uns hin- und hergehen.

»Soll'n wir zu Krister gehen?«

»Nein, er studiert und will Ruhe haben.«

»Könnt' man bloß irgendwohin gehen . . .«

»Unsichtbarmachen müßt' man sich können . . .«

»Oder wenn die ganze Bude hier unsichtbar werden würde, so daß die Alte mit einmal denkt, sie steht in der Luft . . .«

Wir seufzten.

Dann ging es los. Türen quietschten und knallten, Schritte dröhnten und trampelten, schwere Röcke raschelten und huschten. Inspektionsrunde. Das Haus zitterte. Wir krochen zusammen.

Wir hörten, wie sie über den Fisch herfiel.

»Das soll gefegt sein? Das können Sie jemand anders erzählen, mir nicht. Das muß jedenfalls noch mal gemacht werden. Und die Waschtische sind auch nur schlampig saubergemacht!«

»Bin ich vielleicht von jemand angestellt?« sagte der Fisch. »Machen Sie's doch selbst besser.«

»Seien Sie gefälligst etwas höflicher, wenn Sie mir antworten!« schrie sie. »Ich brauche mir von Ihnen gar nichts gefallen zu lassen. Aber ich werd' mich beim Inspektor über ihre schlampige Arbeit und Ihr freches Benehmen beschweren und . . .«

Dann hörten wir die Wohnungstür hinter Fisch ins Schloß knallen. Er hatte sich verdrückt, und wir wünschten ganz intensiv, daß wir es auch getan hätten. Knirps rührte sich nicht, hatte aber aufgehört, uns anzustarren, Egon ließ den Kopf hängen, es zuckte in seinen Kaumuskeln, ich rutschte auf meinem Hintern hin und her, Dschingis schlief immer noch, bohrte sein Gesicht aber unruhig in das nasse Kissen. Je näher sie kam, desto schwerer fiel uns das Atmen. Sie war kein Mensch, sie war eine Ratte! Nichts konnte sie aufhalten.

Draußen ging das Leben seinen gewohnten Gang. Wir hörten unten auf der Straße den Verkehr und Stimmen und Schritte. Als ich wieder zu Dschingis hinsah, lag er vollständig unbeweglich, aber mit weitaufgerissenen Augen da.

Unsere Tür ging auf: »So, da sitzt ihr!«

Ihre Stimme knallte wie eine Peitsche, und wir krümmten uns unter den Hieben.

»Und was liegt denn der da?«

»Er hat sich verbrannt . . .«

»Ochott, ochott, wie schrecklich. Er kann einem ja leid tun, wirklich und wahrhaftig . . . 's tut ihm weh, daß er nicht mal stehen kann. Hat *so* 'nen schweren Unglücksfall hinter sich! Niemand kann sich vorstellen, *wie* schwer, er allein weiß es, er hat ihn ja selbst arrangiert. Und man hat ja seine Ahnungen, warum er es getan hat. Damit er den ganzen Tag hier liegen und faulenzen kann, nicht nur den halben. Ihr habt natürlich gemeint, daß ich davon nichts weiß. Habt natürlich gemeint, ich würde Mitleid mit euch haben und herkommen, euch schöne Augen machen? Ach nee, *euch* nicht, solchen . . .«

Ihre Augen schossen umher.

»Und ihr andern, die ihr euch nicht mit einem ›kranken Arm‹

ausreden könnt? Ihr müßt euch beeilen und euch auch mal 'n bißchen verbrennen oder einen Splitter in einen Finger jagen!«

»Steck dir 'nen Finger in die Fut, verfluchtes Weibsbild«, sagte Knirps.

Egon und ich duckten uns fast vor dem, was jetzt zu erwarten war. Aber es geschah nichts. Es kam nichts. Während sie einen Augenblick zögerte, entschied sie sich dafür, den Knirps zu ignorieren.

»Aber glaubt nur ja nicht, daß ich mir einfallen lasse, euch wegen ein paar lächerlicher Schrammen liegen zu lassen, daß hier alles verdreckt und ich 'ne Masse Extraarbeit habe ...«

»Was keifst du denn? Was meinst du, wofür du deinen Lohn kriegst, verfluchtes Weibsstück!«

Aber sie weigerte sich zu hören. Statt dessen machte sie einen Schritt weiter auf Dschingis Bett zu: »Na, hörten Sie nicht, was ich sagte? Aufstehen, sagte ich. Los! Aufgestanden! Jetzt ist's Schluß mit dem Faulenzen! Glaubt nur ja nicht, daß ich ...«

Da sagte Egon plötzlich: »Mach deinen Mist und scheiß auf uns!«

Und Knirps kroch näher: »Kannst du denn nicht Tante Henrietta gehorchen, Dschingis? Tante Henrietta, das ist dieser Feger da, aber ich möcht' nicht mal meine Kuh mit solchem Namen anreden!«

»Hexe«, sagte ich und dachte unsicher an Krister.

Nun war es für sie zu spät. Das bißchen, das sie noch hervorbrachte, konnte ihr nicht helfen.

»Auf das zu antworten, was gewisse Leute sagen, die man als geistesgestört ansehen muß, dazu bin ich mir zu gut. Aber Sie!«

Sie ging noch näher auf Dschingis zu.

»Sie stehen jetzt augenblicklich auf! Sie scheinen zwar auch 'n bißchen *seltsam* zu sein, aber das nützt Ihnen gar nichts! So! Man los! Ich habe keine Lust, den ganzen Tag hier zu stehen und zu warten!«

Und Dschingis kratze und kniff die Decke und sich selbst mit seinen kurzen Fingern und plagte und mühte sich hochzukommen, wie ein kleiner Mistkäfer. Aber es ging ihr nicht schnell genug.

»Nu machen Sie schon weiter! Bißchen fix! Glauben Sie, ich sähe nicht ...«

»Sag ihr, daß sie ein verfluchter Feger ist, Dschingis«, sagte der Knirps. »Los, sag ihr's. Du brauchst keine Angst zu haben. Es ist nicht gefährlich. Sag: Verfluchter Feger!«

»Verfluchter Feger!« sagte Dschingis mechanisch, während er krabbelte.

Doch da machte sie drei schnelle Schritte vorwärts. Die geschminkten Lippen wurden hochgezogen, so daß das Gold an den Zähnen leuchtete, und die Augen glänzten gelb. Und dann knallte eine Ohrfeige auf Dschingis Backe. Sie war so hart, daß er ins Bett zurückfiel.

»Laß dir das nicht gefallen! Da hast du den Dolch«, sagte Knirps und reichte ihm das Messer und sah ihm gerade in die Augen. Und Dschingis nahm ihn – immer noch ganz mechanisch. Er stand da mit dem offenen Messer in der Hand. Der Mund stand ihm offen, und die Augen blickten ausdruckslos. Die Backen fingen an, rot zu glühen, sonst aber war sein Gesicht vollkommen unbeweglich.

Das Messer lag einfach in seiner Hand, bloß die gekrümmten Finger verhinderten, daß es zu Boden fiel. Die Spitze war auf ihre Zehen gerichtet.

Es geschah nicht absichtlich. Knirps hatte nicht gemeint, daß das mit dem Messer mehr als ein Witz sein sollte. Er rechnete bloß nicht mit Dschingis – und mit dem Frauenzimmer selbst, und mit der Spannung und Nervosität.

Es war nämlich so, daß sie einen Schritt zurück machte, rein instinktiv, nur um von der Messerspitze etwas weiter wegzukommen. Ihrem Gesicht war nichts anzumerken, es drückte immer noch genau den gleichen Triumph aus wie in dem Augenblick, da Dschingis umfiel.

Ich weiß nicht recht, warum Dschingis hinter ihr herging. Wahrscheinlich beabsichtigte er damit überhaupt nichts. Unterwürfigkeit. Kurzschluß. Bankrott. Ich weiß es nicht.

So ging es eine Weile lang, immer einen Schritt, erst sie, rückwärts, und er wie ein Schatten hinter ihr her. Auf diese Weise waren sie fast schon durchs halbe Zimmer gekommen, ehe sich ihr Gesichtsausdruck änderte, ehe sie anfing, Angst zu kriegen. Sie blickte unruhig umher. Wir drei standen stumm und unbeweglich da. Knirps grinste ein bißchen. Sie bemerkte sicher die Feindseligkeit in unseren Gesichtern und dachte wohl, daß wir keine Hand heben würden ...

Faktisch fühlten wir gar nichts. Bloß vielleicht Knirps ...

»Ihr habt doch nicht vor ... Nein, jetzt ist Schluß. Bleiben Sie stehen!«

Aber Dschingis begriff natürlich nichts. Er ging bloß hinter ihr her. Sein Mund stand immer noch halboffen, und ein Streifen Speichel rann ihm von dem einen Mundwinkel aufs Kinn herunter. Klar, daß er komisch aussah, im Grunde aber nicht schlimmer als sonst.

Sie bildete sich wahrscheinlich irgend etwas ein. Sie hob die Hände hoch, wie wenn sie um Gnade bitten und sich zugleich schützen und das Messer fortschlagen wollte. Das galt nicht nur Dschingis, sondern ebenso uns andern. Ihr Mund ging auf, und ihre Augen blickten immer starrer, so daß Dschingis und sie sich schließlich ähnlich sahen. Aber ihr Mund war ganz trocken.

Die andere Hälfte des Zimmers brachten sie viel schneller hinter sich. Sie wandte sich aber erst um, als ihr Rücken gegen den Türrahmen knallte. Da stieß sie einen Schrei aus, drehte sich um und rannte, ein galoppierender Dachs, mit plumpen Schritten und wild fuchtelnden Armen in den Tagesraum.

Erst da begriff Dschingis.

»Hilfe! Sie wollen mich umbringen! Polizei! Hilfe!«

Seinem Gesicht war nichts anzusehen, nur seine Hand schloß sich plötzlich fest um das Messer. Aber er startete zu langsam; ehe er richtig in Gang kam, hatte sie die Hälfte des Tagesraumes zurückgelegt.

Als sie sah, daß er hinter ihr her war, packte sie zwei Stühle und warf sie um, so daß sie ihm den Weg blockierten, sonst hätte er sie sicher zu fassen gekriegt. Er war recht schnell, wenn er erstmal in Schwung gekommen war. Aber er schaltete zu langsam, und das mit den Stühlen bemerkte er überhaupt nicht; er stolperte über sie und fiel auf die Nase. Dann wollte er ihr wieder nach und versuchte, sich mit dem Messer einen freien Weg durch die Stühle zu schneiden, doch daran hinderten wir ihn.

Die Hausmutter aber setzte ihre Flucht fort, direkt durch die Wohnungstür, ohne sich die Zeit zu nehmen, sie zu öffnen, so daß wir sie nachher reparieren mußten. Und sie schrie die ganze Zeit. Noch von der Straße weit unten war sie zu hören.

»Was soll'n wir jetzt, verdammt, bloß tun?«

»Dschingis, nun mach mal 'n Punkt. Nehmt ihm das Messer weg.«

Knirps stand zusammengekrochen in der Türöffnung und lachte so, daß ihm die Tränen kamen. Dschingis heulte: »Ich schneid' das Mistweib in Striemen! Laß mich los, sag' ich. Ich spring' ihr auf den Puckel und zerschneid' sie! Ich werd' . . .«

»Blöder Hund«, lachte Knirps. »Am gescheitesten, sie sperren dich auch gleich ins Irrenhaus, aber lebenslänglich.«

»Was ist denn geschehen?« fragte Krister verwirrt.

Wir erklärten es ihm. Er wandte sich mit einem Aufschrei an Dschingis: »Dschingis, Dschingis! Verstehst du denn nicht? Jetzt werden sie dich holen!«

»Beruhige dich mal.«

»Der kleine, schwarze Satan ist an allem schuld«, sagte Egon.

»Dschingis! Versuch doch, still zu sein! Versuch doch zu begreifen, es ist jetzt ernst, Dschingis! So hör mir doch einen Augenblick zu, sie werden dich jetzt holen kommen!«

»Wenn wir nichts unternehmen.«

Dschingis heulte und schrie, er hörte und begriff nichts.

»Sie sollen bloß kommen! Ich werde es ihnen schon zeigen! Ich nehm' einfach das Messer und ...«

»Na wart mal«, fauchte Egon hinter Kristers Rücken. »Wenn sie sich Dschingis schnappen, dann werd' ich, verdammt, dafür sorgen, daß du auch mitgehst!«

Aber Knirps fing wieder an zu lachen.

Krister ging herum, stellte die Stühle auf und rückte Tische zurecht, um sich zu sammeln und seine Gedanken in Ordnung zu bringen. Dann versuchte er es nochmal bei Dschingis: »Dschingis. Hör mal zu und versuch zu begreifen, daß es ernst ist! Es wird nicht lange dauern, und die Hausmutter kommt mit der Polizei, und man wird dir einen versuchten Mord anhängen wollen. Und wenn du so weiterredest wie jetzt, dann werden sie dich ...«

Dschingis beruhigte sich langsam. Ich bin aber nicht sicher, ob er auch wirklich etwas begriff.

»Auf alle Fälle aber bekommst du ordentlich 'n Arsch voll, wie's auch ausgeht«, sagte Egon. »Das kann ich dir garantieren!«

»Kannst es ja versuchen. Bist ja genau so bescheuert wie Dschingis.«

»Du wirst's schon sehen! Mehr sag' ich nicht. Aber wart mal ab!«

»Und du? Was willst du denn damit?«

Das Stilett war wieder zum Vorschein gekommen.

»Hat es nicht schon genug Unglück angerichtet?« stöhnte Krister. »Mein lieber Knirps ...«

»Soll ich mich von dem Arschloch einfach schlagen lassen, ohne daß ...«

»Lieber Egon!«

»Soll der schwarze Satan machen, was er will, ohne daß . . .«

»Nun seid doch nett und hört auf mit eurem Zanken und helft mir lieber, nachzudenken, was wir tun sollen!«

»Wir? Wir haben doch damit nichts zu tun. Du bist ja Assistent hier!«

»Es ist jetzt wohl gleichgültig, wer was ist!«

»Gleichgültig? Prima, dann kann ich dein Gehalt einkassieren, wenn . . .«

»Nisse!«

»Sie rennt geradewegs zur Polente. Sie wird sogar schon dort sein. Da können wir also nichts gegen tun. Und einen Bullen auf einem Revier um was bitten, ist doch Irrsinn, oder so einem was erklären zu wollen, denn die begreifen auf keinen Fall was, wollen sie auch gar nicht, weil es beschwerlich ist und weil sie sich nicht trauen, ne Verantwortung zu übernehmen, und weil sie auch gar nicht wollen, wie gesagt. Entweder du rufst 'nen Oberbullen an — und quasselst ihm was vor von hysterischen Weibern und Untauglichkeit und schwierigen Kunden, die aber wenigstens doch zuverlässig sind — und man muß hoffen, daß er selbst heute morgen mit seiner Alten 'nen ordentlichen Krach gehabt hat — oder du rufst unsern Inspektor an und singst ihm das gleiche Lied vor, bloß 'n bißchen anders; und übertreib mal ordentlich! Aber es ist natürlich gescheiter, daß du die Alte nicht zu *sehr* runtermachst, wenn sie auch ein Satan ist; verteidige sie lieber noch ein bißchen. Du weißt schon: ›Sie kann gewiß nichts dafür‹ und ›Sie war in der letzten Zeit recht nervös und unausgeglichen‹ und mehr von der Sorte. Denk dir irgendwas aus! Sag, daß sie Weinkrämpfe hat und Selbstgespräche führt. Daß sie manchmal vergessen hat, uns was zu essen zu geben — und das ist ja beinahe wahr. Und dann sag auch, daß Dschingis Angst gekriegt hat, wie sie ihn so aus dem Bett zog, als er schlief und von nichts was wußte und gar nicht ahnte, wer es war. Sag, daß er um sich geschlagen hat, aber sag nichts vom Messer, verdammt! Und dann bitte den Inspektor, daß er irgendeinen Oberbullen anruft. Das macht er schon, denn er hat für Weiber nicht viel übrig, da möcht' ich drauf wetten. Er kann das alles in Ordnung bringen, denn die da oben kennen sich doch alle.«

Krister starrte mich eine Zeitlang an, ehe er nachdenklich antwortete: »Das hängt wohl damit zusammen, daß die da oben, wie du sie nennst, eine Gruppe von Menschen bilden, die sich ganz klar von andern unterscheiden und die auf Grund ihres sozialen

Milieus — wo es vielleicht durch mehrere Generationen hindurch höhere Beamte gegeben hat — und ihrer von der Familientradition bestimmten, zielbewußten Studien für die Beamtenlaufbahn mehr oder weniger vorbestimmt waren. Und die dank dieser gleichen Tradition — und vielleicht auch Tüchtigkeit, Tüchtigkeit verbunden mit guten Beziehungen — eine Tüchtigkeit, von der sich vielleicht sagen läßt, daß sie in einer Art Suggestion begründet ist ... Ich meine, ein Kreis von Familien, da ist es nicht so merkwürdig, daß sie einander kennenlernen, persönlich und indirekt. Und dann auch während der Studienzeit, die Universitäten sind ja an und für sich klar abgegrenzt, und dazu kommen dann noch Trennungslinien der speziellen Fachgebiete ... es ist ja erstaunlich, wie im Laufe der Jahre in den Ranglisten immer wieder dieselben Namen erscheinen, trotz aller Änderungen der Regierungssysteme, die oft mit Gewalt durchgeführt wurden ... Ja, nicht direkt mit Gewalt, aber ... Und was du da gesagt hast, daß die niedrigen Beamten weniger gewillt sein sollten, eine Verantwortung zu übernehmen ...«

»Du, Krister, jetzt geht es um Dschingis! Und es muß auch sogar ziemlich schnell gehen.«

»Ich meine eigentlich nicht, daß die geringer wären«, sagte Krister zahm und mit Augen, die nichts sahen.

»Und denk dran, daß es um Dschingis geht!«

»Ach, verzeiht«, sagte er unglücklich. »Was meint ihr, daß wir tun sollen?«

»Die kommen gleich und lochen ihn ein.«

»Ja, ich weiß! Ich weiß!«

»Na also, willst du nun anrufen?«

Er stand schweigend da.

»Also ...«

Draußen war es ganz hell geworden.

Langsam setzte er sich in Bewegung und ging in sein Zimmer. Und wir hinter ihm her.

»Versuch es so zu drehn, daß 'ne Prestigefrage draus wird.«

»Sag, sie ist 'n Verräter!«

»Rin! Verräterin!«

»Und denk dran, daß es um Dschingis geht!«

»Au! Deswegen brauchst du doch nicht auf mir herumzutrampeln.«

»Rin ...«

»Dschingis, komm auch mit! Krister wird alles in Ordnung bringen.«

Wir wählten die Nummer und verlangten den Inspektor. Dann reichten wir ihm den Hörer.

Er sagte: »Hier ist was Schreckliches geschehen . . .« Seine Stimme klang gequält und verstimmt.

Und was er sagte war ebenso blöde. Er stammelte und stotterte bloß. Er übertrieb, aber nach der falschen Seite. Wir hielten den Atem an, schlugen uns an die Stirn und traten von einem Fuß auf den andern und lamentierten, aber es wurde nur noch schlimmer. Wir ballten die Fäuste und verzogen die Gesichter und fauchten und tanzten wie rasend vor ihm auf den Zehen. Aber das verwirrte ihn nur, so daß er alles vergaß und bloß mit starrem Blick vor sich hinstierte. Und wir konnten nichts laut sagen, um nicht alles zu verderben.

»Krister, bist du noch da?« fragte der Inspektor.

»Sag ja«, fauchte ich und hielt die Hand vor die Sprechmuschel.

»Ja.«

»Was ist denn mit dir los? Du bist sicher noch nicht ganz wach!« Er lachte. »Ach so, Dschingis wollte unser Personal reduzieren? Und damit war unsere Hausmutter nicht einverstanden? Na, beruhige dich nur, Krister! Ich werde mit ihr reden. Es ist gewiß nicht so gefährlich, wie es aussieht. Du wirst sehen, es kommt schon alles in Ordnung. Bitte sie bloß, mich anzurufen, wenn sie wieder auftaucht.«

»Und die Polente?« fauchte ich. »Was soll'n wir mit der anfangen?«

»Was, wenn die Polente kommt?« sagte Krister tonlos.

»Die Polente? Hahaha. Dann mußt du die halt auch ersuchen, mich anzurufen. Aber ich rufe wohl besser selbst an und rede mit ihnen . . .«

»Schönen Dank!« sagte Krister erleichtert. »Das wäre nett. Das wäre riesig nett!«

Bald danach kamen sie.

Die Tür stand weit offen, weil das Holzstück rings ums Schloß abgerissen war; sie konnten geradewegs durchgehen. Wir hörten sie kommen und gingen ihnen auf dem Flur entgegen: Es waren die Hausmutter und zwei Bullen von der Funkstreife. Die Bullen sahen Krister unschlüssig an, und Krister machte einen Schritt auf sie zu und sagte: »Wenn es sich um den Jungen da handelt, dann hat er nichts ...«

Die Hausmutter kreischte: »Da ist er! Da ist er! Der wollte mich ermorden!«

Sie versuchte, einen der Bullen mit sich zu Dschingis hinzuzerren. Der Bulle machte einen Schritt vorwärts, um das Gleichgewicht nicht zu verlieren, blieb dann aber stehen und sah weiter abwartend auf Krister.

»So nehmen Sie ihn doch fest! Er steht ja doch da! Der Kleine da ist es, der mich ermorden wollte. Warum nehmen Sie ihn denn nicht fest, wenn er gerade vor Ihnen steht? Der mordet sonst doch einfach weiter.«

»Wissen Sie etwas von der Sache?« fragte der Bulle.

Krister räusperte sich: »Ich war nicht selbst dabei, aber ...«

Die Hausmutter fuchtelte mit einer geballten Faust unter Dschingis Nase umher: »Nun, Sie werden kriegen, was Sie verdient haben! Wir werden's Ihnen schon zeigen: ins Zuchthaus kommen Sie! Ich werde dafür sorgen, daß solche Kerle wie Sie die Strafe bekommen, die sie verdient haben. Lebenslänglich sollten Sie kriegen, und ihr andern von rechtswegen auch!«

Sie warf einen wild triumphierenden Blick auf uns alle.

»Aber es war vielleicht nicht so gefährlich, wie es Frau – wie es der Hausmutter hier in der momentanen Erregung vorgekommen ist ...«

Sie schrie gellend: »Nicht gefährlich? Daß er mich ermorden wollte, das ist vielleicht nicht gefährlich, wie? Daß er mir das Messer in den Leib rennen wollte, kommt *Ihnen* vielleicht nicht so gefährlich vor, aber mir gewiß, denn er war *mir* ja auf den Fersen mit dem entsetzlichen Messer, mit dem er immer wieder nach mir stach; aber das war also nicht gefährlich, wie? Hören Sie doch gar nicht auf ihn, Wachtmeister, der will die Kerle ja nur in Schutz nehmen, das ist doch selbst nur so'n Grünschnabel, der von nichts 'ne Ahnung hat. Ich dagegen bin doch ein alter Mensch; und ich weiß, was ich weiß! Und im übrigen ist er selbst genauso! Der Kleine wollte mich ermorden, und der andere da war doch gar nicht dabei und ...«

»Also Sie sind jedenfalls hier angestellt?« sagte der Bulle. »Und Sie leiten das Pensionat? Schön. Dann sind Sie ihr nächster Vorgesetzter?«

»*Der mein* Vorgesetzter?«

»Sie hat Ihnen davon nichts mitgeteilt? Und Sie waren die ganze

Zeit hier? Man sollte meinen, daß es am naheliegendsten gewesen wäre, wenn Sie . . .«

»Er war hinter mir her, er bedrohte mich mit seinem Messer!«

Wir sahen alle zu Boden und schüttelten den Kopf.

»Ich habe mit dem Inspektor in der Sachlichkeit gesprochen – das Pensionat hier wird ja von dieser Institution betrieben – und ihm meine Auffassung von dem, was sich hier zugetragen hat, mitgeteilt. Und er läßt Sie bitten, sich mit ihm in Verbindung zu setzen, falls sich irgendwelche Unklarheiten ergeben sollten.«

»Und Ihrer Auffassung nach war die Sache nicht so gefährlich? Sie verstehen, Frau – diese Dame da kam aufs Revier gerannt und schrie, daß jemand hinter ihr her sei und sie erstechen wolle, aber es war ja niemand zu sehen, der . . . Nun, auf ihr Verlangen fuhren wir also her. So verhält sich die Sache unsererseits. Aber wir waren natürlich gezwungen, der Angelegenheit nachzugehen . . . Ist das der Junge hier, um den es sich handelt? Haben Sie etwas dagegen, daß wir ihn verhören?«

»Nein. Aber es hat ihm sicher einen leichten Schock versetzt, als die Hausmutter auf die Idee kam, daß er sie ermorden wollte. Und er hat sich davon gewiß noch nicht ganz erholt.«

»Verlieren Sie doch keine Zeit! Nehmen Sie ihn fest, ehe er wieder anfängt.«

»Nun müssen Sie sich aber 'nen Augenblick beruhigen, meine Dame«, sagte der Bulle.

Nur der eine von ihnen benutzte seine Stimme, der andere hatte die ganze Zeit stumm an der Tür gestanden.

»Ich sah alles«, sagte ich. »Er wollte niemanden ermorden. Die andern haben's auch gesehen.«

Der Knirps steckte ihr die Zunge raus, ohne daß Krister oder die Bullen es bemerkten. Ich glaubte, dem Weibsbild würden die Augen aus dem Schädel rollen.

Und dann machte sie einen entscheidenden Fehler. Sie schrie: »Ich lasse mir das hier nicht gefallen! Ich läute den Inspektor an und erzähle ihm das Ganze, und dann werdet ihr schon sehen! Ja, Sie auch!« fuhr sie die Bullen an.

Und dann stürmte sie in Kristers Büro und riß das Telefon an sich. Keiner von uns rührte sich, aber alle sahen wir ihr nach und hörten dem Gespräch zu, das nun folgte.

Es war nicht viel zu hören. Sie wiederholte ungefähr alles, was sie wohl schon bei der Polente gesagt und im Flur von sich gegeben hatte. Über Krister ließ sie sich etwas schlimmer aus. Dann gab's bei ihr einen Kurzschluß, sie begann zu jammern und zu heulen. Wir konnten daraus nicht schlau werden.

»Da können Sie's selbst hören«, sagte Egon zu den Bullen.

Nach und nach wurde es drinnen still und ruhig, und bald darauf kam sie mit hoch erhobener Nase heraus — die war aber rot wie ein Stopplicht, die Augen verschwollen und das Gesicht so naß wie eines von Dschingis Kissen.

»Der Inspektor wünscht mit Ihnen zu sprechen«, sagte sie zu Krister. Dann segelte sie davon, ohne uns auch nur anzusehen. Egon und der eine Bulle, die an der Tür standen, drückten sich vorsichtig zur Seite. Sie verschwand in Richtung Küche.

Als Krister zurückkam, sagte er zu dem Bullen, der das Wort führte: »Der Inspektor möchte gern mit Ihnen reden.«

Der Bulle richtete sich auf und salutierte, ehe er hineinging. Krister erklärte: »Sie soll sich eine Zeitlang erholen und ausspannen. Der Inspektor will versuchen, eine andre zu kriegen.«

Fast zur gleichen Zeit wie der Bulle aus Kristers Büro, kam auch die Hausmutter aus der Küche. Sie hatte Ausgehzeug an. Als er sie sah, sagte er rasch: »Ja, dann ist wohl alles in Ordnung, was uns betrifft. Die Erklärungen, die der Herr Inspektor bezüglich Ihrer Person gemacht hat, haben uns durchaus überzeugt. Nun müssen wir leider sehen, daß wir weiterkommen . . .«

»Sehr erfreut, Ihre Bekanntschaft gemacht zu haben«, sagte der andere Bulle und öffnete dabei zum erstenmal seinen Mund.

Sie drückten sich gleichzeitig zur Tür hinaus.

Die Hausmutter stand da, klar für den Krankenurlaub.

»Ich verzeihe Ihnen, Herr Assistent«, sagte sie. »Ich weiß, daß Sie nichts *verstehen.*«

Plötzlich setzte sich Dschingis in Bewegung. Ich glaube nicht, daß er überhaupt an sie dachte. Ich glaube nicht einmal, daß sie in seinem Bewußtsein noch existierte. Er hatte vielleicht Schmerzen in der Hand und wollte sich ins Bett legen. Da sie aber mitten in der Türöffnung stand, war es unvermeidlich, daß sie aneinanderstoßen oder jedenfalls einander streifen mußten. Er dachte nicht daran, und sie wollte auch keine Schwäche zeigen. Zu spät entschloß sie sich zum Rückzug. Sie zog den Kopf ein und bog zur Seite. Dschingis entdeckte sie und fiel zwei Strich vom Kurs ab.

Die Schritte der Bullen auf der Treppe waren leiser zu hören. Dschingis hatte Eidechsenaugen.

Sie krängte noch mehr, klotzig wie ein Prahm, und wurde in eine Ecke hinter der Tür zum Eßzimmer getrieben. Dschingis stoppte jäh und blieb in der Tür stehen. Er war wie ein kleines, panzergraues Torpedoboot, das die Einfahrt sperrte. Sie kroch in sich zusammen.

Es geschah aber nichts, und nach einer Weile sah sie vorsichtig auf. Der Hut saß schief, und das Haar kam darunter in Strähnen, grau und blau, zum Vorschein. Die Lippenschminke war um den Mund verschmiert. Sie wirkte doppelt so groß wie Dschingis.

Dann setzte sie zum Durchbruch an: Sie steigerte die Fahrt auf hundert Knoten, stieß ihm den Ellbogen gegen die Brust, schlug mit der Handtasche auf seinen Schädel ein, machte einen Bogen um den Knirps und fuhr direkt auf die Tür zu. Wir andern mußten uns zur Seite werfen.

Der Knirps wollte noch hinter ihr her, aber Krister ließ es nicht zu.

Dann kochten wir Tee und aßen Berliner Pfannkuchen. Krister spendierte sie, und ich ging zum Bäcker sie holen.

»Wir müssen die Tür jetzt mal ordentlich reparieren, damit sie bis zum nächsten Weibsstück hält«, sagte Fisch, der zurückgekommen war.

»Eigentlich müßte man sie mit Platten verkleiden, mit Panzerplatten!«

Die Hausmutter hatten wir völlig vergessen. Eines Tages bekamen wir aber den Bescheid, daß sie nun, nach ihren Extraferien, wieder zurückkommen würde. Sie selbst wollte es. Sie lehnte es ab, sich versetzen zu lassen, da sie ganz in der Nähe wohnte.

Der Inspektor hatte es Krister mitgeteilt, und Krister kam damit geradewegs zu uns. Die Nachricht schlug bei uns wie eine mit schlechter Laune geladene Bombe ein.

»Warum denn? Ist das vielleicht *ihr* Pensionat?«

»Der Inspektor hat in einem solchen Fall nach allen möglichen Seiten hin Rücksicht zu nehmen. Es gibt offenbar ganz bestimmte Verordnungen und Gesetze, welche die Staatsangestellten . . .«

»Und wir? Wir sind wohl gar nichts, was? Sollen immer die Schnauze halten und jeden Käse mitmachen. Immer haben wir unrecht.«

»Nein, aber in dem Begriff Recht ist das Recht, andern unrecht zu tun, nicht enthalten.«

»Andern unrecht tun?« schnaubte der Fisch. »Diese verdammten Feldwebeltypen! Wenn jemandem unrecht getan wird, dann sind wohl wir es.«

»Ist das vielleicht Recht, daß wir es ausbaden sollen, wenn sie zu faul ist, ein Stück weiter weg 'n Job anzunehmen?«

»Nu beruhigt euch mal, Jungs«, sagte Knirps. »Dschingis wird's schon wieder schaukeln, wenn sie kommt. Nicht, Dschingis? Bist doch der richtige harte Knochen! Schneidest sie gleich in Stücke, was?«

»Ja«, schrie Dschingis. »Ich werde sie . . .«

»Dschingis, sei doch still! Und du, Knirps . . .«

»Soll dieses verdammte Weib einem das ganze Leben versauen? Ist das Recht, Krister? Ist das Recht, daß sie . . .«

»Es kann doch sein, daß sie wirklich mit ihren Nerven fertig war und eine Zeitlang Ruhe brauchte«, sagte Krister. »Es kann doch sein, daß jetzt leichter mit ihr auszukommen ist.«

»Was heißt *fertig mit ihren Nerven?* Nach vierzehn Tagen! Wenn sie wirklich so empfindlich ist . . .«

»Es kann ja sein, daß sie eben einen solchen Betrieb nicht gewohnt war. Gebt ihr eine Chance! Versucht, ein wenig nett zu sein, wenn Sie kommt!«

»Glaubst du vielleicht, wir sind solche verdammten frommen Jesusbrüder? Vielleicht die linke Backe hinhalten, was? Sag *ihr* das doch!«

»Aber eurer selbst wegen . . .«

»Wenn's unseretwegen sein soll, dann müßt' man sie zum Fenster hinauskippen, den Kopf voran!«

»Ich hab' keine Lust, mich von dem Weibsstück tyrannisieren zu lassen, daß du's nur weißt!«

»Wie, zum Teufel, werden wir sie wieder los?«

»Hm«, sagte Fisch nachdenklich. »Wie wär's, wenn . . .«

»Paß auf, was du sagst, Fisch«, bat Krister flehend. »Denk dir bloß nicht was aus, wofür Dschingis dann wieder zu büßen hätte.«

»Nee, sowas hab' ich doch gar nicht gemeint.«

»Könnt ihr nicht lieber versuchen, ein bißchen nett zu ihr zu sein?«

»Ja eben, daran hatte ich gerade gedacht. Wir woll'n nett zu ihr sein. Von Anfang an, daß sie gar nicht dazu kommt, uns das Leben sauer zu machen. Und nach dem, was du immer sagst, müßte sie bei der Sache ja am meisten gewinnen.«

Krister pflegte zu sagen, daß der, welcher andern schadet, auch sich selbst Schaden zufügt. Jetzt aber machte er ein bedenkliches Gesicht.

»Nein, nein«, fuhr der Fisch fort. »Wir woll'n gar nicht böse zu ihr sein. Wir wollen so nett sein, — daß ihr alles vergeht.«

Operation Freundlichkeit.

An dem Morgen, als sie kam, standen wir auf dem Sprung; wir waren eine Stunde früher aufgestanden, um sie auch ja zu erwischen.

»Achtung, sie kommt!«

Im gleichen Augenblick, als sie die Klinke anfaßte, rissen wir die Tür auf.

»Willkommen! Seht mal, Jungs, die *Hausmutter!*«

»Ach nee, wirklich, die Hausmutter! Das ist aber *nett!*«

Wir zogen sie herein, drängten uns um sie, entrissen ihr den Mantel und das Netz und die Handtasche. Fisch und Knirps balgten sich fast darum, wer ihren Mantel auf einen Bügel hängen durfte, und schließlich taten sie es beide, mit dem Ergebnis, daß sich der Haken des Kleiderbügels verbog und abbrach; es endete damit, daß sie den Mantel auf das Bord darüber zusammengerollt hinlegten.

Und die ganze Zeit sabbelten wir wild durcheinander wie die Affen, immer wieder dasselbe: »Willkommen!« und »Nein, wie nett!« und »Wie haben wir uns doch nach unserer Hausmutter gesehnt!« Knirps schnappte ihre Handtasche und zog damit voran in den Tagesraum, der Fisch hinter ihm her, während wir andern vier immer dicht um sie herumtanzten. Wir machten alle mit, außer Metzger, der schon zu seinen Tulpen weggefahren war. Und wir machten es gründlich.

Anfangs nahm sie alles für Reue und setzte gnädig eine sauersüße Miene auf: »Jaja, jetzt paßt es euch. Jetzt habt ihr entdeckt, daß es nicht so leicht ist, ganz allein klar zu kommen. Es hat euch ganz gut getan, 'ne Zeitlang mal euch selbst überlassen zu sein. Nun paß mal auf, kleiner Freund, ich . . .«

Aber bald kam die Unsicherheit angeschlichen. Wie ein kalter Luftzug. Und unsere Aktion lief hart und mechanisch wie eine Maschine.

»Hier ist der weiße Kittel!«

»Ich will ihr beim Anziehen helfen!«

»Nein, ich. Laß mich, laß mich!«

»Wartet einen Augenblick, ich muß mich erst kämmen. Nein, nein, lauft nicht mit der Handtasche davon!«

Knirps und Fisch kamen wieder zurück.

»Wenn ich sie aufmache, dann kannst du den Kamm rausholen, das ist doch gerecht.«

»Wo ist er denn? Halt doch still, damit ich suchen kann! Da schau, was du machst! Jetzt hast du alles auf den Boden geschmissen. Hausmutter, sehn Sie bloß, was er gemacht hat!«

»Du bist doch schuld daran, daß sie mir ausgekippt ist!«

»Mir die Schuld zuschieben, was, du Feigling? Hausmutter, er hat . . .«

»Nee, du warst's!«

»Nee, du!«

»So, so, immer mit der Ruhe, das ist am besten. Ja, nun ist's gut. Jetzt komme ich schon selbst klar. Danke! Nein, nein . . .«

Aber wir kümmerten uns nicht um das, was sie sagte.

Wir zogen sie zur Küche, ungefähr so, wie man ein Haus auf Rollen weiterschiebt. Sie schlug mit den Armen umher und versuchte, sich dagegenzustemmen, sie stolperte über den Fisch und fiel hin. Da packten wir sie an den Armen und Beinen und versuchten, sie in die Küche zu tragen, aber sie sackte in der Mitte ab und schleifte über den Fußboden hin. Als sich ihr Rock bis zum Bauch hochschob und sie die Hände nicht freikriegen konnte, um ihn hinunterzuziehen, schrie sie wie verrückt. Da ließen wir sie los, damit Krister nicht aufwachen sollte. Sie war übrigens auch zu schwer.

»Ich werde den Tisch decken!«

»Nein, ich!«

Ein Teller fiel zu Boden.

»Da ist ein Fleck. Den muß ich wegputzen!«

»Hier ist der Kakao!«

»Hier, Hausmutter, hier ist die Milch!«

»Zucker! Zucker!«

»Darf ich nachher abwaschen, Hausmutter? Darf ich abwaschen? Hausmutter, lassen Sie mich abwaschen?«

»Dann darf ich abtrocknen!«

»Da seht, da ist nun auch auf Hausmutters Kittel ein Fleck gekommen. Warten Sie mal, ich werd' . . .«

Kittel, Rock, Unterrock flogen mit einem Ruck in die Höhe. Sie kniete nieder, zog vorn die Kleider herunter, wehrte sich nach hinten. Da kam der nächste von vorn: »Ein Fleck? Wo denn?«

Die Hände fuhren vor, der Hintern nach hinten; doch da wurde hinten wieder der Rock hochgezogen. So kriegten wir sie dahin, daß sie sich in einer Tour ruckweise vorwärts und rückwärts bewegte. Der Fisch lachte, bis ihm die Tränen kamen, doch ohne daß man einen Laut hörte.

Sie konnte sich nicht wehren. Sachlichkeit zog nicht, und Schläge trafen in die Luft. Da schrie sie, und nun waren wir beleidigt.

»Wir wollten doch nur helfen!«

»Wir wollten doch nur das Allerbeste . . .«

»Wir haben uns so auf die Hausmutter gefreut.«

»Und jetzt wird die Hausmutter böse!«

»Können Sie denn nicht verstehn, Hausmutter, daß wir jetzt ganz *traurig* sind.«

Fisch machte leise die Küchentür zu, damit Krister nichts hörte.

Drei Tage lang machten wir so weiter, dann gab sie auf. Wir waren eisern und ließen uns die ganze Zeit nichts anmerken. So konnte niemand etwas sagen. Krister ahnte natürlich, was los war, konnte aber nichts Bestimmtes anführen. Und wenn er anfing, davon zu sprechen, dann verstanden wir immer nur Bahnhof.

Erst als das elende Weibsstück für immer die Tür hinter sich zugeschlagen hatte, führten wir einen Freudentanz auf, aber keinen Augenblick früher.

Der letzte Tag war der schlimmste. Sie saß in der Küche, heulte und traute sich nicht, herauszukommen. Wir bekamen kein Essen. Krister stand vor der Tür und versuchte, mit ihr zu reden, aber sie heulte bloß weiter.

Ich habe zu erzählen vergessen, daß in der Zeit, in der sie weg war, eine andere ihre Arbeit machte. Gegen diese Stellvertreterin hatten wir nichts einzuwenden, und diese Frau hatte auch nichts dagegen, wiederzukommen. Sie war dunkel und hatte ganz blaue Augen. Sie redete fast nichts, sah aber freundlich aus. Ich weiß nicht, wie alt sie war. Vielleicht vierzig. Oder auch fünfzig.

Die alte Hausmutter kam auf alle Fälle nicht wieder zurück!

Ich habe, glaub' ich, schon gesagt, daß Krister zwei Zimmer hatte und daß das zweite immer abgeschlossen war. Wir sahen ihn niemals dort hineingehen, manchmal aber, wenn wir von der Straße unten zu den zwei Fenstern des anderen Zimmers hinaufsahen, brannte dahinter Licht. Wenn wir dann die Treppen hinaufrannten, war es immer so, daß die äußere Tür, die zum ersten Zimmer, auch zugeschlossen war. Selbstverständlich wurden wir neugierig.

Wenn wir ihn fragten, wich er jedesmal aus und antwortete nicht. Es ist klar, daß wir uns allerlei zusammenfantasierten, was er da wohl versteckte, und daß unsere Neugier immer größer wurde. Wir meinten, daß da was nicht stimmte.

Er hatte kein Recht, uns etwas zu verheimlichen!

Ich versuchte es mit allen Schlüsseln, die in der Wohnung vorhanden waren, aber keiner paßte. Ich fragte Racing und der meinte, das alte Schloß müßte gegen eins mit vielen Kerben ausgewechselt worden sein, denn auch keiner von seinen vielen Schlüsseln paßte.

Aber gerade, daß es hier eine Schwierigkeit gab, reizte Racing — obwohl er es sich nicht anmerken ließ. Eines Tages kam er plötzlich zu mir und gab mir einen Schlüssel, der, wie er sagte, paßte. Er sah ganz echt aus.

»Hast du ihn Krister geklaut?«

»Nein, ich hab' ihn selbst gemacht.«

Ich sah ihn zweifelnd an.

»Wie konntest du ihn denn nachmachen? Hast du dir einen geliehen?«

»Nein, ich hab' einfach gemessen. Paar Abdrücke gemacht und so weiter. Ganz einfach. Es ist ja ein Standardschloß, und da sind die Schlüssel nicht so sehr verschieden. Man braucht nur da und dort ein bißchen zu feilen.«

»Bist du im Zimmer gewesen?«

»Nein, ich hab' nur probiert, ob der Schlüssel paßt. Da hast du ihn, ich brauch' ihn ja nicht.«

»Kommst du mit?«

»Nein, ich muß los.«

Er war anders als wir andern. Chemisch frei von Neugier: Nur der Schlüssel hatte ihn interessiert, sonst nichts. Ich schüttelte den Kopf. Es wäre sinnlos gewesen, ihn zu fragen, wohin er wollte. Er hatte immer eine Masse privater Geschäfte zu erledigen, und niemand durfte mitkommen.

Ich stand unentschlossen da, der Schlüssel brannte mir in der Hand. Ich wußte, daß Krister fort war und nicht gleich wiederkommen würde. Aber außer mir waren nur noch Fisch und Dschingis in der Wohnung. Egon und Knirps saßen im Kino. Es war eine heikle Sache, und man konnte sich nie darauf verlassen, daß der Fisch den Mund hielt. Ihn wollte ich nicht mithaben; er sollte möglichst von nichts wissen. Aber ich wollte auch nicht allein rein. Es war noch mehr als eine Stunde bis neun Uhr, wo Knirps und Egon nach Hause kommen würden. Aber dann gab es Abendbrot, und da würde wahrscheinlich auch Krister auftauchen. Und dann war keine Möglichkeit mehr, frühestens erst wieder am nächsten Tag, und so lange konnte ich's nicht aushalten.

»Dschingis!«

Der Schlüssel war nicht so gut wie ein richtiger, und ich mußte 'ne Zeitlang rumprobieren, bis er faßte. Während ich damit beschäftigt war, stöberte Dschingis in Kristers alten Papieren. Er tat so, als ob wir auf einem Schulausflug wären, und das reizte mich, weil ich nervös war. Ich zischte: »Laß das doch, zum Teufel! Komm lieber her!«

»Hast du die blöde Tür noch nicht aufgekriegt?« schrie er.

Er ging auf sie zu und gab ihr einen Tritt, daß es im ganzen Haus dröhnte. Ich packte ihn und drückte ihn gegen den Ofen.

»Hör gefälligst auf damit! Und tu, was ich sage. Sonst verpaß' ich dir eine!«

Er wog nichts, hing bloß da: die Zinnaugen, die flache Nase und das zottige Haar, der Säuglingsmund, der ganz formlos war. Der Zorn verflog, es wurde leer in meiner Brust. Er begriff nichts, machte nicht einmal einen Versuch. Ich ließ ihn los.

»Bleib hier stehen! Geh nicht von der Stelle! Versuch mal, das zu begreifen. Aber es ist ja sinnlos, daß ich dir das sage.«

Es war immer so: entweder verlor man die Lust oder man verlor die Besinnung. »Begreif doch, du Vollidiot!« Aber die Augen in seiner Visage standen still, und man konnte sehen, daß dahinter alles ebenso still stand. Und dann begann er, damit einen das Geräusch, wenn er durch die Nase atmete, nicht irritieren sollte, durch den Mund zu atmen, diesen lappigen, abscheulichen Mund. Er war immerzu darauf vorbereitet, eine in die Fresse zu kriegen; und alles an ihm reizte einen, bis man die Besinnung verlor und einfach zuschlug. Er zog die Prügel geradezu an. Wir waren oft sehr rauh zu Dschingis.

Man wußte nie, ob er Angst hatte. Für diese Ungewißheit mußte er büßen.

Schließlich bekam ich das Schloß auf.

Ehe ich die Tür öffnete, lauschte ich gespannt nach allen Seiten. Das Radio im Tagesraum war eingeschaltet, sonst blieb alles still.

»Komm!«

Wir schlichen hinein, ich schloß die Tür vorsichtig hinter uns. Wir kamen vom Licht ins Dunkle, und es dauerte eine Weile, bis sich die Augen daran gewöhnten.

Ich war in gewisser Weise enttäuscht. Und trotzdem überrascht: Was ich mir auch immer von dem Zimmer hier vorfantasiert hatte, nichts davon entsprach dem, was ich hier sah. Kristers Verschwiegenheit, das Schloß, alles; ich hatte erwartet, irgendwie schockiert zu werden, angeekelt, erschreckt – ohne daß ich wußte wie.

Es war ein ganz gewöhnliches Zimmer mit Möbeln, Gardinen und Bildern. Nichts war hier ungewöhnlich, höchstens daß an den Fenstern schwere Vorhänge hingen und die Möbel schöner waren als irgendwelche, die ich bis dahin gesehen hatte, und daß an dem einen Fenster ein Flügel stand und in der Ecke ein Schaukelpferd.

Es gab da ein kleines Sofa für zwei Personen und zwei Lehnstühle, weiß mit Vergoldungen und mit einem Stoff bezogen, der im Dunklen golden glänzte, und einen Tisch im gleichen Stil. Die Vorhänge fielen in schweren Falten herab und sahen schwarz aus; als ich aber ein Streichholz angemacht hatte, sah ich, daß sie dunkelrot waren. Zwischen den Fenstern, eingerahmt von den Säulen der Vorhänge, hing ein Spiegel, der das Licht des Streichholzes zurückwarf. Ich fuhr im ersten Augenblick zusammen.

Auf dem Boden lagen Teppiche, aber nicht zwei, drei Stück, was passend gewesen wäre, sondern mehrere übereinander, so daß das Zimmer mit Lautlosigkeit ausgepolstert war. Wir hörten unsere eigenen Schritte nicht. An den Wänden hingen ein paar Bilder, vier oder fünf, welche Menschen darstellten; es war aber zu dunkel, als daß ich mehr hätte sehen können. In der Ecke hinter dem Sofa standen andere Bilder, ihre Vorderseiten waren aber der Wand zugekehrt. In der entgegengesetzten Ecke stand eine Art Baum in einem Topf auf einem Stativ. Ich untersuchte die Erde, sie war feucht. Ich glaube, es war eine Palme. Unter dem Spiegel stand ein Tisch und auf dem Tisch eine Vase mit frischen Blumen.

Ich ging herum und besah und untersuchte alles, tastete mich mit den Händen vor. Der Stoff des Sofas und der Lehnstühle war gemustert mit großen ovalen Gruppen von Blumen, die erhaben waren, so daß ich mit dem Finger ihren Windungen folgen konnte. Die Beine des Sofas, der Lehnstühle und des Tisches waren krumm und an den Füßen und weiter oben verziert, die Vertiefungen waren vergoldet. Das Gold glühte matt und dunkel. Das Glas des Spiegels schimmerte grünlich und wie gekräuselt, wenn man dran vorbeiging. Alles wirkte alt. Auf dem Tisch stand eine kleine Porzellanfigur und eine Lampe, die entweder vergoldet oder aus Messing war. An der Wand daneben hing ein Bild, welches eine Frau darstellte, mehr konnte ich nicht ausmachen. Zu beiden Seiten des Bildes hingen Wandleuchter mit halb herabgebrannten Kerzen.

In diesem Zimmer waren keine Papiere oder Bücher zu sehen, außer eine Menge Noten, die auf dem Flügel lagen. Eine Kiste, welche unter dem Flügel stand und so schwer war, daß man sie nicht von der Stelle rücken konnte, enthielt möglicherweise das eine oder andere Gedruckte. Aber sie war fest verschlossen. Alles schien mit einer dünnen Staubschicht bedeckt zu sein.

Ich hob vorsichtig den Fenstervorhang hoch und las auf den Einbänden der Noten: Schubert, Mozart, Beethoven, Chopin, Liszt, Sibelius, August Södermann. Das sagte mir nichts. Oft war auch Text unter den Noten. Der Flügel war jedenfalls in Gebrauch: Die Pedale waren blank und die Tasten ziemlich abgenutzt.

Ich sah auf die Tasten des Klaviers. Als ich klein war, hatte ich auch Klavierunterricht, und ich erinnerte mich plötzlich daran. Um zu probieren, drückte ich eine Taste nieder, ein C. Es gab einen kaum hörbaren Ton, der gleich von der Stille der Teppiche aufgesaugt wurde.

Dschingis reagierte sofort. Bis dahin hatte er unbeweglich an der Tür gestanden, während ich alles untersuchte. Sowie er den Ton hörte, kam er herzu und stellte sich neben mich. Er tat nichts, stand bloß da und starrte auf die Klaviatur hinunter, genau wie ich. Jeder von uns beiden war mit seinen Gedanken beschäftigt, und einen Augenblick war es ganz still. Das Licht von der Straße fiel durch das freigemachte Fenster und beleuchtete die Decke.

Plötzlich hörte man im Wohnzimmer Stimmen.

»Pssst!«

»Das ist Krister«, sagte Dschingis halblaut.

»Halt den Mund!«

»Ich will hier 'raus. Laß mich los, daß ich gehen kann.«

Er machte einen Versuch, sich loszureißen. Ich warf mich auf ihn, und wir fielen beide um. Wegen der Teppiche konnte man aber draußen sicher nichts hören. Ich preßte sein Gesicht in den dicken Teppich und zischte: »Willst du denn, daß er uns entdeckt, was?«

Halberstickt antwortete er: »Das macht doch nichts, es ist doch nur Krister, nicht? Der wird nicht böse. Laß mich los, daß ich gehen kann.«

»Es ist noch jemand anders da! Kannst du hören, wer es ist?«

Er hörte auf zu strampeln.

»Der Inspektor.«

»Das hörte ich sofort. Sowie er kam, wußte ich, daß es der Inspektor ist; du doch auch? Der ist ja nicht gefährlich. Der sagt nichts. Er ...«

»Halt die Schnauze!«

»Komm, wir gehen raus!«

»Ich hau dir'n Arsch voll.«

Er schwieg und begann, durch den Mund zu atmen.

»Aber wenn du mir versprichst, das Maul zu halten, dann laß ich's sein. Dann darfst du auch aufstehn.«

Ich ließ ihn zur Probe los. Er rührte sich nicht. Da ließ ich ihn in Frieden und schlich zur Tür.

Ich hatte meine guten Gründe, weshalb ich sie belauschen wollte: erstens, weil ich Angst hatte, daß sie uns gehört hätten, zweitens, weil ich wissen wollte, wie lange sie in dem Zimmer draußen bleiben würden (und wir gezwungen waren, hier drinnen zu bleiben). Anfangs lauschte ich ganz angespannt, aber nur, weil ich nicht hören konnte, wovon sie sprachen. Dann aber wurde ich neugierig, was der Inspektor hier wollte. Ob das was mit uns zu tun hatte? Hatten wir irgendwas angestellt?

Es hätte keinen Sinn gehabt, darüber nachzudenken, es gab immer etwas, und man konnte nicht wissen, wie er die verschiedenen Sachen bewertete. Man konnte nie sicher sein.

Und dann gab es noch einen ungeklärten Fall: Krister. Er wußte mehr von mir, als ich von ihm. Das hatte dieses Zimmer bewiesen.

Es war nicht so, daß ich mich nun rächen wollte, weil er mir weniger von sich erzählt hatte, als ich ihm von mir. Aber wir sollten gleichstehen. Ich wollte mir nicht ausgenommen vorkommen! Das Zimmer hatte mir keine Aufschlüsse gegeben, sondern nur bewiesen, daß er nichts gesagt hatte. Und ich konnte ja keine Fragen stellen, an denen er gemerkt hätte, daß ich drin gewesen war.

Ich konnte nichts rückgängig machen, aber ich bereute, daß ich soviel erzählt hatte, jetzt wo ich wußte, daß er nicht mit offenen Karten gespielt hatte. Ich konnte also nichts anderes tun als lauschen, — ob er etwas über mich sagen, dem Inspektor was vor-

quasseln oder mit Enthüllungen über sich selbst kommen würde.
Deshalb hörte ich zu.

»Wie geht es mit den Jungs?« fragte der Inspektor. »Du wirkst manchmal müde und verdrossen.«

Krister zauderte (ich hielt den Atem an).

»Ja, ich weiß nicht ...«

»Sag nur nicht, ich hätte dich nicht gewarnt!«

»Nein, es liegt nicht an ihnen. Sondern an mir selbst – manchmal habe ich das Gefühl, der Aufgabe nicht gewachsen zu sein.«

»Nun, nun, lieber Krister. Wir wollen mal sachlich sein. Du bist mit den Burschen hier über Erwarten gut fertig geworden, wenn man alles in Betracht zieht. Es sind doch unsere Sonderfälle. Wir machten uns keine großen Hoffnungen, daß wir sie hierbehalten könnten, ohne sie einzusperren. Bisher ist es aber weit besser gegangen, als ich zu hoffen wagte. Aber ich kann verstehen, wie du dich dabei fühlst. Und wenn sie zu unruhig werden, müssen wir unseren Arzt bitten, irgend etwas Beruhigendes zu verschreiben. Dann brauchst du nur dafür zu sorgen, daß sie es wirklich einnehmen. Und *das* ist in der Regel nicht schwer, wenn sie erstmal drauf kommen, daß man sich möglicherweise auch mit Tabletten berauschen kann. Paß bloß auf, daß sie nicht zu viele zusammensparen!«

Er lachte: »Es sind Prachtburschen. Aber schwerer in Ruhe zu halten als eine Koppel wilder Hunde.«

»Affen«, sagte Krister.

»Wie bitte?«

»Mir fiel eben etwas ein, was ich gelesen habe. Wie man mit Affen Versuche angestellt und sozusagen synthetisch Unrecht geschaffen hat – das heißt, was die Affen eben dafür ansahen; und wie man dann das Unrecht dadurch beseitigte, daß man den Affen einfach beruhigende Mittel eingab. Obwohl doch die Ursachen des Konflikts tatsächlich noch existierten, denn daran hatte man nichts geändert. Natürlich nicht. Das hätte ja das ganze Experiment gestört.«

»Ich verstehe nicht recht, was du damit meinst. Willst du eine Parallele ziehen?«

»Soviel ich sehen kann, steht dem nichts im Wege, daß man dieselbe Methode Menschen gegenüber anwendet«, sagte Krister, halb ausweichend.

»Meinst du etwa, daß *wir* diese Mißstände geschaffen haben, durch die unsere Jungs deformiert wurden? Nein, Krister, da muß ich schon . . .«

»Nein, nein! Ich habe jetzt nicht daran gedacht, wer diese Verhältnisse geschaffen hat; bloß festgestellt, daß sie — soweit es sich beurteilen läßt — existieren. Und daß es leichter ist, die Opfer zu betäuben, als die Mißstände zu ändern.«

»Du hast gewiß alles mögliche durcheinander gebracht, mein lieber Krister. Die Versuche sollen vermutlich dazu dienen, beruhigende Mittel zum Beispiel gegen Zwangsvorstellungen zu finden — für Menschen, die Opfer *eingebildeten* Unrechts sind.«

»Aber das *kann* mißbraucht werden.«

»Und außerdem soll man das, was die Jungens so daherreden, nicht allzu wichtig nehmen, weil sie ja immer ihren eigenen Vorteil im Auge haben. Das ist durchaus verständlich, und ich klage niemanden an, doch . . .«

»Ich denke aber daran, daß die Mißstände, die — wie du es nennst — die Jungens deformiert haben, weiterhin bestehen, wie viele Tabletten man auch . . .«

»Wenn es ein Mittel gäbe, das sie ein wenig beruhigen könnte, dann würde dies nicht nur dir und mir, sondern auch ihnen selbst alles erleichtern. Und wir tun, was in unserer Macht steht, um die Folgen der Mißstände, über die wir keine Kontrolle haben, aus der Welt zu schaffen. Das mußt du doch einsehen! Und, Krister, du glaubst doch wohl nicht, daß wir in der Sachlichkeit unten eine Art Gehirnwäsche vornehmen?«

»Aber wer bestimmt, wo die Grenzen zwischen Wirklichkeit und Einbildung zu finden ist?«

»Wir jedenfalls nicht. Wir halten uns bloß an die Direktiven, die wir bekommen.«

»Von wem?«

»Von der Wissenschaft, mein lieber Freund! Und wir sind ernstlich bestrebt, unsere Kenntnisse und Einsichten zu erweitern und zu vertiefen, was die laufende Untersuchung, die ja nicht die erste ist, doch beweist. Und daß wir mit den Kenntnissen, die wir so erhalten, keinen Mißbrauch treiben, dafür bist du selbst die beste Garantie. Und nicht nur du, sondern alle jungen Menschen, die von Idealismus und Verantwortung beseelt sind.«

»Hm«, sagte Krister. »Bleibst du hier und trinkst mit uns zusammen Tee?«

»Ja, gern, das wäre nett. Nachdem ich nichts Besonderes vorhabe, kann ich ...«

»Du hältst mich vielleicht für unverschämt?«

»Keineswegs! Im Gegenteil, mein lieber Krister, es ist stets anregend, mit dir zu diskutieren. Es ist erfreulich, mit jugendlichem Enthusiasmus konfrontiert zu werden. Leider trifft man den immer seltener, er wird ersetzt durch die viel langweiligere Klugheit. Ich nehme an, daß er von der entsetzlichen Masse konzentrierter Sachlichkeit erstickt wird.«

Er lachte: »Die Schulen verschlingen Kinder und geben junge Greise heraus. Es gehört sich nicht mehr, dagegen zu protestieren. Es ist deshalb ein besonderes Vergnügen, jemandem wie dir zuzuhören, der sich nicht hat unterkriegen lassen.«

»Ich kann also fortfahren?«

»Deine Bescheidenheit macht mich fast verlegen. Ja, ich bitte dich drum!«

»Da kann ich vielleicht bei dem anknüpfen, was du sagtest: daß es ein Vergnügen ist zuzuhören, wenn ich aus jugendlichem Enthusiasmus protestiere.«

»Anregend, mein lieber Freund, anregend und erfreulich!«

»Aber ist es mehr als ein Vergnügen? Ein Hilfsmittel, um sich seiner eigenen Jugend zu erinnern? Ich meine nicht, daß nur du ... Ich meine, es ist eine allgemeine Tendenz, wenn jemand protestiert, dann nimmt man keine Stellung zu andern Ursachen als den rein psychologischen – um dann eventuell ein *heilsames* Präparat anzuwenden. Auf diese Weise hält man sich die Frage vom Leib, ob der Protest möglicherweise berechtigt war oder nicht. Und noch etwas: Wie wohlformuliert muß ein Protest sein, um, rein formal, verlangen zu können, daß man ihn ernst nimmt? Ich meine, das Benehmen der Jungen könnte man ja als eine Art Protest ansehen!«

»Die Frage ist doch wohl die: Wo kann man die Grenzen ziehen zwischen dem, was du Protest nennst und dem Symptom?«

»Ich weiß nicht. Man muß wohl den Begriff des Protestes ausweiten.«

»Glaubst du nicht, daß es beides zugleich, also daß die Form des Protestes ein Symptom sein kann?«

»Aber was bedeutet das Symptom dann?«

»Sprechen wir immer noch von den Jungs hier?«

»Gib zu, daß die Sachlichkeit noch nie derartige Möglichkeiten gehabt hat, in das Leben von Menschen einzugreifen! Gib zu, daß darin eine Versuchung liegt! Und gib zu, daß man es nicht allzu schwer hätte, gute Gründe für einen speziellen Fall zu mobilisieren! Und man könnte auf die Tatsache verweisen: Keine Gewalt wird angewendet, niemand wird geplagt. Im Gegenteil, viele werden darum betteln, betäubt zu werden! Man könnte alle Plage für kriminell erklären; das wäre ein Vorwand für die Leute, nichts aushalten und leisten zu müssen. Die Sachlichkeit nimmt die Forschung in ihren Dienst, um den Menschen von Plagen aller Art zu befreien. Wo liegt die Grenze zwischen Heilung und Betäubung? Bei welchem Grad von Schmerzfreiheit hört der Mensch auf, Mensch zu sein?«

»Doch um in die Wirklichkeit hier und jetzt zurückzukehren«, sagte der Inspektor, »so war es, als wir die Jungs in unsere Hände bekamen, insofern zu spät, als sie da ja schon ziemlich angeknackt waren. Wir tun, was wir können, um sie, sozusagen, zu reparieren, und zwar, wohlgemerkt, mit unseren unzureichenden Hilfsmitteln. Und wir tun, was wir können, um unsere Hilfsmittel zu vermehren, wie zum Beispiel jetzt – wissenschaftlich – durch unsere Untersuchungen. Wenn du dazu etwas beitragen kannst, lieber Krister, dann wären wir selbstverständlich dankbar. Wir haben Verwendung für alles, für Enthusiasmus, Ideenreichtum und Wissen. Ich bin mir im klaren, daß du Prophet spielen möchtest, aber ich finde, daß du die Zukunft doch zu düster siehst. Ich bin zum Beispiel davon überzeugt, daß unsere Psychologen doch ziemlich entsetzt wären, wenn sie erführen, was du ihnen in die Schuhe schiebst.«

»Aber ich schiebe ihnen gar nichts in die Schuhe. Ich glaube nicht, daß sie für anderes als für Tatsachen Interesse haben. Manchmal ist es ihnen aber gleich, wie man die Resultate, zu denen sie gekommen sind, anwendet.«

»Wir dürfen zueinander doch Vertrauen haben, das ist die Voraussetzung für jede gute Zusammenarbeit. Sie tun das ihre, und dann tritt die Sachlichkeit auf den Plan. Wir vertrauen ihnen, und sie vertrauen uns. Und du vertraust mir, wie ich hoffe.«

»Ich meine nicht, daß jemand den Jungs direkt Böses will. Ich weiß, daß ihr unten die Absicht habt, einander zu kontrollieren, so wie du zum Beispiel mich kontrollierst. Manchmal aber hat man das Gefühl, daß es sich um eine Art von Krieg handelt, Beamte auf der einen Seite und die Jungens auf der anderen. Ich meine, den Jungens kann man das nicht mal vorwerfen ... Aber wenn Beamte anfangen, der gleichen Ansicht Ausdruck zu geben ... wenn man meint, es verstände sich von selbst, daß *ein* Beamter ebensoviel wert ist wie zehn Jungens, dann funktioniert die Selbstkontrolle nicht.«

»Selbst wenn ich zugebe, meiner Aufgabe nicht so gerecht zu werden, daß ich persönlich damit zufrieden sein kann, so ist doch schmerzlich, derart hart kritisiert zu werden«, sagte der Inspektor und überdeckte verletzten Stolz mit Bescheidenheit und Sarkasmus.

»Meinst du, ach du glaubtest, daß ich ... Nein, nein! Ich mache dich nicht *persönlich* verantwortlich!«

»Dafür bin ich dir direkt dankbar.«

Dann sagte der Inspektor noch: »Es ist überflüssig und gefährlich; Gegensätze zu schaffen und zu dramatisieren, wo es gar keine gibt.«

»Aber sie leugnen und verwischen ist doch ebenso ...«

»Kritik muß konstruktiv sein, mein lieber Freund, wenn sie die beabsichtigte Wirkung erzielen soll.«

»Wer entscheidet aber, ob sie konstruktiv ist? Die Sachlichkeit – in Fragen wie diesen hier? Der Minister in Fragen, welche die Arbeit betreffen? Die Kirche in Fragen der Religion?«

»Wir leben in einem freien Land. Wir haben eine Opposition. Niemand träumt davon, ihr den Mund zu stopfen.«

»Aber die Opposition steht ja auf der gleichen Seite. Ich meine, sie ist, genau besehen, von der gleichen Art wie ...«

»Ist es deiner Meinung nach in Rußland besser?«

Krister antwortete erstaunt: »Das weiß ich nicht, ich habe darüber nicht nachgedacht. Weißt du es?«

»Ich verstehe nicht recht – was hat Rußland mit dem hier zu tun?«

»Du bist ein Fantast, Krister. Du merkst gar nicht, wessen Geschäfte zu besorgst. Du bist genau wie einer dieser Wissenschaftler, von denen du gefaselt hast: Du willst die Konsequenzen nicht sehen, die sich aus deiner Art zu kritisieren ergeben.«

»Ich glaube«, sagte Krister, »daß du mich irgendwie mißverstanden hast.«

»Ich habe nichts mißverstanden. Im Gegenteil!«

»Ich meine«, sagte Krister erklärend, »ich meine eigentlich bloß, daß ...«

»Du brauchst durchaus nicht zu erklären«, sagte der Inspektor. Ergänzte aber noch: »Mein lieber Krister!

Doch, doch, ich verstehe viel mehr als du glaubst, lieber Krister. Ich bin selbst mal jung gewesen, das ist gar nicht so lange her. Ich erinnere mich noch sehr gut. Und es ist gewiß unterhaltsam und anregend, mit Jugend zu tun zu haben, aber es kann auch ein wenig ermüdend sein. Man soll alles in richtiger Dosierung genießen. Ein guter Rat von einem ältern Kollegen: Man soll sich hüten, sich allzu sehr mit den Objekten unserer Tätigkeit zu identifizieren. Man verliert sonst zu leicht die Übersicht. Ich möchte mich hier durchaus nicht als dein Vorgesetzter aufspielen, aber du mußt auch bedenken, daß du ein Angestellter bist. Das schränkt die Freiheit ein. Es ist nur gut, daß du selbständig denkst, solange du nicht übertreibst und anfängst, ganz nach deinem eigenen Kopf zu handeln. Laß dir das gesagt sein, und du wirst sehen, daß du dann mit allen Problemen zurecht kommst. Du bist begabt, du kannst es weit bringen.«

»Aber ich kann nicht nur gehorchen! Das ist übrigens auch strafbar! Ich meine, die Nazis ... Ich will nicht direkte Vergleiche ziehen, aber man kann auch hier, in kleinem Maße, Verrat üben. Ich meine, ich möchte mich nicht als einen Helden hinstellen — zumal ich ja auch nicht viel zu verlieren habe — ich meine, ich dachte, daß ich das nicht zu sagen brauchte ...«

»Das brauchst du auch nicht. Du brauchst mich nichts zu lehren!«

»Entschuldige! Du hast gewiß recht. Ich platze immer heraus, ohne mir's richtig zu überlegen. Ich glaube nicht, daß ich eine Patentlösung weiß, oder daß meine Versuche, zu kritisieren, genau den Kern treffen.«

»Man kann nicht im Lauf einer Nacht das tausendjährige Reich einführen.«

»Aber manchmal zweifelt man daran, daß es überhaupt vorwärts geht!«

»Mein lieber Freund, im Lauf von nur zwanzig Jahren ...«

»Ja, ich weiß. Aber trotzdem geht es zu langsam. Und wer muß dafür herhalten? Die, denen es schon teuer genug zu stehen gekommen ist! Unwille, Untauglichkeit, Fantasielosigkeit, Mängel, nenn es wie du willst: Die Rechnung dafür müssen die andern bezahlen. Und die empfinden das als einen Verrat, — wenn sie im Stich gelassen wurden. Wenn man es irgendwie dahin bringen könnte, daß sie billiger davonkämen ...«

»So, du nimmst es ganz einfach für gegeben, daß uns allen jedes Interesse für unsere Arbeit fehlt, daß wir inkompetent sind und unsern Jungens nur Böses wollen. Du glaubst vielleicht auch, daß wir ganz zufällig zur Sachlichkeit gekommen sind? Daß die Sachlichkeit eine zufällige Anhäufung von Unfähigkeit ist?«

»Nein, nicht zufällig – und nicht *nur* Unfähigkeit! Aber gib doch zu, daß es ebenso gut Defekte der einen Persönlichkeit sein können, welche die Menschen zur Wahl ihres Berufes – als einen Gegensatz – treiben. Und besonders, wenn es sich um gewisse Berufe handelt – ja, es gibt noch andere: Militärs, Pfarrer . . .«

Der Inspektor fragte: »Und welcher Defekt hat – deiner Meinung nach – mich bei meiner Wahl bestimmt? Es könnte amüsant sein, deine Ansicht zu hören.«

Krister hörte nicht: »*Was* sie aber treibt, das erfahren wir nicht. Das wollen sie selbst nicht wissen und noch weniger wollen sie, daß es andern klar wird.«

Es wurde draußen still. Ich wandte mich um und sah nach, was Dschingis machte. Er hatte sich vor den Flügel gesetzt und befühlte die Tasten mit den Fingern. Er drückte die eine vorsichtig nieder, wie ich es getan hatte, man konnte nichts hören. Ich schlug aber mit der Hand in die Luft, in Richtung auf Dschingis.

»Pssst! Dschingis! Laß das verdammte Klavier, Dsching . . .«

Draußen hörte man das Scharren von Stühlen, und ich sprach nicht weiter und hielt den Atem an. Aber niemand kam. Nach einer Weile hörte man wieder Kristers Stimme, etwas langsamer und leiser.

»Ich träume manchmal von einer Art jüngsten Tag in der Vergangenheit. Nicht etwa, daß welche verurteilt werden sollten, es sollten bloß alle plötzlich sehen! Plötzlich einsehen und verstehen und sich dem nicht entziehen können. Nicht so, daß sie gezwungen würden, nur so, daß die Fähigkeit, hinzudösen, plötzlich verschwände. Bloß verschwände! Und daß sie stumm würden, so daß sich die Ohren von all den Erklärungen ausruhen könnten. Keine Erklärungen, keine Darlegungen, Beweise, Richtigstellungen, Dementis, keine Versuche, sich herauszureden und zu verteidigen und zu entschuldigen. Wir sind so geschickt geworden.

Ich träume manchmal davon, daß die Alten gezwungen werden, die ganze Last ihrer eigenen Irrtümer selbst zu tragen. Und die sind groß, wie jedermann weiß. Und die wiegen schwer. Ich . . .«

Dann geschah etwas, was die schöne Unterhaltung zerstörte, indem nämlich Dschingis einen dröhnenden Akkord auf dem Flügel anschlug. Ich glaubte, er haute, so stark er nur konnte, blindlings senkrecht auf die Tasten nieder, die ein schauerlich falsches Getön von sich gaben.

Es war ganz klar, daß Krister nicht sofort erkannte, was das bedeutete. Ich sah mich schnell nach einem Versteck um und warf mich in die Ecke hinter dem Sofa, drückte mich flach auf den Boden, hielt den Atem an und wartete. Dann kam Krister. Erst war es einen Augenblick still, dann polterte ein Stuhl zu Boden, und dann hörte man seine Schritte.

Aber Dschingis hatte über dem Flügel alles vergessen. Er schlug einen neuen Akkord an, ebenso hart und falsch, und einen mehr und noch einen; er häufte sie aufeinander, durcheinander, ließ sie wie einen Holzstau in die Höhe wachsen, und die Luft dröhnte und zitterte. Die Tür flog auf, und Krister kam herein.

Ich sah nur seine Beine und einen Ausschnitt von Dschingis Gesicht. Ich glaube nicht, daß er gemerkt hatte, wie Krister reingekommen war. Ich wünschte nur, daß ich einmal so sein könnte wie er, so ergriffen von dem, was in ihm vorging, daß alles andere verschwand. Nicht etwa, daß ich wußte, was in ihm vorging, aber ich hätte unbesehen mit ihm getauscht. So lag ich da hinter dem Sofa, gespannt und feige; wütend auf Krister und Dschingis, verachtete ich mich selbst.

Ganz langsam wurde das Mißgetön zu einer Art Musik, in Stücke zerhackt und amputiert und halb zerdroschen, aber man konnte doch was hören. Man ahnte jedenfalls, daß er spielen konnte, obwohl sich die Töne verwirrten und die Akkorde wie aus einer Dreschmaschine rausgeschossen kamen. Krister rührte sich nicht, und mit ihm blieb die Zeit stehen. Nur die Musik dröhnte, und mein Herz klopfte. Noch etwas: Das Zimmer hinter Krister war leer. Der Inspektor war fort, Krister mußte gegen Schluß mit sich selbst gesprochen haben.

Es war Musik verschiedener Art, von verschiedenen Komponisten aus verschiedenen Zeiten. Und alles wurde in der gleichen Art gespielt, und die Stücke folgten einander Schlag auf Schlag, so daß man sie nicht auseinander halten konnte. Ich weiß nicht, wie lange er machte. Eine Viertelstunde? Oder eine halbe? Krister stand die ganze Zeit unbeweglich da, und ich traute mich nicht einmal, meine Lage zu ändern. Dann endete es genauso, wie es begonnen hatte, mit einer Serie gewaltsamer Akkorde, die plötzlich abbrachen.

Nach einer peinlichen Stille sagte Krister das, was entgegen meiner Hoffnungen zu erwarten war: »Was machst du hier?«

Dschingis starrte vor sich hin und antwortete nicht. Ich zischte leise gegen den Fußboden: »Klavierspielen – falls du es nicht gehört haben solltest . . .«

»Wie kamst du hier herein?«

»Durch die Tür. Was dachtest du denn? Durchs Fenster?«

»Wer hat dir erlaubt, hier hereinzugehen?«

»Die Heinzelmännchen. Bist selbst schuld dran, du Idiot, weil du abgeschlossen hast.«

»Und wer hat dir erlaubt, auf dem Flügel zu spielen?«

»Halt den Mund, eh' ich kotze! Ehe ich diesen Satanskasten in kleine Stücke säge!«

Aber Dschingis war sich immer noch kaum bewußt, daß Krister gekommen war – oder er hatte vergessen, wie wir hereingekommen waren oder er hatte nie begriffen, daß was Schlimmes dabei war. Ich weiß es nicht. Jedenfalls fing er wieder zu spielen an, ohne auch nur einen Blick auf Krister zu werfen.

Es ging immer noch so schnell, daß es schwer war, einzelne Melodien herauszuhören, aber man konnte sie zumindest ahnen. Er spielte ein wenig ruhiger, der Anschlag war aber weiterhin gefühllos und hart, er hieb und stampfte ruckweise und unrhythmisch. Es klang wie ein zu stark aufgezogenes elektrisches Klavier.

»Dschingis!!!«

Plötzlicher Schluß.

»Bist du böse?« fragte Dschingis erstaunt.

»Nein, nicht böse, aber . . .«

»Komm raus, Nisse! Er ist nicht böse!«

Ich kroch aus meiner Ecke hervor und setzte mich aufs Sofa, starrte Krister in die Augen und weigerte mich, verlegen zu sein. Das war nicht so schwer, er hatte es mir leichter gemacht.

»Ich spiele bloß ein bißchen Klavier«, sagte Dschingis erklärend. Damit war die Sache für seinen Teil erledigt. Er hätte es jedenfalls nie begriffen, daß es da noch mehr zu reden gab.

»Es stammt von meiner Mutter«, sagte Krister in der gleichen Art, bloß in einem andern Ton.

Ich zog durch einen hohlen Zahn Luft ein, daß es pfiff, und meine Augen ließen Krister keinen Moment los.

»Klimper du nur weiter, Dschingis! Krister findet es in Ordnung, daß sein feines Klavier mal benutzt wird, wie? Nicht bloß dasteht und Platz wegnimmt.«

»Das sind auch die Noten meiner Mutter«, sagte er hilflos.

»Ich spielte bloß 'n bißchen, was ich in Erinnerung habe«, sagte Dschingis. »Ich brauche keine Noten.«

»Er wußte ja nicht, daß du spielen kannst. Sonst hätte er schon mal was gesagt.«

»Ach so, auswendig!«

»*Das* war ja gar nichts! Ich kann mich an *viel mehr* erinnern.«

Er schlug eine Reihe gewaltsamer, deutlicher Akkorde an und ließ eine perlende Reihe von Tönen folgen.

»Mach Schluß!«

»Was ist denn mit dir los, Krister? Alter Freund! Hast du was?« Seine Stirn glänzte von Schweiß. Das war nur gerecht, meine Stirn schwitzte auch, als ich hinter dem Sofa lag. Aber ich hatte sie mir abgetrocknet, ehe ich vorkam.

»Spiel doch weiter, Dschingis! Er meint gar nicht, was er sagt. Er zieht seine alte, tote Mutter doch nicht dir vor. Wie?«

Dschingis begann sofort wieder mit dem Feuerwerk. Krister öffnete den Mund, klappte ihn aber wieder zu. Er vermied es, mich anzusehen. Der Flügel dröhnte und sang. Dschingis Gesicht war unbeweglich, aus der Musik konnte man einzelne Teile heraushören. Chopin und Beethoven und Grieg und alle andern, die er spielte, hatten aber keine Chance.

Während der nächsten Pause sagte Krister angestrengt: »Es ist selbstverständlich, daß du auf dem Flügel spielen darfst – manchmal ... Wenn du es mir sagst; ich wußte nur nicht ...«

Dschingis antwortete: »Ich werde immer spielen, jeden Abend werde ich spielen und die ganzen Tage! Ich werd' immer spielen, soviel ich kann, und so, daß man's im ganzen Haus hört, werd' ich spielen, und so, daß keiner ...«

»Lieber Dschingis!«

Krister schielte zu mir hin und zwinkerte ein bißchen mit dem einen Auge, aber ich war Dschingis Zeuge und unbestechlich. Krister wußte sehr viel über uns, jedenfalls hatte er die ganze Zeit die Möglichkeit gehabt, genug zu erfahren, wenn er die Antworten auf die Fragen, die er uns gestellt hatte, richtig zu deuten wußte. Wir hatten ihm nie etwas direkt verheimlicht, wir hatten Zutrauen zu ihm. Und wir hatten angenommen, daß er uns auch nichts verheimlichte. Jedenfalls nicht so etwas wie das hier; keine wirkliche Schwäche.

»Gehen wir vielleicht hinaus«, sagte er ängstlich.

»Das hat doch noch Zeit. Hier drin ist es ja viel feiner als im Tagesraum. Laß doch die andern lieber reinkommen!«

Er trippelte unruhig herum. Mir wurde das zuviel, ich konnte es nicht länger aushalten und stand nach einer Weile auf.

»Komm, Dschingis!«

Wir blieben nicht in seinem andern Zimmer, wie er es wollte, sondern gingen gleich zu uns rein.

Die andern waren inzwischen nach Hause gekommen, und der Inspektor hatte sich, anstatt zu gehen, in den Tagesraum gesetzt und alle um sich versammelt. Genau besehen war er unseretwegen gekommen und nicht wegen Krister.

Als Dschingis und ich ins Zimmer kamen, winkte er uns, daß auch wir uns zu den andern setzen sollten. Egon war eben dabei, von einem Mädchen zu berichten, das er kannte (und das auch ich kannte), und der Inspektor hörte voller Interesse zu. Nicht nur er; aber sein Interesse war von besonderer Art, er hörte fast atemlos zu und rückte unruhig hin und her, und der Glanz in seinen Brillengläsern war weicher als gewöhnlich. Und wenn Egon auf etwas anderes zu sprechen kam, brachte er ihn schnell wieder zu seinem Thema zurück; zu seinem Mädchen und zu anderen Mädchen. Es waren die üblichen Geschichten. Wie er sich mit einem andern Burschen geprügelt hatte, wieviel sie, er und das Mädchen (es hieß Ulla), getrunken hatte; wieviel Kies sie sich in einem Haustor oder in einem Hotel in der Altstadt erarbeitet hatte. Alles Geschichten von dieser Sorte. Es war nichts dran; man hörte gern zu, weil Egon gut erzählte, aber Neuigkeitswert hatten die Geschichten nicht.

Aber sie eigneten sich nicht dazu, daß man sie *ihm* erzählte! Jedenfalls nicht so, nicht in der gleichen Art, wie wir sie uns erzählten. Er unterbrach nicht, schaukelte nur hin und her, ganz langsam, daß man kaum was merkte, wenn man nicht sehr genau hinsah, und leckte sich ab und zu die Lippen. Die Zunge schoß hervor wie bei einer Schlange, fuhr über die dünnen Lippen und verschwand wieder. Das war verdächtig. Nur Idioten konnten so was erzählen, wenn er zuhörte. Meinten sie denn, daß er in der Freizeit ein anderer sei als während des Dienstes? Aber ihm paßte das fein in den Kram! Er bekam so ein kleines Vergnügen und überdies noch nützliche Auskünfte; nichts war sicherer, als daß alles, was wir sagten, in die Akten eingetragen wurde. Er saß da und merkte sich genau, was er hörte, er verband Nutzen mit Vergnügen, aber dieses Vergnügen würde für uns kein Schutz sein. Er war die ganze Zeit kalt wie ein Fisch; das dünne Lachen und der weiche Glanz in den Brillengläsern besagten gar nichts. Er war von der gleichen Sorte wie wir, nur schlimmer. Ich wußte es ganz genau.

Je länger ich dasaß, desto unangenehmer wurde es. Nur Knirps und ich sagten nichts. Racing war überhaupt nicht da.

Egon, Fisch, Dschingis und sogar Metzger! Sie kamen alle in Fahrt und überboten einander. Selbst Dschingis, der nie etwas gesehen, der nie etwas erlebt und nichts zu erzählen hatte, mußte sich blamieren; dabei konnte er nicht einmal glaubhaft lügen, alles war nur lächerliches Geprahle.

»Aber *ich!* Ich will euch mal was erzähl'n! Das war doch noch gar nichts, ihr hättet *mich* sehen sollen! Ihr müßt *mir* mal zuhören!«

Wenn die andern dann still waren und alle ihn ansahen, wußte er nichts zu sagen. Dann kriegte er kein Wort raus. Aber bis zum nächstenmal hatte er sich eine Geschichte ausgedacht.

»Einmal, als ich auf die Straßenbahn wartete, kam mal so 'ne Schlorre bei mir an. Und dann hob sie den Rock hoch und sagte: ›Du darfst, wenn du willst.‹«

»Na, und was hast du drauf geantwortet?« wollte der Inspektor wohlwollend wissen.

»Es war mitten am Tag«, sagte Dschingis. »Au, was kneifst du mich denn?!«

Der Inspektor machte gleich ein anderes Gesicht. Er zog die Augenbrauen zusammen, die Brillen bekamen einen schärferen Glanz.

»Hat dich doch keiner gekniffen«, sagte ich.

Aber er begriff nichts, wie gewöhnlich.

»Doooch, du warst's ja selbst. Das hab' ich ganz genau gemerkt. So . . .«

Er fummelte mit seiner Klauenhand hinterm Stuhl nach meinem Arm. Da kam es einfach über mich, ich mußte ihm irgendwas antun; ich fuhr mit der Hand in die Tasche, um etwas zu finden, womit ich ihn stechen oder schlagen könnte – so stark, daß es ihm ordentlich weh tat, aber so kurz, daß der Inspektor davon nichts merken konnte – ich fand eine Nagelfeile und hackte zu.

Es dauerte eine Weile, bis er reagierte. Dann sah er überrascht auf seine Hand, fing an zu jaulen wie eine Katze und heulte immer lauter, ohne daß ich irgend etwas dagegen tun konnte. Dabei hatte seine Hand nur ein ganz kleines Loch abbekommen und einen Kratzer an der Haut – bloß ein paar Zentimeter lang.

»Au! Du hast mich gestochen! Warum stichst du mich denn? Das tut doch weh! Ja! Sieh mal, es blutet! Auauau, es ist 'n ganzes Loch.«

»Was soll denn das heißen? Hat er dir vielleicht was getan?« fragte Egon scharfsinnig.

Der Inspektor beugte sich vor und ergriff Dschingis' Hand. Er sah mich an: »Hast du das getan?«

»Was denn?« fragte ich.

»So kannst du doch keinen behandeln, der kleiner ist als du.«

»Antworte mir auf meine Frage! Hast du das getan?«

»Neee.«

Verdammte Idiotie! Ich brannte am ganzen Körper. Und keiner wollte verstehen. Sie drängten sich um den Inspektor und glotzten mich vorwurfsvoll an.

»Ich brauche ja auch gar nicht zu fragen, wie es geschah, weil ich es selbst gesehen habe. Aber ich will trotzdem, daß du auf meine Frage antwortest. Also ...«

»Neee, ich weiß von nichts ...«

»Weiß von nichts, weiß von nichts! Besitzt du die Frechheit, mir's ins Gesicht abstreiten zu wollen, obwohl du weißt, daß ich den Hergang gesehen habe?!«

»Er ritzte sich vielleicht ein bißchen an dieser ...«

Ich hob die Nagelfeile empor.

»Nähä, du hast selbst zugestochen«, schrie Dschingis.

»Halt dein verfluchtes Maul«, zischte ich zwischen den Zähnen. Laut sagte ich: »Ich hielt sie in der Hand und spielte 'n bißchen mit ihr ...«

»Nun paß mal auf, mein lieber Freund! Ich habe genau gehört, was du dem Jungen da, dem Dschingis, gesagt hast! Glaub nur ja nicht, daß ...«

»Wenn er auch lügt!«

»Hier lügt nur einer, und das bist du! Auf eine empörende, schändliche Art!«

»Ich lüge nicht. Ich hielt sie bloß in der Hand – und schlug seine Hand weg, als er mich kneifen wollte; ich dachte nicht dran, daß ich sie in der Hand hatte und ...«

»Du hast angefangen«, heulte Dschingis.

»Meinst du, daß wir dir deine Ausreden vielleicht glauben sollen? Wir sahen alle, wie es passierte!«

»Nisse, gib's schon zu«, sagte Egon. »Wir haben's alle gesehen.«

»Ihr könnt glauben, was ihr wollt!«

»Nimm dich in acht. Ich bin nicht gesonnen, ein solches Benehmen zu tolerieren. Das kann dich teuer zu stehen kommen!«

Er war glühend rot im Gesicht und zitterte an den Händen. Als die andern merkten, wie böse er war, bekamen sie es mit der Angst zu tun. Das war doch zu schlimm, das war unbegreiflich. Sie waren ganz niedergeschlagen, die Angst breitete sich aus wie Unkraut. Die Stimmung war abgewürgt. Klar, daß sie mir die Schuld gaben.

Aber da gab's Abendbrot. Fisch hatte sich 'ne Weile zuvor in die Küche verzogen, er kam nun zurück und rief, daß ihm jemand beim Aufdecken helfen solle. Ich ergriff die Chance. Und nachdem wir unsern Tee getrunken hatten (und die Stimmung dabei wieder lockerer geworden war), ging der Inspektor fort.

Eine Platte vor die Tür!

Nicht etwa, daß wir sie mit einem Millimeter Schwarzblech und doppeltem Schloß und Sicherheitskette hätten aussperren können – nicht mal mit Panzerplatten und Panzerschrankschlössern – denn sie hatten auf ihrer Seite ja alles Recht und alle Macht und alle Mittel: Polizei, Pistolen, Tränengas, Militär, Maschinengewehre, Kanonen, Flotte und Flugzeuge. Sie konnten den ganzen Bunker kurz und klein schlagen. Konnten uns belagern und aushungern. Sie konnten die ganze Luft mit Düsenflugzeugen anfüllen und die ganze Flotte im Hafen unten vor Anker gehen lassen. Wir hatten keine Chance. Aber nur, damit wir ein Gefühl der Sicherheit bekämen.

Wir waren bloß sieben, und es fiel uns außerdem schwer, auch nur untereinander zusammenzuhalten. Gegen sie würden wir nie 'ne Chance haben. Aber man mußte träumen.

Wenn wir sie nur auf irgendeine Weise dahinbringen könnten, uns zu vergessen! Dann würden sie nicht wissen, welchen Bunker sie stürmen sollten. Dann hätten sie nichts, worauf sie ihre Kanonen richten könnten. Dann machte es nichts, wenn die Verschanzung kümmerlich wäre. Dann genügte eine Einmillimeterschwarzblechplatte!

Später kam Krister zu mir heraus, als ich im Tischtenniszimmer saß und auf den Friedhof hinab sah. Das Zimmer war dunkel, aber draußen schien der Mond. »Du, Nisse . . .«

»Ja.«

»Hörtest du, was ich . . . worüber wir sprachen?«

»Ja.«

»Hast du gelauscht?«

»Ja.«

»Hörte es sich sehr verrückt an? Ich meine, was ich sagte?«

»Du, Krister, er saß draußen, als wir rauskamen.«

»Ja, ich weiß. Aber fandest du . . .«

»Weshalb kamst du nicht auch raus?«

Er begriff nichts.

»Versuch doch zu begreifen, Krister! Er ist gefährlich!«

»Wie meinst du das?«

»Äh! Du bist ebenso schwer von Begriff wie Dschingis.«

Eine Weile schwiegen wir. Dann sagte er: »Aber kannst du nicht meine Frage beantworten? Wie kam dir das vor, was du gehört hast? Natürlich ist es unmöglich, von so einem Gespräch alles mitzubekommen, und es ist auch klar, daß es etwas abstrakt geklungen haben muß. Aber trotzdem! Erinnerst du dich an das, was ich sagte? Ich meine, ob du mir helfen kannst, mich zu erinnern, damit ich das Wichtigste notieren kann, um es dann zu bearbeiten. Sicher hat es in deinen Ohren etwas unwirklich geklungen, du hast ja das, wovon ich sprach, sozusagen persönlich erlebt; wenn du mir aber helfen würdest, dann könnte ich möglicherweise . . . Doch das ist vielleicht zu naiv. Ich würde mich vielleicht nur blamieren — ihm gegenüber und auch dir gegenüber.«

»Du hättest ihm das nie sagen sollen!«

»Weshalb meinst du das?«

Ich antwortete nicht.

»Nein, du hast möglicherweise recht. Es war sicher nicht genügend klar formuliert — oder durchdacht . . .«

»Äh.«

»Aber vielleicht kannst du eben mal zu mir hereinkommen?«

Auf seinem Schreibtisch lag ein Haufen frischbeschriebenes Papier.

»Was schreibst du?«

»Eigentlich nichts. Ich konnte nicht zur Ruhe kommen und ausspannen, und da habe ich eben einige Gedanken weiterentwickelt.«

»Während wir im Tagesraum saßen?«

»Vermutlich.«

»Du hättest lieber zu uns herauskommen sollen. Wenn du schon da bist, um uns zu helfen.«

»Aber der Inspektor . . .«

»Lies es vor!«

»Willst du es hören? Es ist nichts Besonderes.«

»Ja. Trotzdem.«

Er sah auf das, was er geschrieben hatte und wurde rot: »Es klingt vielleicht etwas geschraubt . . . du erinnerst dich doch, daß er davon sprach, wie gut es uns geht. Und das sagt ja nicht nur er, das sagen wir ja alle. Uns *geht* es gut.«

»Wer sind *wir?*«

»Aber ist da schon was Großes dran, daß es einem gut geht in einer Welt, die krank ist und hungert? Ich mußte an etwas denken: Verhalten wir uns nicht zur übrigen Welt, wie sich die Reichen in unserem Lande den Armen gegenüber verhalten? Und verwenden wir dabei nicht ähnliche Argumente? Auch die radikalsten? Wir weisen mit viel Geschrei auf noch ärgere Ungerechtigkeiten hin, aber es sieht so aus, als erhöben wir dieses Geschrei vor allem um unserer selbst willen, um die Anklagen zu übertönen, die man gegen uns erheben kann. Und wir sprechen davon, unseren Wohlstand zu exportieren; aber statt mit Brot und Geld kommen wir mit Slogans, unseren sogenannten Idealen. Und wir sind beleidigt, wenn sie die ablehnen und sich weigern, etwas entgegenzunehmen. Wir beklagen ihren Mangel an Vernunft. Wir versagen.«

»Welche *wir?*«

»Wir behaupten, daß wir Frieden haben wollen, vergessen aber, oder geben vor zu vergessen, daß es bei uns viele Menschen gibt, die mehr Angst vor dem Frieden als vor dem Krieg haben, Leute, für die der friedliche Frieden eine Bedrohung ist. Sie leben unter uns, und es fehlt ihnen nicht an Einfluß. Man könnte, wenn man wollte, sagen, wie sie heißen, aber es ist leichter, die Dementis für bare Münze zu nehmen, als ihrem Einfluß ein Ende zu bereiten. Dementis? Vielleicht behaupten sie sogar, daß unser Wohlstand gewisse Opfer fordert. Und daß unser Wohlstand die beste Garantie für die Kranken und Hungrigen ist.«

»Was geht das uns an? Wir haben doch nichts wegzuschenken. Oder redest du nicht von uns?«

»Nein, entschuldige, ich vergaß ganz . . .«, sagte er. »Aber ich hab' etwas anderes geschrieben . . .«

Er begann, in seinen Papieren zu blättern.

»›Wirtschaftlicher Wohlstand verleiht Macht, und der Macht folgt Verantwortung auf Gebieten, die nichts mit Wirtschaft zu tun haben‹. Und hier: ›Indem man wirtschaftliche Gesichtspunkte bei der Behandlung von Menschen anlegt, erzieht man diese zu guten Rechenmeistern, aber zu mehr auch nicht‹. Und dann noch ein zweites: ›Gleichzeitig damit, daß der Mensch immer selbständiger und unabhängiger wird, büßt er immer mehr an Bedeutung ein. Liegt hier nicht eine Ursache zu Konflikten? Kann sich das nicht zu einer Art Bürgerkrieg entwickeln?‹ Und: ›Wenn Verantwortung gleichbedeutend mit Organisation ist und Freigebigkeit sich von der Steuer abschreiben läßt und Idealismus sich mit der Kunst verbindet, voll Hingabe verkaufen zu können, kann man da verlangen, daß . . .‹«

»Du hättest zu uns rauskommen sollen, statt hier zu sitzen und rumzukritzeln.«

»Du verstehst nichts.«

»Und du?«

Ich hatte den Vorteil zu wissen, was wir beide meinten. Wir sahen uns an, und er war es, der sich gezwungen sah, die Augen niederzuschlagen. Dann sagten wir gute Nacht, und ich ging in unser Zimmer.

Ich wußte ganz genau, wie er sich nun hinter der verschlossenen Tür aufführte: wie er sich, den Rücken halb zur Tür gekehrt, die Kleider vom Leib riß und dann, halbnackt und zusammengekrümmt, zum Schlafsack hüpfte und sich hineinstrampelte, entsetzt und steif vor lauter Verschämtheit. Und wie er dann, wie ein Fahrradschlauch, der ein Loch hat, vor Erleichterung auspustete und nach etwas Lesbarem, gleichgültig was, herumzufuchteln begann.

Und wie dann das Licht, wenn Fisch morgens kam, um ihn zu wecken, immer noch brennen würde. Und wie schwer es dann sein würde, Leben in ihn zu kriegen. Aber es gab ja nur ihn.

Die andern schliefen schon, als ich ins Zimmer kam, außer Racing, der noch nicht im Hause war. Er kam erst eine Stunde später, und man hörte ihn kaum.

Ich konnte nicht einschlafen; ich hatte über vieles nachzudenken. Ziemlich viel hing, soviel ich sehen konnte, ausschließlich von mir ab. Krister hatte es mir in gewisser Weise sogar etwas leichter gemacht – als er dem Worte gab, was ich nur fühlen konnte.

Egon, Knirps, Fisch, Racing, Metzger, Dschingis – und ich selbst. Was könnten wir tun? Wir, die außerdem nicht mal untereinander einig waren? Egon mit seinem sogenannten Gerechtigkeitssinn. Fisch, der sich trotz seiner großen Fresse kaum vors Haus traute, Metzger, der nichts Böses wollte! Und Dschingis. Angst, Unsicherheit, Feigheit, Wichtigtuerei, Kriecherei, Gleichgültigkeit, Trotz. Kein Mumm. Nichts. Kein Geld und keine Ideen – außer der einen, die Tür mit einer Blechplatte zu panzern. Immerhin etwas. Die Sachlichkeit könnte die Platte bezahlen. Es liefe unter der Bezeichnung Reparatur. Blech, Schrauben, Schloß, etwas Farbe ... Aber dann?

Sie hatten selbst den Namen Sachlichkeit gewählt, aber nicht, um damit anzudeuten, daß sie sich in den Dienst einer Sache stellten. Sie nahmen sich eher das Monopol, das alleinige Recht auf das Wort, so daß niemand anders es auf eine Art anwenden konnte, die ihnen nicht paßte. Und das Wort und die Organisation stützten einander.

Niemand konnte gegen die Sachlichkeit ankämpfen, am allerwenigsten wir. Nicht nur, daß es erfolglos war, es war auch unsachlich. Das einzige, was man tun konnte, war, ihr aus dem Wege zu gehen. Irgendwie zu verschwinden.

Aber dem stand der Inspektor im Weg. Von ihm waren wir abhängig, er hatte uns in der Hand, und er war gefährlich. Nicht nur mir! Die Frage war bloß, wie ich den andern davon überzeugen konnte, so daß die eine Angst größer wurde als die andre, und soviel größer, daß sie auch die Bequemlichkeit überwand.

Der Inspektor war das Haupthindernis. An ihn mußte ich, als ich im Bett lag, vor allem denken.

Es war aber gar nicht so schwer, das Hindernis zu beseitigen. Man mußte nur drauf kommen. Schon am nächsten Tag begann ich mit den Vorbereitungen für seinen Sturz.

Wenn wir zur Sachlichkeit sollten, gingen wir oft alle zugleich hinunter. Man rief uns dann, einen nach dem andern, hinein, die Reihenfolge war aber jeden Tag verschieden. Oft war das Herumsitzen und Warten ziemlich öde, wir spielten gewöhnlich ›Dame‹ und ›Mensch ärgere dich nicht‹ – diese Spiele gab es da – und ›Kasino‹; dazu mußten wir aber die Karten selbst mitbringen. Die

Zeitungen, die sie hielten, waren schnell gelesen und übrigens lauter Mist: Der Metallarbeiter, die Korrespondenz und ähnliches.

An dem Tag rief man mich ziemlich früh zum Psychologen hinein. Und während ich bei ihm saß, kam ich auf die Idee.

Sowie er mit mir fertig war – es dauerte vielleicht eine halbe Stunde – und ich wieder in das Wartezimmer zu den anderen hinauskam, sagte ich: »Ich muß eben mal zum Inspektor.«

Egon kroch gleich auf den Leim: »Möchtest dich bei ihm wohl anschmieren? Was?«

»Vielleicht bin ich dazu gezwungen.«

»Von Rechts wegen sollte er dich überhaupt nicht vorlassen, so blöde, wie du dich gestern angestellt hast.«

Später, als wir wieder oben waren und beim Essen saßen, fragte er: »Na, was hat er gesagt?«

»Er war ganz aufgekratzt. Er schrieb gerade, als ich reinkam. Als wir uns unterhielten, mußte er eben mal rausgehen und ich sah nach, was es war. Es waren deine Akten, die er vor sich liegen hatte.«

Egon hatte eben mit der Gabel ein Stück von der Blutwurst aufgespießt und es in den Mund gesteckt, vergaß aber plötzlich zu kauen.

»Meine Akten? Wieso das?«

»Was weiß ich? Ich sag' nur, was ich gesehen hab'.«

»Sahst du, was er geschrieben hatte?«

»Nein, er kam zu schnell wieder. Ich sah bloß deinen Namen.

»Sagte er was?«

»Nein. Und fragen konnte ich ja nicht.«

Später drang er in mich, so daß ich nicht mehr ausweichen konnte.

»Sag, was du gesehen hast!«

»Ich hab' doch gesagt, daß ich nichts gesehen hab'!«

»Aber ich hab' doch nichts ausgefressen!«

»Du bist selbst schuld. Wenn er was zu schreiben hatte, dann haste es ihm ja selbst erzählt.«

»Du meinst gestern?«

»Sag bloß, du hast *noch* mehr erzählt!«

Er sah mich an und schwankte zwischen Zorn und Angst. Er hatte das Gefühl, daß alles meine Schuld war und hätte mir am liebsten eine geknallt. Es gab eine Menge alter Sachen, an die er sich plötzlich erinnerte. Ich sagte: »Es ist doch nicht meine Schuld, daß er so 'ne verdammte Type ist, die dein Vertrauen mißbraucht.«

»Äh«, sagte er, gab mir einen Stoß und verschwand. Aber ihm war nicht besonders wohl zumute. Das Ganze ging anscheinend ebenso leicht wie ›Mensch ärgere dich nicht!‹ Mit Rausschubsen.

Dem Fisch erzählte ich, der Inspektor hätte gesagt, daß er ihn zur Waldarbeit schicken will. Das genügte.

Knirps erzählte ich, daß ich Bruchstücke eines Telefongesprächs aufgeschnappt hätte. Keine klare Geschichte — aber ich hätte deutlich seinen Namen nennen hören und irgend etwas von einer Erziehungsanstalt, Lövsta oder Langanäs.

Metzger sagte ich, der Inspektor meinte, man müsse ihn zwingen, eine ordentliche Arbeit anzunehmen und die Sache mit den Blumen aufzugeben. So was sei nichts für ihn.

Racing und Dschingis sagte ich nichts, weil sich's nicht gelohnt hätte. Aus zweierlei Gründen: Dschingis hätte nichts begriffen, außerdem war es gleichgültig, was er dachte. Er konnte sowieso nicht von Nutzen sein. Und Racing ließ sich nicht beeinflussen.

Egon biß sofort drauf an. Der Fisch grinste höhnisch, aber wurde doch ängstlich. Am schlimmsten war's bei Knirps, und ich mußte mir genau überlegen, wie ich mich an ihn ranmachte.

»Er ist doch scharf auf mich, da kann er mich doch nicht in irgendeine Anstalt stecken.«

»Vielleicht hat er sich das so ausgedacht: Erst verspricht er dir allerhand, daß du vielleicht anbeißt. Und dann, nachher, locht er dich ein. Und wenn du dann versuchst, ihn anzuscheißen, dann sagen sie, daß das 'n Versuch ist, dich zu rächen. Möglich, daß er's drauf anlegt. Und so wär' es auch am raffiniertesten. Aber *wissen* tu' ich natürlich nichts . . .«

»Der verdammte schwule Hund!« sagte Knirps. »Der wird sich wundern!«

Metzger glaubte alles, was man ihm erzählte. Er wurde blaß und ganz stumm. Eine Zeitlang dachte ich, er würde davonlaufen, das tat er aber nicht.

Innerhalb von zwei Tagen hatte ich sie soweit. Die Sache des Inspektors stand schlecht. Natürlich war ich nie bei ihm gewesen.

»Krister! Das mit der Tür . . .«

»Jaja, ich wollte eben anrufen, daß sie jemand schicken, der sie repariert!«

»Ich hab' mir was Besseres ausgedacht, daß sie noch länger halten wird — und dabei könnte sich Racing ein paar Kröten verdienen. Ebensogut wie ein anderer.«

Ich schielte nach der verschlossenen Tür zum andern Zimmer. Ich hatte nichts vergessen.

Das mit der Platte ging also über die Bühne. Racing machte die Arbeit, und ich ging ihm zur Hand und Dschingis mir. Es dauerte zwei Tage.

Wir machten ein anständiges Stück Arbeit. Erst nahmen wir Maß und kauften Blech und was wir sonst noch brauchten, Schrauben, Nieten, Grundfarbe, hellgrauen Lack, Rundeisen und Flacheisen, ein neues Schloß und eine Sicherheitskette. Und dann eine Masonitscheibe. Ich erklärte Racing ungefähr, wie ich mir's vorgestellt hatte, und er macht sich eine Skizze und rechnete aus, was wir brauchten.

Dann verkleideten wir beide Türflügel mit dem Masonit, um eine glatte und richtige Unterlage für die Blechplatte zu bekommen. Während ich nagelte, schnitt Racing die Platte zu, und dann befestigten wir sie. Racing bohrte eine Menge Löcher längs den Rändern der Tür und versenkte sie, und dann setzten wir die Schrauben ein. Gleich versuchten wir, ob sich die Tür schließen ließ, und justierten die Schwelle etwas mit einem Stemmeisen. Und dann montierten wir das Schloß und die Sicherheitskette.

Während dieser Arbeit hatte Racing Interesse an der Sache bekommen und sich eine Menge extra ausgedacht. Er machte mich darauf aufmerksam, daß die Angeln an der Außenseite angebracht waren, und daß zwei Schnitte mit einer Bolzenzange genügten, damit die Türflügel herausfielen. Um das unmöglich zu machen, schnitt er erst drei kleine Bandeisenstücke zurecht, die er mit ebenso vielen Rundeisenstücken zusammenschweißte; er drehte sie auf der Drehbank, bohrte dann Löcher hinein und schraubte sie an der Rückseite der Türflügel fest, so daß die Rundeisen genau auf den Türstock gerichtet waren. Dort bohrte er dann ziemlich große Löcher, in die er Rohrstücke hineintrieb. Es war genau wie bei einem Geldschrank.

Dann sicherten wir die Türflügel in der Mitte mit anderen Riegeln, die man zurückschieben konnte, so daß sich die Tür öffnen ließ. Schließlich strichen wir das ganze, zweimal mit Grundfarbe und zweimal mit Lack. Es wurde recht ordentlich, und man sah nichts von der Blechplatte. Es war zwar eine ziemlich teure Geschichte, aber Krister schien zufrieden.

Ich machte auch bei Racing einen Versuch, während wir an der Arbeit waren, obwohl ich mir schon dachte, daß dabei nicht viel herauskommen würde. Ich tat's, als wir die Riegel an der Tür anbrachten.

»Du, der Inspektor hat Wind bekommen von deinem Werkzeugschrank.«

»So?« sagte Racing.

»Ich hörte, wie er am Telefon mit jemand darüber sprach. Die Tür war nur angelehnt.«

»So?«

»Es paßt ihm nicht. Wollte wissen, wozu du das alles brauchst. Quasselte was von 'ner Bohrpistole und dem Schweißapparat, daß man die ja ebenso gut auch bei 'nem Bankeinbruch verwenden könnte. Wollte mal bei der Polente nachfragen.«

»So?«

»Es hörte sich so an, als wenn er sie dir wegnehmen lassen will. Beweise brauchen die ja nicht, es genügt ihnen schon, daß du sie hast. Und es ist scheißegal, ob du 'ne Quittung darüber hast, daß sie gekauft sind.«

»So?«

»Die werden dich einlochen wollen, wegen Vorbereitung eines Einbruchs – wenn es nach dem Inspektor geht.«

Doch das alles war umsonst. Er reagierte nicht. Wenn's deswegen Unruhe geben sollte, würde er es beizeiten merken und seine Sachen wegschaffen, wie eine Katze ihre Jungen von einem unruhig gewordenen Platz wegträgt zu einem ruhigeren. Und Platz ist Platz. Wegen so einer Platzveränderung würde er nie das Gefühl bekommen, daß ihm was fehlt. So war er nicht.

Der einzige, der von diesem Versuch beunruhigt wurde, war ich selbst. Denn eine Zeitlang hatte ich Angst, er würde das, was ich gesagt hatte, zu ernst nehmen und davonlaufen; ich machte ihm daher einen Vorschlag: Er sollte den Schrank mit seinem Werkzeug bei Krister unterstellen. Dort würde niemand an die Sachen herankommen können. Dieser Rat hat ihm anscheinend zugesagt, denn eines schönen Tages stand der Schrank in Kristers Zimmer.

Es war ja nicht so, daß ich besonderen Respekt vor ihm hatte. Aber der Inspektor hätte uns vielleicht irgendeinen Idioten auf den Hals geschickt, der alle meine Pläne zum Scheitern gebracht hätte. Aber egal, wie es hätte kommen können: Krister protestierte jedenfalls nicht, obwohl der Schrank ziemlich viel Platz einnahm und Racing recht oft im Zimmer war.

Nun kamen einige nervöse Tage. Es war wie in einem Kessel, in dem es kochte und siedete. Und mich hielt es auch gepackt, obwohl ich selbst die Lunte angezündet hatte. Und ich mußte zudem auch noch auf Dschingis aufpassen und ihn beruhigen, damit er nicht überschnappte. Er ließ sich ja so leicht von allem anstecken.

Egon kreiste in einer gefährlichen Unruhe, deren Zentrum ich war, herum und nochmals herum:

»Was ist denn an dem, was ich erzählte, so gefährlich gewesen?«

»Gefährlich und nochmal gefährlich.«

»Was hab' ich denn gesagt? Du bist ja immer so verflucht schlau.«

»Das weißt du doch selbst am besten. Denn du wußtest doch was du sagtest?«

»Verdammt, du dumme Sau!«

»Nu mach mal 'n Punkt! *Ich* hab dich doch nicht in die Scheiße gebracht, also was regst du dich denn über mich auf? Ich kann dich auch nicht einbuchten, ich bin ja nicht Inspektor.«

»Einbuchten?«

»Was weiß ich denn, was er will?«

Er sah mich an, und etwas kam in seine Augen und verschwand wieder.

»Schwuler Hund«, fauchte Knirps und schnalzte mit den Fingern im Takt zu der Musik vom Plattenspieler.

»Kommt hier angeschissen und reibt sich das Arschloch!«

Er setzte sich nebenan auf die Armstütze eines Lehnstuhls und spielte immer wieder dieselbe Platte mit voller Lautstärke. Es dröhnte und donnerte und kreischte. Sowie sie zu Ende war, fing er von vorn an.

»Mach doch Schluß mit dem verdammten Krach!« schrie Egon.

»Und du! Du quatschst 'ne ganze Menge Scheiß! Paß du bloß auf!«

Ich ging zu Dschingis und packte ihn am Arm – bloß ganz leicht, wie man's so tut, und sagte: »Komm, Dschingis, wir gehn 'n bißchen aus.«

Er war aber völlig verdreht und fing an zu schreien: »Laß mich! Ich hab' dir doch nichts getan! Au! Laß los! Pack doch nicht so hart zu; das tut weh Auauau!«

Egon fiel plötzlich was ein: »Laß ihn in Frieden. Du bist doch nicht sein Vormund, wie? Und er ist nicht dein Diener! Laß ihn los, sag' ich. So war's auch an dem Abend, als der Inspektor hier war; du warst dran schuld, daß er wütend wurde, und nun willst es auf mich schieben!«

Er steuerte mit Volldampf auf mich zu. Ich ließ Dschingis los und brachte mich drinnen bei Krister in Sicherheit.

»Was willst du?« fragte Krister.

»Dschingis möchte gern Klavier spielen.«

»Ein andres Mal vielleicht . . .«

»Dschingis, komm, wenn du spielen willst!«

»Ach, lieber Nisse, doch nicht gerade jetzt!«

Dschingis kam herein und sagte: »*Ich* hab doch nicht gesagt, daß . . .«

»Na?«

Er krümmte sich wie ein Wurm.

»Vielleicht morgen. Ich bin eben dabei . . .«

»Ach du meinst, daß wir bis dahin alles vergessen haben?«

»Nein, durchaus nicht! So hab' ich's nicht gemeint . . . Also gut, aber nur für eine kurze Zeit!«

Er ging nervös umher. Mehr Unruhe. Dschingis wurde von ihr angesteckt und spielte wie ein Dampfhammer. Die Musik zersprang in scharfe Scherben. Krister wurde davon in Spiralen hochgewunden und stand auf den Zehen, und sein Gesicht zuckte und zitterte. Aber er mochte nichts sagen. Zwischen den Sturmangriffen konnte man aus dem Tagesraum das Grammophon hämmern hören, die Wände vibrierten dumpf.

Egon kam herein. Nach einer Weile setzte er sich aufs Sofa und legte die Füße auf einen Lehnstuhl. Dann kam Fisch und lümmelte sich an den Türstock. Metzger kam und schaute über seine Schulter; sein Hals pendelte wie eine Schlange, die Augen aber waren die eines Kaninchens. Der Schnurrbart hing. Nach und nach traute er sich herein, schlich die Wand entlang, setzte sich nicht weit vom Flügel auf den Fußboden und steckte den Kopf zwischen die Arme. Er dachte vielleicht, daß das gut aussah.

Knirps kam auch herein. Das Grammophon hörte auf zu spielen. Meine Knie zitterten vor Schwäche, ich mußte eins an das andere pressen. Im Zimmer draußen war Racing dabei, den Generator eines Motorrads auseinanderzunehmen.

Nach und nach beruhigte sich Dschingis Spiel.

»Jedenfalls 'ne verdammt feste Tür.«

»Hier kommen sie nicht rein. Wollen sie die aufkriegen, müssen sie Dynamit nehmen.«

»Oder sie müssen mit 'nem Raupenschlepper die Treppe hochgefahren kommen . . .«

»Oder mit 'nem Panzer.«

»Sie werden uns belagern müssen. Die Polente und das Militär und . . .«

Krister hörte zu und lachte: »Wenn ihr mit einer Belagerung rechnet, dann wird es wohl gut sein, ein Lebensmittellager anzulegen und Sandsäcke heraufzutragen.«

»Ach was! Wir bauen einen geheimen Reserveausgang, dann können wir einfach holen, was wir brauchen, wenn wir's nötig haben.«

»Ja! Wir schlagen ein Loch in die Mauer nach dem Kirchhof, in der Küche draußen! Und dann bringen wir davor 'ne Platte an, die genauso bemalt ist wie die Mauer, so daß sie sie nicht sehen können – und dann bloß 'n Seil, daß wir uns runterhangeln können.«

»Oder 'nen Aufzug! Kann doch nicht so schwer sein. Einfach 'n Schwenkkran, paar Drahtseile, einen Kasten und 'ne Winde . . .«

»Nee! 'n Motor! 'ne Winde ist doch Mist! Den Motor kann Racing hinkriegen.«

»Da könnten sie uns jedenfalls nie aushungern! Wir könnten nachts einfach abhauen und holen, was wir haben wollen.«

»So ein Fressen, was wir dann hätten! Braten und Beefsteak und Geflügel und Lachs . . .«

»Neee, kein Fisch!«

»Sekt!«

»Schnaps!«

»Nee, Whisky, und Gin!«

»Und den Inspektor würden wir catchen und als Geisel behalten!«

»Und den Sack abschneiden«, sagte Knirps.

»Und wir könnten 'ne Falltür bauen, mit 'ner Menge scharfer Eisenspitzen drunter!«

»Oder mit 'ner großen Wanne voll Salzsäure. Da fallen sie durch die Falltür in die Säure. Die sind gleich weg.«

»Erst der Inspektor und dann alle andern, die herkommen und nach ihm fragen und suchen. Daß zum Schluß die ganze Sachlichkeit ausgestorben ist.«

»Und die Kripo!«

»Ist doch alles Quatsch«, sagte ich. »Wir haben gegen die doch keine Chance. Er buchtet uns alle ein, wenn er will, und wir werden keinen Mucks sagen können, einfach mitgehen müssen, still und ruhig.«

Egon protestierte: »Warum sollten wir denn keine Chance haben? Woher weißt du, daß wir keine Chance haben? Sind wir denn dümmer als er? Du mußt immer alles miesmachen. Halt deine verdammte Fresse, oder ich knall' dir eins rauf!«

»Was meinst *du* denn?« wollte Fisch wissen. »Was meinst du denn, das wir tun sollen?«

»Meinen, meinen?« sagte Egon. »Ich mein' nicht grade was Bestimmtes. Aber irgendwie werden wir's schon schaffen, nicht?«

Er schlug mit der rechten Faust kräftig in die Handfläche der linken. Seine Hände waren groß und fest, und es war ein schwerer und harter Schlag.

»Höchstens, wenn wir ihn anzeigen können, wegen irgendwas«, sagte ich. »Dann ...«

»Glaubst *du*, daß er 'n Schwuler ist? Daß wir ihn ölen können, wie 'n ganz gewöhnlichen Schwulen?«

»Na, was denn sonst?« fragte Knirps.

»Wenn wir bloß 'nen Beweis kriegen könnt'n ...«

»Den kriegen wir nie«, sagte Egon.

»Du hast doch eben selbst gesagt, daß wir viel gerissener sind als er. Hast du deine Meinung geändert oder hast du jetzt plötzlich Schiß?«

»Wieso Schiß? Tu ma nich so doof, sonst ... Weißt du vielleicht was? Hä? *Weißt* du ...«

»Das spürt man am Geruch«, sagte Knirps. »Auf hundert Kilometer.«

»Aber was, wenn er nicht schwul ist? Was dann?«

»Woll'n wir wetten?«

»Nu man langsam«, sagte ich.

»'n Schwulen fleddern ...«

»Das wär' was!«

»Dann hätten wir ausgesorgt, was? Dann müßt' er rausrücken! Kies und Klamotten und ...«

Aber gerade das mußte ich verhindern. Wenn wir versuchten, ihn zu erpressen, würde er uns sofort, ohne mit der Wimper zu zucken, bei der Polizei anzeigen. Das einzige, was wir erreichen könnten wäre, daß er uns in Frieden ließe. Möglich, daß er uns selbst gern vergessen würde. Die Chancen konnten wir ihm dann geben.

Krister war weggegangen, sowie wir vom Inspektor anfingen. Er hatte wieder mal den Schwanz eingezogen; er wollte nichts hören, um nicht irgendwie in die Klemme zu kommen. Wir konnten freiweg reden.

»Wie wollen wir das denn hinkriegen? 'n Foto von ihm machen?«

»Oder alles auf Tonband aufnehmen, wenn er damit anfängt?«

Als ich sah, daß Krister sich verdünnisiert hatte, dachte ich einen Augenblick daran, wie es wäre, wenn wir *ihn* den Inspektor überraschen ließen, ihn zum Zeugen machten. Und ihn zum *Sehen* zwängen, so daß er nie mehr die Augen zukneifen könnte. Aber das wäre zu unsicher gewesen. Man kann sich auf niemand verlassen. Man weiß nie.

Und wenn man zu weit ginge, würde der Inspektor vielleicht abspringen.

Aber der Gedanke brannte wie Feuer in mir.

Ich hatte es mir ausgedacht: messerscharf, einfach, ohne schwache Punkte. Aber ich hatte die andern dazu gebracht, es auszusprechen. Wenn es für sie vorläufig auch nur ein Spiel mit Worten war.

Aber für mich war es schon Ernst. Und ich hatte den festen Willen, meinen Plan durchzuführen! Doch ich wollte nicht allein die Verantwortung tragen, falls etwas schief ging. Jetzt aber war es ihre Idee! Jetzt konnten sie nichts abstreiten und mir die Schuld zuschieben.

Und es ging wie geschmiert. Der Inspektor kam, wie von einer Schnur gezogen. Kam so gut wie jeden Abend bis zum großen Krach. Er saß da und litt in Kristers Gegenwart Qualen (wenn der, selten mal, da war; und ohne daß er irgendwas merkte) und war bei all seinem Haß scheißfreundlich gegen uns, die es kapiert hatten (obwohl wir uns nichts anmerken ließen; aber er wußte es trotzdem). Seine eine Gesichtshälfte war von Widerwillen verzerrt, die andere war schlaff und schweißnaß, und er mußte sie alle fünf Minuten abtrocknen. Die eine war trocken und hart wie eine Schale, steif und grau, die andere glühend rot. Um seine Augen zitterte und zuckte es, und die beiden Hälften fuhren rauf und runter wie ein Paternoster.

Ich weiß nicht, ob er sich nach den Akten richtete und seine Wahl danach traf, was dort stand. Jedenfalls hatte Knirps von uns allen die meiste Erfahrung im Erpressen von warmen Brüdern, war deshalb schon ein paarmal eingelocht gewesen, und in den Papieren hat sicher was davon gestanden. Der Inspektor hätte es gewiß nicht gewagt, wenn er was aus dem Hinterhalt zu befürchten gehabt hätte.

Aber Knirps hatte auch das richtige Aussehen. Klein und dünn und dunkel und frech, hatte er also alles, was Schmerz verheißen konnte. Den süßen Schmerz. Seine schwarzen Augen drückten selten etwas anderes aus als Hohn.

Der Knirps also. Er war in jeder Weise der richtige. Auch von unserem Standpunkt. Alles in allem dauerte es ein paar Wochen.

Die Verliebtheit des Inspektors kam vor allem uns anderen zugute. Knirps hatte nicht viel davon. Er wurde kurz und böse abgefertigt, wenn er was sagte; das übrige war Schweigen. Von außen gesehen hätte man meinen können, daß er Knirps am wenigsten mochte. In gewisser Weise war das auch richtig, das konnte man der grauen Gesichtshälfte ansehen. Aber die andere, rote, bat unaufhörlich um Verzeihung, bat und bettelte. Versteh mich doch! Und alle verstanden sehr wohl, alle außer Krister.

Wir andern kriegten Schokolade und dergleichen, aber Knirps durfte kaum kosten. Egon bekam neue Hosen von der Sachlichkeit, und Fisch eine Jacke und Dschingis ein Paar Schuhe. Er fragte uns, wir brauchten nur zu wünschen. Der Knirps aber konnte weiterhin in seinen alten Klamotten herumlaufen.

Wir zogen ihn auf: »Kommt dein Schatz heute abend, Süßer?«

»Oder habt ihr euch vielleicht in der Stadt verabredet?«

Egon scharwenzelte umher, als hätte er Röcke an, und zwinkerte mit den Augen: »Ach, du mein Lieber!«

Und Dschingis kreischte wie 'ne Dohle: »Knirps hat 'nen Liebsten, Knirps hat 'nen Liebsten!«

Knirps war das jedoch gleichgültig, er fauchte nur: »Der verdammte schwule Hund!«

Anfangs wußte ich nur, daß es darauf ankam, den Inspektor in eine Falle zu locken. Wie wir uns dann einen stichhaltigen Beweis verschaffen sollten, hatte ich mir nicht recht klar gemacht. Ich dachte an Fotoapprate und an Zeugen, überließ dann aber alles der weiteren Entwicklung und hoffte, daß sich irgend etwas ergeben würde. Und da spielte uns der Zufall ein Tonbandgerät in die Hände. Ein

Pastor brachte es uns, damit wir uns seine Predigten anhören könnten.

Als wir das Tonbandgerät hatten, ahnte Knirps noch nicht, wozu wir es brauchen wollten. Zum Erklären war damals keine Zeit, und nachher hatte ich große Mühe, ihn dahin zu bringen, daß er auf meinen Plan einging; seiner Meinung nach sollten wir es sofort verkaufen.

Er war nicht direkt gegen meinen Plan, aber er sagte: »Es genügt doch, daß einer reinkommt, wenn er so recht in Gang ist. Du mußt doch einsehen, daß ich nicht auch noch auf den Kasten aufpassen kann.«

Ich aber wußte: Kein Mensch würde uns glauben. Nicht einmal ein Dutzend von uns sind soviel wie ein Inspektor.

»Du brauchst doch bloß auf den Knopf zu drücken! Und das kannst du doch schon 'n Augenblick vorher machen, dann kommst du schon mit allem zurecht!«

»Und wie willst du es anstellen, daß ich mit ihm alleine bleib'? Sonst geht's doch nicht.«

»Hab' mir schon was ausgedacht. Wir gehn ins Theater.«

Und tatsächlich, schon ehe das Tonbandgerät auftauchte, hatte ich mir das ausgedacht. Krister hatte mich auf diese Idee gebracht.

»Ins Theater?«

Knirps verzog mißtrauisch den Mund.

»Ja, eben. Uns fehlt Kultur. Kristers Worte.«

»Wenn ich bloß nicht mit muß, dann . . . verdammt, ich glaub', es wird gehen! Den werden wir schon so weit kriegen, daß er rausrücken muß, der alte Satan! Kies und Klamotten – und 'n neuen Plattenspieler für den Tagesraum!«

Und soweit lief alles wie geschmiert. Krister ging auf den Leim, wählte Theater und Stück aus und bestimmte einen passenden Abend – und half uns außerdem, ohne, daß das zum Plan gehört hätte, indem er den Inspektor bat, an dem Abend Babysitter zu spielen und aufs Haus aufzupassen und auf Knirps, der sich entschieden geweigert hatte, mitzugehen. Und der Inspektor hakte sofort ein.

»Sehr guter Gedanke«, sagte er zu Krister. »Kultur ist den Jungens wahrhaftig nicht im wünschenswerten Ausmaß zuteil geworden. Und es kommt gar nicht in Frage, daß du, lieber Freund, für die Kosten aufkommst! Wir in der Sachlichkeit sind sehr froh, in einem solchen Fall die nötige Summe zur Verfügung stellen zu können. Und da haben wir ja übrigens ein schönes Beispiel für die praktischen Reformideen, die ich bei unserem Gespräch neulich als so notwendig bezeichnet habe.«

Anfang der nächsten Woche war es soweit.

Ich war zum erstenmal im Theater, aber ich kann nicht sagen, daß es mir besonders gefiel – obwohl ich mich fast an alles erinnern kann. Es war ›Der Vater‹ von Strindberg im Schauspielhaus. Übrigens waren auch die andern zum erstenmal im Theater mit Ausnahme von Dschingis, der, als er klein war, einmal ein Stück für Kinder gesehen hatte. Er war auch mal in der Oper gewesen und hatte ›Peterchens Mondfahrt‹ gesehen, und darüber machte er ein solches Palaver, daß man es im ganzen Theater hören konnte und alle Leute zu uns hersahen.

Geglotzt hatten sie auch schon vorher, so daß wir uns nicht ganz wohl fühlten. Und dann das Stück! Alles war so übertrieben und unnatürlich, daß man gar nicht wußte, was los ist. Man war ganz verlegen und rutschte auf seinem Sitz hin und her. Sie fuchtelten mit den Armen in der Luft, stolperten hierhin und dorthin und zitterten mit der Stimme, daß man deutlich merkte, wie unecht alles war. Die Luft war dick und dünn zugleich, der Ernst war verlogen. Man konnte keinen Augenblick vergessen, daß es nur Theater war. Dschingis schien der einzige von uns allen zu sein, dem es gefiel.

Nachher, als wir unsere Meinungen miteinander verglichen, zeigte es sich, daß Krister eine ganz andere Auffassung hatte als wir. Vielleicht war uns alles zu ungewohnt. Und dann waren wir vielleicht auch die ganze Zeit zu sehr wir selbst.

Wir kamen wieder nach Hause. Eine Zeitlang hatte ich fast alles vergessen, was sich da wohl abspielte. Als ich mich daran erinnerte, zog sich mir der Magen zusammen.

Aber alles war still und friedlich. Das Radio spielte, und in der ganzen Wohnung brannte Licht. Knirps lag auf seinem Bett und las ein Heft mit Comic strips. Krister sah zu ihm hinein und fragte: »Ist der Inspektor schon gegangen?«

»Ja.«

»Ach so. Hm.«

Sowie er seinen Kopf zurückgezogen hatte, fragte ich: »Wie war's? Gab es Krach? Hat's nicht gefunkt?«

»Nee, wieso?«
»Es hat also geklappt?«
»Na klar.«
Er sah von seinem ›Donald Duck‹ gar nicht auf. Ich stand hibbelig vor seinem Bett.
»Nu erzähl doch!«
Er sah mich kurz an und hob die Bettdecke ein wenig hoch. Da lag das Bandgerät und blitzte.
»Schließ die Tür zu!«
»Was ist mit Dschingis?«
»Scheiß auf ihn. Hol es raus!«
»Ach nee«, sagte Dschingis. »Der Aufnahmekasten!«
»Halt die Fresse! Verflucht noch mal, wie hat er das Ding in Gang gebracht?«
»Diesen Knopf da.«
Die Spulen begannen zu surren.
Es knisterte im Lautsprecher, und dann kam eine Stimme: »Wir werden jetzt hören, wie Jesus Christus wirkt und Wunder tut unter den Verlorenen, die ich auf meinen Wanderungen in unseren Anstalten treffe. Wir werden einige . . .«
Der Pastor! Auferstanden von den Toten und mit einer Stimme, die Beton zermahlen könnte!
Wir spielten das Band ein paarmal ab. Aber es war nichts als diese alten Predigten, frommen Lieder und Klavier und Harmonium, vom Anfang bis zum Ende. Nichts mit dem Inspektor.
»Ach Scheiß«, sagte Knirps. »Dann hab'n wir eben Pech gehabt.«
»Sag bloß, ich hab' Schuld! Wenn du das Ding nicht mal anstellen kannst!«
»Ich bin doch, zum Deuvel, kein Mechaniker! Es war ja auch *deine* Idee und nicht meine. Und von allen Arschlöchern . . .«
»Aber es ging doch prima, was? Wie war's denn?«
»Wie immer. Du mußt doch wissen, wie das ist.«
»Wir müssen es einfach noch mal versuchen.«
»Aber ohne mich! Nicht einen Cent hat mir der schwule Hund gegeben.«

Nach der Geschichte mit Knirps ließ sich der Inspektor nicht mehr sehen.
Ich glaube, es war Angst, zum Teil wenigstens. Wir hätten uns damit zufriedengeben sollen, daß wir ihn losgeworden waren. Wir

hätten nicht versuchen sollen, unsere alten Pläne durchzuführen. So stark hätten wir uns nicht fühlen sollen.

Und wir hätten nicht auf Knirps hören sollen, wenn er meckerte.

»Wir haben es doch, verdammt, von Anfang an *ohne* Tonbandgerät machen wollen! Und nun sind wir doch wieder da, wo wir angefangen haben. Also brauchen wir bloß zu machen, was wir damals vorhatten. Denkst du vielleicht, ich laß mich für nischt und wieder nischt hernehmen?«

»Aber wir hab'n doch keinen Beweis!«

»Da braucht man nur mich zu fragen. Oder direkt den da, dann steht er gleich auf und bezeugt es.« Er klopfte sich an den Hosenschlitz. »Wir beide haben unsere Pflicht getan. Und du willst dich jetzt drücken!«

»Was soll ich ihm denn sagen? ›Ätsch, ich weiß alles‹ ...?«

»Hast du Schiß? Dann seid ihr zwei, die Schiß haben. Da könnt ihr euch ja prima verstehen.«

»Wer hat hier Schiß? Aber ...«

»Erst, als *ich* ran sollte, da hattest du 'ne mächtig große Klappe. Aber jetzt ... na, jetzt weiß man wenigstens, wieviel du wert bist.«

Ich konnte merken, daß ich rot anlief.

»Schiß hab' ich nicht, aber ...«

»Hahaha, Nisse hat Angst«, schrie Dschingis. »Du hast Schiß, du hast Schiß, du hast Schiß!!!«

Knirps lag auf seinem Bett und zog an einer Kippe, die er dann gegen den Ofen schnipste. Beim Anprall regnete es Funken. Als Dschingis aufhörte zu schrein, grinste Knirps und sagte: »Wenn du genau so'n Schiß hast wie der Inspektor, dann seid ihr euch vielleicht auch sonst ähnlich? Vielleicht willst du mir auch einen blasen? Dschingis, hilf ihm mal, daß er herkommt. Er schämt sich.«

Er knöpfte den Hosenschlitz auf, machte die Beine breit und faßte mit dem Daumen und Zeigefinger um den Schwanz: »Dschingis, hilf ihm doch! Siehst du denn nicht, daß er Lust hat! Komm doch, Süßer, komm, mein lieber Schatz, komm und faß mir ins Arschloch!«

Und Dschingis kam sofort angerannt und begann, an mir zu zerren und zu ziehen, um mich zum Bett von Knirps zu bringen.

»Na, geh doch zu Knirps! Äh, schämst du dich vielleicht? Komm doch, Nisse!«

»Laß mich los«, sagte ich. »Hörst du nicht, was ich sage? Laß mich los, oder ich knall' dir eine ...! Dschingis, loslassen! Ich sag' dir ...«

Aber er wollte nicht, seine Hände kratzten und zwickten wie zwei kleine, harte Zangen, bis ich zuschlagen mußte, um nicht das Gleichgewicht zu verlieren. Danach saß er vor dem Ofen und begriff nichts. Die Augen von Knirps funkelten.

»Allright! Ich geh' also. Aber schieb es nicht auf mich, wenn's schief geht.«

Hätten wir wenigstens irgendeinen falschen Beweis beschaffen können! Ein Tonband oder ein Foto oder weiß Gott was, damit ich etwas in der Hand gehabt hätte! Oder wenn wir jemand gefunden hätten, der die Stimme des Inspektors hätte imitieren können! Nur so einigermaßen! Oder jemand, der ihm ähnlich sah! Aber das Tonbandgerät hatten wir nicht mehr und auch keinen Fotoapparat. Oder wenn ich alles hätte brieflich machen können. Aber ein Brief hätte ihm einen Trumpf in die Hand gegeben. Beweis gegen Beweis: Schwulerei gegen Erpressung. Und da wir sowieso nicht allzu gut standen, hätten bloß wir das Nachsehen gehabt. Er hätte nur zu behaupten brauchen, daß wir das Ganze provoziert haben, und man würde ihm eher glauben als uns.

Ich wußte nicht mal, was ich von ihm verlangen wollte. Daß wir in Ruhe gelassen sein wollten und noch was mehr — aber ich konnte mich nicht recht entsinnen, was ich damit meinte: Ihn für immer los werden.

Zwei Tage brauchte ich, um mich auf das Gespäch vorzubereiten. Aber dann hatte ich gar keine Möglichkeit, meine Pläne auszuführen. Sobald ihm klar geworden war, weshalb ich ihn aufsuchte, nahm *er* die Sache in die Hand. Er war routinierter als ich. Kaum wußte er Bescheid, da verschwand seine Unsicherheit. Im Gegenteil, ich sah, wie seine Sicherheit immer größer wurde, ohne daß ich etwas dagegen tun konnte.

Er lehnte sich im Stuhl zurück und steckte ein schwaches Lächeln auf. In seinen Augen blitzte es. Er war vollkommen ruhig — obwohl er dazu kein Recht hatte. Das verletzte mich irgendwie: das war unmöglich!

Ich saß da und überlegte, ob ich irgendeinen Fehler gemacht oder irgend etwas falsch berechnet hatte. Und während seine Sicherheit wuchs, verschwand meine immer mehr. Als ich in sein Zimmer kam, war ich vollkommen ruhig. Es war sein Dienstzimmer, fünf Treppen hoch im Hause der Sachlichkeit. Ich hatte gedacht, es wäre besser, ihn dort aufzusuchen als in seiner Wohnung (die in Kungsholm oben lag), um anzudeuten, daß wir ja zu seinem Dienstbereich gehörten. Ich hatte gedacht, daß mir dies mehr Sicherheit geben würde.

Daß er Angst hatte, als ich kam, war an seinem Benehmen zu merken: Er war noch nie so scheißfreundlich zu mir gewesen, seit unserem ersten Zusammentreffen.

»Ach nein, sieh mal an! Nisse! Wie nett! Komm doch herein, wir wollen doch nicht hier draußen stehen bleiben und sprechen! Das ist wirklich ein lieber Besuch, nach so langer Zeit!«

Nicht so auffällig, daß ich nicht drauf reinfiel und glaubte, ich hätte grünes Licht. Vielleicht wär' es besser gewesen, wenn er sich geweigert hätte, mich zu empfangen, so daß ich mich an der Sekretärin hätte vorbeidrängen müssen und der Ton von Anfang an schärfer gewesen wäre. Ab und zu denke ich immer noch darüber nach, — obwohl das natürlich sinnlos ist.

»Nimm Platz! Ja, setz dich doch. 'ne Zigarette? Na, wie geht es denn bei euch oben? Wie geht es Krister? Doch wohl gut, hoffentlich.«

»Er kann nicht klagen.«

»Alles friedlich und ruhig, wie gewöhnlich? Ja, euch geht's gut da oben. Ihr habt es wirklich gemütlich.«

Einen Augenblick war es ruhig, und ich hütete mich, die Stille zu unterbrechen.

»Und ich höre, daß ihr mit dem Untersuchungspersonal ausgezeichnet zusammenarbeitet. Sie stellen euch das beste Zeugnis aus. Sie sind mit eurem Einsatz mehr als zufrieden. Ihr habt euch dieser schweren Aufgabe als durchaus gewachsen erwiesen — hat man mir erzählt. Prima Kerle . . . Und sonst alles in Ordnung? Ja, hm. Nun, auf die Dauer mag es etwas ermüdend sein, vermute ich. Wir müssen sehen, etwas ausfindig zu machen, was euch euer Dasein erleichtert. Da ihr ja in den letzten Zeiten so tüchtig wart und der Fleiß seine Belohnung verdient . . .«

Wir hätten vielleicht, wenn ich mich damit begnügt hätte, schweigend dazusitzen und bloß zum Fenster hinauszusehen, wenigstens das bekommen, was Knirps erwartete: Kleider, mehr Taschengeld, neue Möbel für den Tagesraum. Ich aber saß da und wartete nur auf eine passende Gelegenheit, um meinen Einleitungssatz abzuschießen, und war dadurch so abgelenkt, daß ich weder klar hören noch sehen konnte.

Dann kam die Gelegenheit, aber ich verdarb das Ganze. Ich nahm einen tiefen Zug aus der Zigarette, blies eine Rauchwolke aus und sagte: »Ja, der Knirps, gewiß. Und wenn wir schon von ihm reden: er ist natürlich niedergeschlagen.«

Ich spürte, wie die Temperatur im Zimmer sank, als wäre plötzlich ein kalter Wind aufgekommen.

»So? Handelt es sich um etwas Bestimmtes?«

»Das müssen Sie ja wissen, Herr Inspektor. Aber ich meinte, wir haben keinen Grund, Theater zu spielen – da wir ja alles wissen.«

Das *klang* gut! Und ich hörte, daß meine Stimme ganz ruhig und natürlich war.

»Wir? Welche wir?«

»Tja, ich – und noch andere.«

»Willst du so freundlich sein, dich vielleicht etwas genauer auszudrücken? Also, wer noch außer dir?«

»Noch andere.«

Ich blies mehr Rauch gegen die Decke.

»Ich glaube, erraten zu können, worum es sich dreht«, sagte er in leichtem Ton. »Und was soll euch, eurer Vorstellung nach, dieses euer Wissen einbringen?«

»Hm. Nichts Bestimmtes. Ich wollte nur, daß Sie Bescheid wissen, Herr Inspektor.«

»Ach so! Ja, jetzt weiß ich also Bescheid. Wolltest du sonst noch was?«

»Nein. Sie haben ja gerade versprochen, daß Sie uns das Leben etwas leichter machen wollen . . .«

Ich konnte aber hören, daß meine Stimme ihre Festigkeit verloren hatte. Sie stotterte und zerbrach, so daß ich mich mitten im Satz räuspern mußte. Ich blies eine neue Rauchwolke aus, jetzt aber gerade vor mich hin, um einen Nebelvorhang zwischen uns zu legen und zu versuchen, mich in dessen Schutz etwas zu fangen.

Aber ich hatte keine Möglichkeit dazu. Sein Lächeln kam wieder zum Vorschein. Es nützte nichts; ich hatte die Kontrolle endgültig verloren.

»So? Habe ich das wirklich versprochen? Das ist aber schade, weil ich nun gezwungen bin, ein Versprechen nicht zu halten, was mir durchaus zuwider ist. Aber es könnte doch sonst nach unserer

Unterhaltung leicht zu Mißverständnissen führen, so wie die Dinge nun liegen.«

»Ist ja klar, daß Sie, Herr Inspektor, es schon so machen werden, wie's am besten ist . . .«

Aber er achtete nicht darauf, was ich sagte; er sah mich bloß nachdenklich an und fuhr dann fort: »Nein, leider, ich bedaure. Die Disziplin könnte darunter leiden — dem armen Krister zum Verdruß. Der gute Krister! Ich möchte nicht gern etwas tun, was ihm Nachteil bringen kann. Jung und unerfahren, wie er ist.

Ja, so unerfahren. Weiß vielleicht gar nicht, daß eine gewisse Art von Beschuldigungen in unserem Fach recht häufig vorkommt. Es wäre natürlich traurig, seine Freundschaft wegen der Behauptungen von ein paar grünen Bengels zu verlieren. Alle andern aber kennen das. Es ist nichts Neues. Nichts, was irgendwelche Maßnahmen nötig machte. Aber der arme Krister . . . Tja.

Niemand interessiert sich für das, was ihr zu wissen meint — höchstens vielleicht aus psychologischen Gesichtspunkten. Aber da wir nun schon von diesen Dingen reden, möchte ich euch, ganz beiläufig, davor warnen, bei irgendeinem Beamten der Sachlichkeit einen Erpressungsversuch zu unternehmen. Bloß um die Gelegenheit auszunützen. Es würde euch, das weiß ich ganz sicher, sehr teuer zu stehen kommen. Laßt euch gewarnt sein!«

Er stand langsam auf und ging um den Schreibtisch herum. Ich verfolgte seine Bewegungen aus den Augenwinkeln. Erst setzte er sich auf die Schreibtischkante mir gerade gegenüber, und zwar so nahe, daß sich unsere Knie berührten. Ich traute mich nicht, meine Knie fortzuziehen, weil er es sofort merken würde — obwohl ich mich vor meiner eigenen Feigheit ekelte.

»Du bist ja ein netter Junge mit einem guten Köpfchen. Und du siehst ja wirklich gut aus mit diesem schmalen, ein bißchen weichen Gesicht. Und der Mund ist wirklich schön geschnitten. Er sollte nur öfter lachen. Du bist ein viel zu ernster Junge, Nissemann. Du solltest nicht so mißtrauisch gegen alles sein, sondern lernen, das anzunehmen, was dir das Leben schenken kann. Das könnte eine ganze Menge sein, mein lieber Nisse. Viele Menschen wären sicher gewillt, dir zu helfen, wenn du ihre Hilfe bloß in der rechten Weise annehmen wolltest. Du könntest es weit bringen. Viele würden für einen Jungen wie dich alles Mögliche tun wollen.«

Während er von meinem Gesicht redete, faßte er mich unters

Kinn und versuchte, meinen Kopf zu heben. Ich machte mich steif.

Dann vertauschte er seinen Platz an der Schreibtischkante mit dem auf der Armlehne meines Stuhls und begann, mich zu streicheln.

»Wir sind in der letzten Zeit auseinander gekommen. Das ist schade. Wir waren doch von Anfang an so gute Freunde! Nicht, Nissemann? Vielleicht haben wir uns dadurch viel entgehen lassen. Aber jetzt haben wir wieder zueinander gefunden, nicht wahr?«

Seine Stimme war sammetweich, und die Hand streichelte mich.

»Ein feiner Nacken, so ein Jungennacken! Hier springt er in einem weichen Bogen vor, und hier wird er schmäler, und hier verläuft er so weich und fein geschnitten weiter. Und hier begegnet er deinem langen, schönen Haar, das gerade da so hübsch gelockt ist. Weich wie Seide. Und der Duft! Jungs haben einen ganz besonderen Duft, weißt du? Einen etwas herben, ja fast scharfen — jungen — Geruch.«

Er selbst war von einer Hülle dichter, aufdringlicher Gerüche umgeben: Seife, Creme, Shampoo, Badesalz und Haarwasser, Eau de Cologne. Seine Hände wanderten, und seine Stimme schläferte ein.

»Aber du bist zu mager. Man kann ja alle deine Rippen zählen! Da ist schon eine, und da ist die nächste . . .

Ach wir sitzen hier so unbequem! Komm, wir setzen uns auf das kleine Sofa, dort sitzt es sich gemütlicher!«

Er faßte mich um die Schultern und führte mich quer durchs Zimmer zu dem niedrigen Doppelsofa hin. Ich leistete keinen Widerstand.

Nach einer Weile zog er mir das Hemd in die Höhe, um besser zählen zu können. Dann löste er meinen Gürtel und knöpfte mir vorn die Hose auf, ohne daß ich etwas tat, um es zu verhindern. Mein Körper war ganz kraftlos und gehorchte mir nicht. Als er den Hosenschlitz aufknöpfte, wurde mein Glied steif und stand, obwohl ich es nicht wollte.

»Das ist schön, Nissemann!« sagte er. »Das ist gar nichts Schmutziges. Das ist rein und schön.«

Doch seine Stimme war nicht rein und schön, sondern belegt und lallend. Er kniete sich vor mich hin und begann zu saugen, dabei stöhnte und heulte er. Mit seinem Kopf bearbeitete er, stoßend und bohrend, meinen Unterleib.

Ich saß da und hörte die Geräusche von der Straße und von den Zügen, die an der Hinterseite des Hauses vorüberfuhren. Ich starrte auf die Hausdächer jenseits der Straße, auf die Schornsteine und die Tauben. Eine Kirchenuhr schlug, und ich zählte die Schläge. Elf. Ich wollte nicht spüren, wie mich mein Körper verriet. Die Wolken am Himmel standen still.

Dann zog er mir die Hose ganz herunter, und ich mußte mich vornübergebeugt an den Schreibtisch stellen. Es tat nicht so weh. Danach sagte er: »Wenn du dich vielleicht waschen willst, dann kannst du es da drin tun.«

Er deutete auf die Tür seiner privaten Toilette.

Als ich fertig war und gehen wollte, sagte er: »Solltest du mich aus irgendeinem Anlaß wieder aufsuchen wollen, dann bist du immer willkommen.«

Er setzte sich an den Schreibtisch und war anscheinend ganz unbeschwert. Er sah nicht einmal von seinen Papieren auf.

Die Tür war die ganze Zeit unverschlossen gewesen. Auch die Sekretärin blickte nicht auf, als ich vorüberhuschte. Ich kann mich nicht erinnern, wie sie aussah. Sie war vermutlich zwischen dreißig und vierzig.

Es fiel mir schwer, von dieser Sache loszukommen. Ich mußte es immer und immer wieder ganz neu erleben, alles hören, was er gesagt hatte, und alle andern Geräusche, und alles spüren, was er mit meinem Körper gemacht hatte. Es drängte sich mir jeden Abend auf, wenn ich das Licht ausgemacht hatte. Ich konnte nicht an Mädchen denken. Der Ekel half mir nicht, im Gegenteil!

Ich sagte keinem Menschen etwas von dem, was ich beim Inspektor erlebt hatte. Knirps ahnte vielleicht, daß irgendetwas geschehen war – möglicherweise weil er mir's ansah oder sonst irgendwie – denn er fing nicht an zu meckern, wie ich es erwartet hatte. Ich war froh, daß er mich in Ruhe ließ.

Eines Abends, einige Zeit nach der Sache mit dem Inspektor, waren wir alle bei Krister drin, im zweiten Zimmer. Egon und Knirps saßen an dem kleinen Tisch und spielten Anbau-Kasino, mit mächtigem Tempo, aber ganz ruhig. Racing bastelte an einem Thermometer. Fisch schlich umher wie ein grauer Schatten, raus und rein, hin und her. Metzger saß auf dem Fußboden neben dem Flügel und sah feierlich aus, und Dschingis spielte.

Krister stützte die Ellbogen auf den Rand des Flügels, er hing über der Klaviatur und wartete. Er wollte, daß Dschingis aufhörte zu spielen. Dschingis bemerkte es nicht einmal. Ich saß da und belauerte Krister.

»Versuch doch mal einen Augenblick auszusetzen und mir zuzuhören, merkst du denn nicht, daß ich dir was sagen will?« sagte Krister in einer Pause.

Aber Dschingis fiel, unangefochten drauflos hämmernd, mit einer neuen Sonate ein.

»Du darfst nicht vergessen, daß das *sein* Flügel ist, Dschingis!« sagte ich.

»Dschingis! Du!«

Statt einer Antwort kam ein Schwarm von Tönen angejagt und hergestolpert, die sich verwirrten und aneinander stießen.

»Du kannst doch nicht die ganze Zeit einfach so weitermachen und so tun, als ob es regnet, einmal müssen wir doch auch ernstlich miteinander reden, sonst riskierst du, daß . . .«

Dschingis schrie mitten in das Getöse: »*Ich* war's doch nicht! Was quatschst du denn immerzu noch von dem ollen, gammeligen Tonbandgerät?!«

»Es dreht sich nicht nur um das Tonbandgerät«, sagte Krister.

»Nee, auch um den Flügel«, sagte ich.

Krister wandte sich nach mir um: »Lieber Nisse, ich möchte mit Dschingis reden und nicht mit dir!«

Die Eisenklauen hämmerten, und Kristers Proteste gingen unter.

»Mein lieber Nisse, ich habe durchaus nicht vor, ihn auszuschimpfen! Und es ist natürlich gut und schön, daß du ihn beschützen willst, aber ich versichere dir, daß ich nichts Böses von ihm will. Ich will bloß mit ihm reden und ihn dahin bringen, einzusehen, daß . . .«

»Pssst«, zischte Metzger und sah Krister mit seinen Porzellanaugen vorwurfsvoll an. Krister dämpfte die Stimme und kam näher: »Ab und zu muß man doch wohl im Ernst miteinander reden, nicht? Und *du* verstehst sicher, daß Dschingis sich nicht ganz im klaren ist, daß . . .«

»Spiel nur drauf los, Dschingis. Jetzt redet er mit *mir.*«

»Herrgott noch mal . . .«

»Hör auf zu spielen, Dschingis. Ich hab' mich geirrt, der Herr Assistent wünscht zu reden, und da muß es ganz mäuschenstill sein. Gehorch man lieber, sonst schließt er die Spielkiste wieder zu.«

Metzger sagte, ohne was verstanden zu haben: »Weshalb darf er denn nicht spielen, Krister?«

»Reiner Tisch macht fünf«, sagte Knirps. »Tu man nich so.«
»Das haben wir vorher nicht ausgemacht«, erklärte Egon.
»Es ist aber die Regel!«
»Aber jetzt zählt es jedenfalls nur eins.«
»Fünf. Fünf und sechs ist elf. Elf sieben. Ich hab' gewonnen!«
»Sieben, sieben. Unentschieden. Zusammengerechnet steht es achtundzwanzig zu zwölf für dich. Wir machen weiter. Du gibst.«
»Zweiunddreißig zwölf, und ich hab' gewonnen«, sagte Knirps. »Aber ich kann ja für ein neues Spiel geben.«
»Was bist du bloß für ein verdammt sturer Hund!«
»Ich weiß nicht, warum«, sagte Krister bekümmert, »aber bist du böse auf mich? Dann kannst du doch zumindest sagen, worum es sich handelt, damit ich dir meine Meinung sagen kann.«
»Wenn ihr beide bloß sprechen wollt, dann kann Dschingis doch so lange spielen«, schlug Metzger vor.
Dschingis fing sofort wieder an.
»Nein, nein, halt! Dschingis! Hör auf!«
»Hör augenblicklich auf, Dschingis«, sagte ich. »Der Herr Assistent verträgt keine Musik, wenn er eine Rede halten will. Da wird stillgestanden!«
»So mein' ich's doch nicht«, sagte Krister verwirrt. »Ich meine nur . . .«
»Fein! Dschingis, weitermachen! Spiel!«
Krister sprang mit einem Satz zum Flügel und zog Dschingis weg.
»Seid ihr denn alle verrückt? Was ist denn in euch gefahren? Dschingis, kannst du denn nicht wenigstens einen Augenblick aufhören zu spielen?«
»Magst du denn keine Musik?«
»Wenn ich nun eine Weile in Ruhe und Frieden hier sitzen und reden will . . .«
»Aber wenn Dschingis lieber spielen will?«
»Ja, schön. Aber doch nicht die ganze Zeit! Er könnte . . .«
»Metzger hört es auch gern. Geh doch ins andere Zimmer und red dort, wenn jemand Lust hat mitzugehen.«
»Aber . . .«
»Aber es ist jedenfalls dein Zimmer, das meinst du doch, nicht? Und du bist Assistent, und wir haben zu parieren. Wenn du reden willst, dann müssen wir alle sofort zuhören, was?«
Knirps drehte sich um und sah Krister an: »Verrückt? Wen

meinst du denn mit verrückt? Oder sprichst du bloß von dir selber?«

»Dich hat er nicht gemeint. Das ging auf mich und Dschingis und Metzger.«

»Ich meinte es nicht so, das weißt du doch. Es war nur Dschingis gemeint, und ich will ihm bloß helfen und ihm begreiflich machen, daß . . .«

»Darum hat er nicht gebeten. Und wenn du dich bloß danach sehnst, 'n guter Mensch zu sein, dann laß ihn mal los und laß ihn wieder spielen.«

»Nicht darum gebeten? Verstehst du denn nicht, was . . .«

»Gib uns das, worum wir bitten, und nicht mehr.«

Krister wurde hellhörig und fragte vorsichtig: »Denkst du an was Bestimmtes?«

»Laß Dschingis in Frieden! Laß ihn los, hab' ich gesagt. Hast du nicht gehört, was ich gesagt hab'?«

»Das ist aber 'n verdammter Krach, den ihr da macht«, sagte Egon wütend. »Könnt ihr denn nicht woanders hingehen und euch ausnüchtern?«

Krister ließ Dschingis los, verwirrt und verstimmt. Dschingis ging sofort zum Flügel hin, die Musik brach wieder los. Nachher, als die andern gegangen waren, als einer das Licht ausgemacht hatte und ich selbst auch gehen wollte, nachdem ich bis zuletzt auf Dschingis gewartet hatte, um zu verhindern, daß Krister mit ihm sprach, hielt Krister mich zurück.

Und ich riß mich nicht los, obwohl ich es gewollt hatte, sondern blieb stehen und wartete, und das Herz hämmerte mir in der Brust. Ich hatte eiskalt und ruhig sein wollen, aber das Herz ließ mich im Stich.

Worte brannten in mir: Du hast mich verraten. Du Judas du! Dir hab' ich vertraut. Du hast versagt! Du warst nicht halb so groß wie ich dachte, du bist viel kleiner als der, für den du angesehen werden willst! Du warst nicht halb so gut, wie du hättest sein *müssen!* Es ist keine Kunst, etwas zu wagen, wenn andere bezahlen sollen, was es kostet! Wenn man nicht mal begreift, daß es was kostet! Du stehst da und verstehst nichts und weißt nichts. Ich weiß mehr als du, und diese verdammte Überlegenheit kann ich nicht loswerden. Und das macht mich ganz krank vor Verzweiflung und Haß. Und du bist dran schuld.

Du gingst vor Unruhe fast kaputt, was? Du spürtest eine Masse schöner Gedanken, die dir im Schädel herumflattern? Und da hattest du Lust, diese Gedanken an jemand auszuprobieren und andere von ihrer Richtigkeit zu überzeugen, was? Ist ja großartig. Aber wir, die jemand bewundern und an etwas glauben und uns zu gern überzeugen lassen wollen, wir sollten die Zeche bezahlen, wenn's schief ging! Denn du selbst standest ja die ganze Zeit auf sicherem Grund. Und wenn du Lust bekommen solltest, auch etwas zu bezahlen, weil das Gewissen so ein bißchen unangenehm drückt, dann bestimmst du selbst die Bedingungen. Kleine tägliche Dosen Selbstquälerei und Mitleid nach einem Ratenzahlungsplan auf lange Sicht, der den Haushalt nicht ernstlich in Gefahr bringt, was? Und du behältst dir das Recht vor, die Experimente fortzusetzen!

Aber wir sollten uns damit trösten, daß alles in der alleredelsten Absicht geschieht?

›Man muß es der vielen wegen machen. Einige müssen dafür bezahlen; aber ich versichere, daß es mich mehr schmerzt als euch. Das alles ist so traurig, und mein Herz blutet; aber so sind die Regeln des Spieles.‹ Seufze, öffne ganz leicht die Arme, zeig heldenmütige Resignation! Du würdest gern unser Los teilen, nicht wahr, wenn damit irgend etwas erreicht werden könnte! Wenn nicht jemand übrigbleiben müßte, der aus dem Mißerfolg seine Lehren gezogen hat und die nächsten Versuche leiten kann!

Oh, du hättest dabei sein müssen! Du Teufel du. Man hätte dich zwingen müssen, daneben zu stehen und zuzusehen, daß du deine Augen nie mehr hättest verschließen können. Dann wär' dir die Lust zum Predigen vergangen!

Das hätte ich vielleicht gesagt.

Dann sagte er: »Nisse, sag mir doch, was ist denn geschehen? Willst du mir's denn nicht sagen?«

Da antwortete ich bloß: »Du hast dem Inspektor alles erzählt!«

Das klang nicht einmal wie eine Anklage.

Und es dauerte eine ganze Weile, ehe er überhaupt kapierte, und dann wirkte er beinahe erleichtert.

»Aber du mußt verstehen, daß ich ja nichts anderes tun konnte«, sagte er. »Denk doch selbst mal nach! Ich konnte doch hinter dem Rücken der Sachlichkeit nichts tun! Wo würde das denn hinführen, wenn alle Funktionäre der Sachlichkeit anfingen, nach ihrem eigenen Kopf zu handeln? Sei doch vernünftig, Nisse! Ich habe, wenn du willst, in gewisser Weise dein Vertrauen enttäuscht, das ist wahr, aber du siehst doch sicher selbst ein, daß ich keine andere Wahl hatte. Und es ging doch gut aus. Oder nicht? Man ließ

Dschingis jedenfalls laufen, und das war's doch, was wir von Anfang an beabsichtigten!«

»Das war jedenfalls das letztemal, daß ich dich um etwas bat. Von mir aus geh zum Teufel!«

Ich begann am ganzen Körper zu zittern. Ich bekam kein Wort mehr raus; ich hatte nur noch den Wunsch, ihn in den Bauch zu treten oder ihm den Briefbeschwerer auf den Schädel zu knallen oder das Tintenfaß ins Gesicht zu werfen oder auf ihn loszufahren und zu schlagen, zu kratzen und Hackfleisch aus ihm zu machen. Aber das alles war zu viel für mich, es kam und verging und saugte mir alle Kraft weg. Ich tat nichts, stand bloß geduckt da und fror.

Dann drehte ich mich langsam um und ging. Er stand mitten im Zimmer, ließ die Arme hängen und sah mir nach.

Als ich abends dann nicht einschlafen konnte, wußte ich wenigstens, daß auch er wach lag. Daß er darüber nachgrübelte, was geschehen sein könnte, alles noch einmal durchging, was gesagt worden war, und es wendete und drehte — ohne zu irgendeinem Ergebnis zu kommen.

In mir gab es überhaupt keine Gedanken, nur Asche und Feuer. Langsam, Schritt für Schritt, zwang ich Krister auf die Seite der andern.

Es war ein warmer Abend im Mai. Die Bäume bekamen nach und nach Laub und warfen ein hellgrünes Licht auf den Friedhof, und die Vögel sangen, daß man es noch durch den tosenden Verkehr hören konnte.

Egon saß im Klara-Revier, im Tablettenrausch; der Fisch lag im Bett und schlief, stockbesoffen. Die andern waren fort. Krister hatte Dschingis irgendwohin mitgenommen, ohne daß ich es merkte und hätte verhindern können. Der Knirps und ich hingen aus dem Fenster und glotzten auf den Friedhof. Die Wege waren öde, die Bänke leer. Der Kirchturm streckte sich schwarz in den hellblauen Himmel.

»Woll'n wir ausgehen?« fragte der Knirps. »Hier ist es doch stinklangweilig.«

»Wohin?«

Er zog die Schultern hoch. »Einfach weg. In die Stadt.«

Als wir die Treppen hinuntergingen, hörten wir den Inspektor zum Tor hereinkommen, jedenfalls glaubten wir ihn beide am

Gang und am Husten zu erkennen. Wir blieben mit einem Ruck stehen.

»Der Inspektor! Hast du gehört?«

»Psst!«

Wenn er es wirklich war, dann kam er jetzt zum erstenmal seit dem Erpressungsversuch. Wir hörten, wie er an die Treppe kam und heraufzusteigen begann – wenn er es war. Aber es war die übliche Zeit, und es mußte auch jemand sein, der zu uns wollte, da sonst ja niemand im Haus wohnte.

Der Knirps warf den Kopf hoch:

»Auf den Boden! Schnell!«

Wir drehten um und stiegen in aller Eile und lautlos, auf den Rändern der Gummisohlen, die Treppe hinauf, an unserer Tür vorüber und weiter zum Dachboden. Anfangs hatten wir wohl vorgehabt, an der Bodentür stehenzubleiben und uns dort zu verstecken, bis der, der da heraufkam, in unserer Tür verschwunden war. Und dann wollten wir hinunterhuschen. Aber die Bodentür stand offen, und wir gingen weiter, da man über den Dachboden zum Treppenaufgang des Nachbarhauses gelangen und von dort auf die Straße hinunterkommen konnte. Wir kannten diesen Weg schon. Aber meistens war die Bodentür abgesperrt, und wir hatten keinen Schlüssel dazu.

»Mach die Tür zu, aber leise«, flüsterte der Knirps.

»Wart mal, dann können wir hören, ob er es ist!«

Die Schritte bewegten sich aufwärts, vorbei an den leeren Büros, bis zu unserer Tür, die ohne jedes Zögern geöffnet und wieder geschlossen wurde.

»Das muß er sein! Glaubst du, daß er uns gehört hat?«

»Jedenfalls kann er nicht hören, daß *wir* es waren. Da könn' wir Gift drauf nehmen.«

»Nee, und durch Wände kann er auch nicht sehen!«

Aber die Unsicherheit war immer noch da. Und wir flüsterten auch weiterhin.

»Soll'n wir runterschleichen und an der Tür lauschen?«

»Was denkst du, wenn er da grade rauskommt! Ist doch niemand unten.«

»Nee, wir verziehn uns lieber. Komm!«

Vorsichtig schlossen wir die Tür hinter uns, stiegen weiter hinauf, bis wir auf den Dachboden kamen.

Die Sonne hatte den ganzen Tag geschienen, und eine Welle

heißer, trockener Luft schlug uns entgegen. Es gab hier ein Gewirr von Sparren und Pfosten und von Latten, die die Bodenräume abteilten. Alles war staubig und grau und braun. Das Licht fiel sparsam durch die schmutzigen Dachfenster, und der Staub tanzte in den Strahlen langsam auf und nieder. Die Schatten waren endlos tief. Mittendrin standen die Schornsteinstöcke, derb und massiv.

Der Fußboden bestand abwechselnd aus Ziegeln und aus Brettern, er war holprig und uneben. Man konnte leicht stolpern. Wir gingen ganz still und vorsichtig.

Plötzlich blieb der Knirps stehen und flüsterte:

»Psst! Ich kann was hören.«

»Ich auch«, antwortete ich ebenso gedämpft.

»Es ist jemand hier oben. Soll'n wir umdrehen?«

»Erst mal hören, wer's ist.«

Von dem Teil des Bodens, der zum Nebenhaus gehörte, kamen Laute; wir hörten es ganz deutlich. Es klang wie ein leises Mädchengekicher.

»Gören«, sagte der Knirps. »Komm, wir schleichen uns näher 'ran.«

Als wir aber näher kamen, hörten wir auch eine Männerstimme. Jemand, der so leise sprach, daß man es kaum hören konnte.

»Die woll'n wohl was holen, was sie beim Umzug nicht mitgekriegt hab'n. Is' doch klar!«

Das Nebenhaus stand auch leer.

»Die gehn sicher bald. Warten wir.«

Aber sie gingen nicht. Die Mädchenstimme kicherte weiter, und die Mannesstimme murmelte weiter, aber von Möbeln, die gerückt wurden oder dergleichen, war kein Laut zu hören. Meist hörte man die Männerstimme, in überredendem Ton, die Mädchenstimme erklang einen Augenblick, und dann war die Männerstimme wieder da und mahlte.

»Was tun sie denn? Kannst du was hören?«

Ich schüttelte den Kopf.

»Soll'n wir drauf scheißen und den andern Weg gehn?«

»Nee. Da ist was los. Komm!«

Aber ich war in diesen Tagen müde, zu feige zu irgend etwas. Mit mir war nichts los. Am liebsten wäre ich davongelaufen. Aber der Knirps kümmerte sich nicht darum, was ich sagte, sondern begann, sich lautlos an die Stelle zu schleichen, woher die Stimmen kamen. Und mir blieb nichts anderes übrig, als mitzumachen, ich war dazu gezwungen, da ich mich nicht traute, allein stehenzubleiben.

Und dann sahen wir, wer es war. Wir erkannten alle beide: Das Mädchen wohnte auf Klara Norra, und wir wußten, daß es zwölf oder höchstens dreizehn Jahre alt war, und er war eine Art Wächter oder Pförtner oder Hauswart für das Gebäude, in dem wir wohnten, und für noch ein paar benachbarte Häuser. Wir wußten, daß er im selben Haus wohnte wie das Gör und daß er auch als Nachtwache arbeitete, mehr aber nicht. Er rauchte fast immer Pfeife und war vielleicht vierzig. Wir hatten vor ihm nicht direkt Angst, aber wir fühlten uns in seiner Nähe nicht wohl, da er Portier – oder wie er sich nannte – und zugleich Nachtwächter war. Aber er hatte nie was gegen uns gesagt.

Sie standen in einem Gang, der blind endete, zu beiden Seiten Lattenverschläge hatte und sein Licht von einem einzigen kleinen Dachfenster erhielt. Von der Treppe konnte man sie unmöglich sehen. Wir aber, versteckt hinter einem Schornstein, sahen sie gut. Das Mädchen war ganz in die Ecke gedrückt, und der Portier stand vor ihr und versperrte ihr den Weg, trotzdem konnten wir sehen, daß ihre Bluse aufgeknöpft war und ihre Brüste hervorschauten – sie waren ziemlich groß, größer als man vermutet hätte. Aber die Warzen waren noch klein.

Der Portier (ich glaube, er hieß Strömberg) faßte sie hin und wieder an; er stand an die Wand gelehnt und versuchte, nonchalant zu wirken, man konnte ihm aber anmerken, daß er erregt war und seine Hand am liebsten dauernd dort gehabt hätte. Aber er wollte sie nicht erschrecken, das war ganz deutlich, er sah kaum hin, bloß manchmal, wie zufällig. Er wollte nicht riskieren, daß sie das Spiel plötzlich satt hatte oder bange wurde und wegwollte.

Und er sprach die ganze Zeit und immerzu von Sex. Er brachte das so heraus, als ob es ein Gesellschaftsspiel wäre, das alle Menschen zum Zeitvertreib spielten.

Sie stand da und wiegte sich, sie rieb die Knie aneinander und schaute zum Dach hinauf und rührte mit der Hand an den Lichtstrahl von der Dachluke, so daß der Staub umherwirbelte, und sah dabei so aus, als ob sie kein Wort hörte. Aber ich glaube schon, daß sie bei der Sache war. Jedesmal, wenn seine Hand eine ihrer Brüste berührte, kicherte sie und duckte sich ein wenig.

»Was soll'n wir tun?« hauchte ich.

»Nichts. Psst.«

»Alle Menschen tun das«, sagte der Portier. »Glaub ja nicht, daß das was Ungewöhnliches ist. Und nun weißt du, wie's gemacht wird.«

»Das wußte ich schon«, sagte sie. »Und alle Mädels in der Klasse . . .«

Sie schwieg. Und er hakte sofort ein:

»So? Alle anderen haben's schon probiert? Nur du nicht? Ja, dann . . .«

»Nicht alle. Aber eine, die Sara heißt und in der Herkulesstraße wohnt, hat's schon gemacht. Sagt sie jedenfalls. Und dann eine, die Bettan heißt, aber die lügt, glaub' ich, das tut sie immer. Sie will sich bloß interessant machen.«

»Und die Sara, hat es der gefallen?«

Sie zuckte kurz mit den Schultern.

»Weiß ich nicht.«

»Warum hast du's dann noch nicht getan?«

Sie zuckte wiederum mit den Schultern.

»Aber jetzt, wo du weißt, wie man's macht, könnt' es doch ganz lustig sein, es mal zu probieren.«

»Hurenbock!« flüsterte ich.

»Ach, die weiß schon . . . Ssst!«

Der Portier sagte: »Aber wir wollen doch nicht die ganze Zeit stehen und reden. Setzen wir uns lieber hierhin.«

Er deutete auf eine Matratze, die neben ihnen auf dem Fußboden lag. Ich überlegte, ob er alles schon geplant und die Matratze vorher heraufgeschleppt hatte. Ich glaube schon.

»Ich muß nach Haus gehn, sonst wundert sich Mutti vielleicht.«

»Mutti ist doch noch gar nicht von der Arbeit gekommen. Du hast dicke Zeit. Setz dich doch her!«

Er selbst hatte sich schon hingesetzt, um ihr mit gutem Beispiel voranzugehen, und jetzt packte er sie und wollte sie zu sich herunterziehen.

»Laß mich los! Ich weiß nichts Schlimmeres, als wenn Kerle mich anfassen.«

Er ließ sie los, als ob er sich verbrannt hätte.

Aber man konnte es ihr anhören, daß sie das bloß so sagte, daß es bloß etwas war, was sie einmal gehört hatte, denn nach einer Weile setzte sie sich jedenfalls auch hin, ein bißchen beleidigt und nur an den Rand, ein Stück von ihm weg. Und sie zog die Bluse vorn zusammen, daß die Brüste nicht mehr frei waren, knöpfte sie aber nicht zu. Der Portier lehnte sich zurück und schleckte sich den Mund. Er versuchte es mit einer kleinen Lache, aber die Stimme war so heiser, daß es in die Ohren schnitt. Er räusperte sich.

»Ja, und einmal muß es ja das erstemal sein. Schon damit der Körper reif wird.«

»Wie meinst du das?«

»Tja, nimm doch mal die Sara: Wirkt sie nicht mehr erwachsen als ihr anderen? Ich meine, etwas älter und eben reifer?«

»Sie ist die Dickste in der Klasse, wenn du das meinst. Aber wenn du denkst, daß ich Lust hab', so dick zu werden wie sie, bloß weil ein Kerl das da machen möcht', dann . . .«

»Dann nimm mal andere, von denen du weißt, daß sie's tun. Sehn sie nicht erwachsener aus? Körperlich und so? Und sehen sie vielleicht so aus, als ob sie's nicht leiden könnten?«

Sie hatte die Bluse wieder losgelassen, und wir konnten jetzt gut sehen. Unsere Gesichter brannten, und unsere Hosen standen ganz stramm. Da herrschte ein ziemlicher Aufruhr.

»Ich kann ihre Schenkel sehn«, zischte der Knirps.

Der Portier rückte näher.

»Du willst doch gern erwachsen sein. Dann mußt du es dir von jemand machen lassen. Es ist so, wie wenn man dir die Brüste aufpumpen würde, bis sie so werden wie die von den Filmstars in den Illustrierten. Sie sehn ja schon ganz prima aus und fühlen sich gut an. Du mußt wirklich bald mal die Gelegenheit wahrnehmen. Du wirst sehn, wie dir das guttut.«

Er faßte um ihre Brüste und drückte sie sachkundig. Sie saß unbeweglich da und schaute in die Luft. Da ließ er sie wieder los.«

»Du mußt tun, was du willst, das ist ja klar. Es war nur ein Rat.«

»Ich weiß schon, wie das ist«, sagte sie.

»Wir müssen leiser sprechen.«

»Ach, es wohnt ja doch niemand hier.«

»Nein, aber trotzdem . . .« Dann lachte er (und diesmal klang es besser).

»Weißt du, wie man dein Ding da auch nennt? Die Maus. Eine kleine schwarze Maus mit schwarzen Augen, die pieps sagt.«

Sie kicherte. »Nee, wie komisch! Das hab' ich noch nie gehört.«

»Was hast du denn gehört?«

»Alle möglichen Namen.«

»Welchen zum Beispiel?«

Aber sie wollte nicht antworten.

»Ich glaub' nicht, daß du überhaupt was weißt«, sagte er dann. »Übrigens glaub' ich gar nicht, daß du 'ne Maus hast.«

»Dooooch.«

»Kann ich sie sehen? Ich glaub's nicht, eh ich sie nicht zu sehen krieg'!«

»Dann mußt es eben nicht glauben.«

»Ich glaub' nicht mal, daß du schon gesehen hast, wie das Ding beim Mann aussieht!«

»Als ob da schon was zu sehen wäre.«

»Wenn du mir's nicht zeigst, zeig' ich dir's auch nicht.«

»Nee, ich will nicht.«

»Dann will ich mal netter sein als du. Ich werd' es dir doch zeigen. Dann kann ich dir leichter erklären, daß du verstehst . . .«

Er knöpfte die Hose auf.

»Schau her. Greif ihn mal an. Er ist nicht gefährlich!«

Sie schaute schief hinunter.

»Fühl mal, wie geschmeidig er ist, obwohl er steif ist! So weiche Haut! Er muß so steif sein, damit er in dein Loch reinkommen kann, verstehst du. Fein, was? Und dabei ist er aber doch auch weich und geschmeidig, damit es nicht weh tut. Und immer dann, wenn er's machen will, dann wird er so hart . . . so wie jetzt.«

»Will er jetzt?«

Ihre Kinderhand um sein Riesenglied wirkte sehr klein.

»Fühl doch, wie weich und fein er ist. Streichle ihn mal ein bißchen, das fühlt sich so gut an.«

Er konnte seine Erregung nur schlecht verbergen. Seine Stimme war dünn, sie zerbrach fast. Seine Hand tastete nach ihren Brüsten und glitt an ihnen dann ruckweise auf und ab, im Takt mit ihren Bewegungen, drückte und zog an ihnen, ohne daß sie es zu bemerken schien.

»Weißt du, wie man den nennt?«

»Nein, wie denn?«

»Schwanz. Sag es mal nach, damit ich weiß, ob du dir's gemerkt hast.«

»Schwanz.« Sie kicherte wiederum.

»Jetzt fühlt sie sich wohl, die Sau«, flüsterte der Knirps gespannt.

»Laß das sein«, sagte sie, als seine Hand damit anfing, sich unter ihrem Bauch in ihren Schlüpfer hineinzubohren.

»Ich dachte nur, daß du's auch ebensogut haben solltest.«

»Ich will nicht.«

»Aber wenn du ihn bei mir zu sehen gekriegt hast, dann kann ich's bei dir doch auch sehen. Sonst ist das doch nicht ganz gerecht.«

»Ph. Nennst du das sehen?«

»Du hast mich vielleicht bloß angekohlt, vielleicht hast du noch gar keine Haare.«

»Dann laß doch los.«

Er nahm die Hand weg, und sie zog schnell ihre Hose bis zu den Knien herunter und hielt den Rock in die Höhe, indem sie ihn mit den Ellbogen festklemmte, reckte ihm den Bauch zu und wollte ebenso schnell die Hosen wieder hinaufziehen und das Kleid fallenlassen, als seine Hand dazwischen kam. Sie knickte zusammen wie ein Messer, aber es gelang ihr nicht, wegzukommen.

»Hör auf, laß mich los!«

»Aber wie sollst du denn jemals erfahren, wie es ist ... ob es wirklich so schön ist, wenn du's mich nicht jetzt bei dir machen läßt ...«

»Laß mich sein!«

»Aber ich tu dir doch nichts, das versprech' ich dir. Ich will nur'n bißchen mit der Maus spielen, damit du es selbst spüren kannst! Da wirst du sehen, daß sie pieps sagt.«

Sie war auf seinen Arm hingesunken und rückte hin und her, um ihn loszuwerden, und klemmte die Beine fest zusammen. Aber sie schrie nicht.

Und als er die Hand bloß ganz ruhig dort hielt, fügte sie sich nach und nach. Und dann kriegte er, was er wollte. Bald hatte sie sich zurechtgesetzt und spreizte die Beine leicht auseinander, daß seine Hand hinkommen konnte.

»Kitzelt es nicht schön?«

Aber sie sah noch immer gekränkt aus und antwortete nicht.

»Es wär' besser, wenn du dich hinlegst. Ich kann es so nicht richtig machen! Leg dich mal hin, dann wirst du sehen! Ja, und meine Jacke legen wir dir als Kissen untern Kopf. Ja, so, dann geht es leichter.«

Er ordnete es mit der rechten Hand. Die linke war noch immer zwischen ihren Beinen.

Sie legte sich hin und leistete keinen Widerstand, als seine rechte Hand dann dazu überging, ihre Hosen ganz und gar herunterzuziehen und ihre Beine, langsam, immer ein Stückchen weiter, auseinanderzuschieben. Und die ganze Zeit spielte und löchelte die Linke. Ihr Kleid lag ihr in einem Wulst um den Magen, und wir konnten alles sehen, da wir in derselben Linie wie die Matratze lagen. Wir sahen die ganze Scheide mit den Falten, und daß sie fast keine Haare hatte.

»Jetzt ist sie geil, die kleine Nutte!«

Wir sahen genau, wie er's machte: Er legte die Hand um die Innenseite des Schenkels, drückte den Zeigefinger gegen das Loch und fuhr mit ihm dann langsam hin und her.

»Jetzt ist es doch schön, was?«

Sie versuchte, mit der Schulter zu zucken.

»Spürst du's denn nicht? Es ist doch wunderbar!«

»Vielleicht.«

»Lieg doch nicht da und red lange rum! rauf auf sie, du alter Bock!« flüsterte Knirps.

Er zog sich vorsichtig und ruhig, um sie nicht zu erschrecken, seine eigenen Hosen aus und nahm dabei gleich die Unterhosen mit. Wir schauten ihm gerade in den Arsch. Er war gezwungen, vorsichtig zu sein, da er sich nicht traute, sie zu vergewaltigen, oder es nicht wollte. Deshalb legte er sich nicht direkt auf sie, sondern hielt sich eine Zeit neben ihr. Dann nahm er seinen Zeigefinger fort, machte ihn naß und schmierte die Spucke dann ein paarmal um den Ritz und in den Ritz hinein — ich begriff nicht gleich, warum, erst später wurde mir das klar —, um leichter in sie eindringen zu können, und damit es weniger weh tat und sie nicht schreien sollte.

Dann aber kroch er auf sie. Der Hintern ragte in die Höhe, und der Beutel baumelte, seine Knie waren nach außen gedrückt und zwangen ihre Beine zur Seite und nach oben, bis sich ihre Knie ganz zusammenkrümmten. Sie leistete, soviel ich sehen konnte, keinen Widerstand und war vollkommen still.

Jetzt zog er die Vorhaut weg und zielte, bis der Schwanz genau vor ihrem Loch stand, dann zog er es mit zwei Fingern auseinander und drückte seinen Ständer langsam hinein. Es ging wie geschmiert, kein Ruck, kein Laut.

»Stoß zu, bis sie zerreißt!«

Wir hatten uns auf einen Schrei gefaßt gemacht. Aber sie stöhnte nur eine Weile, und ich weiß nicht, ob es aus Schmerz war. Dann legte sie sich zurecht.

Sie war nicht sehr groß; man konnte sie kaum unter ihm sehen. Und jedesmal, wenn er ihn reinstieß, wurde sie auf der Matratze ein Stück hinaufgeschoben. Und wenn er ihn herauszog, glitt sie ein Stück mit, aber nicht ganz soweit. Auf diese Weise rutschten sie immer höher, so daß sie zum Schluß, als sie fertig waren, nur mehr mit dem halben Körper auf der Matratze ruhte. Die Kleider lagen zusammengeknüllt am anderen Ende.

Vom Portier hörte man viel mehr, er stöhnte und klagte. Ich hatte nichts sehen und hören wollen, und ich versuchte fortzuschauen, aber ich brachte es nicht zuwege. Ich bemerkte, daß der Knirps seine Hüften im Takt hin und her bewegte, und ich machte mich am ganzen Körper steif.

»Jetzt fühlt sie sich wohl, die Nutte.«

»Geschieht ihr recht, wenn sie so saublöd ist.«

»Die ist doch verdammt froh, daß sie das kriegt!«

»Wenn sie doch schon bald Schluß machten!«

»Die müßten doch dankbar sein, diese kleinen Nutten! Die müßten soviel kriegen, daß ihnen der Bauch platzt!«

»Ja, ankommen und heulen!«

Nachher durfte sie sich mit den Unterhosen des Portiers abtrocknen. Sie stellten sich mit dem Rücken gegeneinander, und da sie uns näher stand, konnten wir sehen, wie sie dabei den Unterleib vorstreckte, die Beine grätschte und sorgfältig den Rock hochhielt, damit er nicht dreckig würde. Am Bauch und innen an den Schenkeln war sie naß und an der Scheide ein bißchen blutig, aber nicht sehr. Sie machte eine Grimasse, als sie das sah.

»Willst du noch mehr, du Nutte? Komm mal ran.«

Der Knirps vergaß sich und sagte das halblaut.

Und plötzlich war sie nicht mehr abwesend. Sie schaute schnell auf, entdeckte uns und rief: »Hier ist jemand!«

Der Portier drehte sich blitzschnell um. Er war nicht sehr groß, aber ziemlich breit und überdies Nachtwächter und jedenfalls in diesem Augenblick am allergefährlichsten. Wir flohen. Es war recht eng hinter dem Schornstein, und so dauerte es etwas, ehe wir dort rauskommen und zur Treppe laufen konnten. Er hätte uns beinahe eingeholt.

Später hatte er keine Chance mehr. Wir flogen die Treppe hinunter und hörten erst auf zu rennen, als wir in der Drottningstraße standen. Den Inspektor hatten wir vergessen.

Es war vielleicht im Mai. Ich erinnere mich nicht so genau an den Zeitpunkt, aber es war angenehm warm, obwohl es schon nach acht Uhr war.

»Sie hätte noch mehr vertragen«, sagte der Knirps. »Er hätte weitermachen sollen. Er hätt' mit ihr noch ein paar Kunststücke machen sollen. Sie zwingen, mit geschlossenen Beinen dazuliegen, daß es ordentlich weh tut. Denen darf man's nicht zu gut gehn lassen, diesen Hurenbiestern!«

Er war aggressiv und erhitzt, sein Gesicht, das sonst weiß war, glühte rot, und seine Augen blitzten scharf. Er ging stur drauf los, ohne den Entgegenkommenden auszuweichen, steuerte auf alle Frauen zu und zwang sie zu den plumpsten Schwüngen, um an ihm vorbeizukommen, und die, die ihm nicht rechtzeitig aus dem Weg kamen, erhielten allerhand harte Püffe von seinen vorgeschobenen Schultern und Stöße mit dem Ellenbogen.

Er stand vertieft vor einer Auslage der Nordischen Kompanie. Sie sah ihn nicht kommen. Er zwängte sich zwischen dem Schaufenster und ihr hindurch und gab ihr einen Boxer in den Magen, daß sie fast zusammenklappte. Sie sah uns an, ohne etwas zu begreifen. Sie preßte die Hände gegen den Leib, konnte vor Schmerzen nichts sagen, ihr Mund stand hilflos halboffen, und ihre Augen weiteten sich vor Schmerz und Erstaunen. Sie war sehr schön. Ich schaute sie bloß an, aber der Knirps ging, die Hände in den Hosentaschen, wieder zu ihr zurück.

»Was stehst du denn da, worauf wartest du denn? Willst'n Kerl haben? Dazu bist du viel zu häßlich, du alte Nutte!«

Er spie sie an, daß die Spucke über die Hände und über das Kleid hinunterlief.

Ich kriegte kein Wort raus. Der Hals war wie zugeschnürt.

Als wir ein Stück die Västra Trädgardstraße hinaufgekommen waren, sahen wir, wie sich zwei kloppten. Gerade versuchte der eine den andern in den Magen zu treten.

»So is gut«, schrie der Knirps. Er stellte sich breitbeinig mitten auf die Straße, als wäre er Schiedsrichter.

Einer von denen, die zusahen, machte ein paar lange Schritte auf ihn zu und sagte: »Du dreckiger, kleiner, schwarzer Rowdy, halt die Schnauze, sonst kriegst du eins in die Fresse. So einer wie du gehört in 'ne Anstalt und nicht . . .«

Er war doppelt so groß und breit wie der Knirps, aber der kannte plötzlich keine Angst. Er drehte sich mit einem Ruck um, zog seinen Dolch raus und duckte sich. Die Augen waren wie Schweißflammen, und die Messerspitze ging im Kreis.

»Komm her, verfluchter Kuli, dann kannst du mal sehen, wie wir in den Staaten rangehen!«

Der Arbeiter fror fest. Sein Kinn fiel herunter, und seine Augen begannen zu flackern. Die anderen, die sich die Schlägerei angesehen hatten, übertrugen ihr Interesse jetzt auf ihn und den Knirps. Damit war die Klopperei beendet, und die beiden Schläger setzten sich auf die Bordkante.

Der Knirps näherte sich dem Arbeiter in einem Halbkreis, und der zog sich ängstlich zurück, aber so, daß er den Knirps immer beobachten konnte. Er leckte sich die Lippen, die ganz trocken geworden waren. Er sah sich nach Hilfe um, aber niemand rührte sich.

Doch ehe etwas geschah (es hätte das geschehen können, daß der Arbeiter davongerannt wäre), kam von der Hamngasse ein Polizeiauto um die Ecke gerast.

»Polente! Jetzt wird's mulmig! Knirps, wir müssen abhaun!«

Sowie der Arbeiter das Auto gesehen hatte, schrie er: »Nehmt ihn fest!«

Und er machte ein paar Schritt hinter uns her. Aber niemand sonst kam mit, und er gab es auf. Und die Bullen hatten keine Lust, uns zu jagen, sondern begnügten sich damit, die beiden, die sich geprügelt hatten und immer noch auf dem Kantstein saßen, mal näher zu besehen. Die beiden protestierten, auch der Arbeiter, aber niemand achtete darauf.

Wir sahen das alles vom Königspark unten, wo wir stehengeblieben waren. Als die Bullen wieder weg waren und außer dem Arbeiter nur noch die paar Leute dastanden, die nicht abgehaun waren, als ich vor der Polente gewarnt hatte, sagte der Knirps: »Wir gehen wieder hinauf, dann geb' ich dem Satan dort 'n Denkzettel, daß er nie im Leben mehr die große Fresse aufreißt!«

»Ach, scheiß doch darauf, gehn wir lieber in den BZ!«

Im BZ trafen wir Mara, der dort stand und 'ne Nutte verscheuern wollte. Die Nutte saß 'n Stückchen weiter auf 'ner Bank unter den Bäumen im Schatten. Wir gingen hin und kuckten sie uns an. Sie hatte dunkles Haar und war fast nicht angemalt. Ihre Beine waren dünn wie Streichhölzer, aber sonst war sie nicht übel. Sie saß unbeweglich da und sah uns nicht an. Mara kannten wir, aber die da hatten wir noch nie gesehen.

»'ne Neue?« fragte ich.

»Ist früher in Göteborg gelaufen.«

Der Mann, der die Ware kaufen wollte, arbeitete als Gefangenenwärter auf Langholm.

»Du weißt ja, was ich verdiene«, sagte er zu Mara. »Unter Freunden also . . .

Da kam wieder ein Bullenauto leise an den Gehsteig rangefahren; der Suchscheinwerfer war auf uns gerichtet. Der Bulle am Lenkrad drehte das Fenster runter:

»Wie geh'n die Geschäfte?«

Mara saugte an einem hohlen Zahn und tat, als hörte er nichts.

»Und was machst du hier, Knirps? Willst wohl die neuesten Drehs kennenlernen, was?«

»Brauchst dir jedenfalls nicht einbilden, daß du Rabatt bekommst, du Bullenschwein«, sagte der Knirps.

»Der Bulle lachte nur, und der Wagen schlich wieder davon.

»Der hat mich mal erwischt«, erklärte Knirps später.

Der Gefängniswärter war ganz klammheimlich abgehauen.

Am gleichen Abend trafen wir Steva. Sie saß in einem blauen Chevi, der in der Smolandstraße bei der Nybrostraße oben parkte.

Erst sahen wir nur die Kiste, sie war schick und fast neu, aber dann sahen wir, daß es Blume war, der hinterm Steuer saß. Wir gingen zu ihm hin.

»Tag, Blume! Wie kommst du denn zu der Kutsche?«

»Gekauft! Mit dem könnt' man sich doch sonst hier unten nicht sehen lassen, oder? Kommt mal rein, setzt euch und erzählt was.«

Und da sahen wir Steva. Sie saß neben Blume auf dem Vordersitz. Es paßte ihr nicht, daß wir aufgetaucht waren. Sie drehte uns den Rücken zu und wollte nicht grüßen. Und als wir dann noch dazu nicht wieder gehn wollten, fiel sie vor Blume auf die Knie, klemmte sich unters Armaturenbrett und begann, eifrig in seinem Hosenschlitz herumzuarbeiten. Ehe sie ihren Kopf dort vergrub, warf sie uns einen herablassenden Blick zu.

Der Knirps reckte den Kopf vor: »Schmeckt's gut?«

Sie erreichte aber, was sie wollte. Blume vergaß uns. Er setzte sich für sie zurecht und grunzte, während er ihr den Rock über den Rücken hochzog, um zu versuchen, in ihrer Scheide herumzupuhlen.

Es roch scharf und süßlich. Ich erkannte den Geruch sofort, mir wurde schlecht.

»Gehn wir«, sagte ich zu Knirps.

»Warum? Is doch 'n Fez! Woll'n doch sehn, wie lang sie dabeibleiben kann, ohne daß sie erstickt.«

Aber ich stieg aus, und nach einer Weile kam auch Knirps.

Eigentlich hieß sie Stella Eva Henrietta, aber alle nannten sie bloß Steva.

In einem Haustor in der Nybrostraße stand ein Mann mit geschminktem Gesicht. Er fragte uns mit einer hellen, affektierten Stimme:

»Wo wollt ihr denn hin, Jungs? Könnt ihr nicht ebenso gut mit mir 'ne kleine Autotour machen?«

»Woll'n wir den 'n bißchen fleddern?« fragte der Knirps.

»Hat keinen Sinn. Die haben nie Kies bei sich.«

Später kamen wir am Tegnérplan vorbei. Wir wollten zu einer Konditorei in der Tegnérstraße, wo immer was los war. Es war aber schon fast Mitternacht, und sie hatten geschlossen. Es war nicht mehr so warm. Wir standen eine Weile da und froren und wußten nicht, was wir unternehmen sollten.

Oben auf einem Hügel lag das Haus des Timmermansordens mit grauweißen Mauern und weißem Dach, hoch über allem Verkehr auf dem Tegnérplan, geschützt hinter den Bäumen und Büschen des Parks.

»Da oben in dem Kasten fress'n sie Kinder«, sagte der Knirps mit feierlicher Stimme. »Das weiß ich genau. Meine Mutter hat mir das erzählt, wie ich klein war.«

Ich antwortete nicht. Wir schauten zu dem Haus hinauf. Es sah im Dunkeln verlassen und drohend aus.

Später suchte ich mir von allem, was ich gesehen hatte, Teile heraus, um danach zu wichsen. Das minderjährige Gör auf dem Dachboden, die vor der Nordischen Kompanie, die der Knirps in den Bauch geboxt hatte, Maras Hure und Steva. Die genauen Details nahm ich von der auf dem Boden, die Passivität von Maras Hure, den Ekel von Steva und den Schmerz von jener, der wir begegneten. Ich stückelte mir eine zusammen, bei der ich schlafen konnte, und träumte, daß wir oben auf dem Dachboden Unterschlupf gefunden hätten. Aber der Inspektor drängte sich immer dazwischen. Statt ihres Kopfes war's der seine, der sich in meinen Bauch einwühlte.

Egon und ich hatten die ganze Zeit einigermaßen gleichgestanden. Aber jetzt übernahm Egon die Führung, eine Schlägerei im Waschraum entschied das.

Wir waren schon einmal beim Mittagessen aneinander geraten und setzten unser Gekabbel den ganzen Tag mit steigender Wut fort. Ich wußte schon vorher, wie es ausgehen würde, steckte mir aber nichts ein, was mir bei der Klopperei hätte nützen können. So hatte ich keine Chance.

Gerade damals konnte ich mich zu nichts aufraffen, ich ging die ganzen Tage wie in einem Nebel herum.

Es begann mit einer lächerlichen Kleinigkeit. Er nahm sich zum drittenmal von der Bratwurst, noch ehe wir andern zum zweitenmal drangewesen waren. Ich sagte ihm das, nicht mal im Ernst. Er faßte es aber anders auf und wurde wütend. Und das ging so weiter und wurde immer schlimmer. Zwischen uns war ohnehin noch manches am Schmoren.

Und am Abend, als wir in Pyjamahosen im Duschraum standen und uns waschen wollten, ging es los. Auch da wegen einer Kleinigkeit. Jeder Anlaß hätte ihm getaugt, mir übrigens auch, obwohl ich nicht wollte, und obwohl ich wußte, wie es ausgehen würde.

Er sagte: »Du denkst wohl, daß du wunder wer bist, he?«

»Kommt drauf an, mit wem man sich vergleicht.«

Da schlug er zu.

Ich sah, wie er sich auflud: Er stellte sich auf die Zehen, ballte die Faust und schob die linke Schulter vor. Trotzdem hob ich keine Hand, um mich zu schützen. Ich blieb einfach ruhig stehen und nahm alles hin. Der Ausgang war von Anfang an klar, der erste Schlag bestätigte das bloß.

Er traf mich am Mund. Es warf mich eine halbe Drehung herum, ich knallte an die Wand und schlug der Länge nach hin. Es war übel, tat aber nicht besonders weh. Ich schmeckte Blut in meinem Mund und hatte Angst um meine Zähne; ich fühlte mit der Zunge nach. Aber sie waren noch alle da.

Ich spuckte aus und kroch wieder hoch. Er stand vor mir und wartete, und auch dieses Mal kriegte ich die Arme nicht rasch genug hoch. Sie waren zu schwer, und ich war zu träge. Es war wie in den Angstträumen, die ich manchmal hatte.

Eigentlich war es verkehrt, daß ich es eine Schlägerei nannte. Denn nur er schlug. Ich tat nichts anderes, als mich nach jeder Runde wieder hochzurappeln. Ich weiß nicht, wie viele Male. Sechs, oder siebenmal. Einmal fiel ich so, daß ich den ganzen Arm in die Klomuschel tauchte.

Ich fühlte nachher gar nichts Besonderes, nur Leere. Das hatte ich noch nie erlebt. Die anderen hatten sich alle verzogen, als sie mit dem Waschen fertig waren – ohne mich anzusehen. Ich saß allein in der Ecke beim Fenster unter der Waschmuschel, wo ich zum Schluß gelandet war, als ich nicht mehr konnte.

Nach einer Weile kam Metzger, er half mir auf die Beine und wusch mich etwas. Wir blieben draußen sitzen, bis die andern zu Bett gegangen waren.

Niemand hatte Racing was zu befehlen, auch nicht Metzger oder Fisch. Jedenfalls hatte sich die Haltung von Racing und Metzger zu mir nicht geändert. Der Fisch war vielleicht etwas frecher geworden.

Aber der Knirps und Dschingis waren enttäuscht. Für sie wurde Egon König. In der folgenden Zeit war er es, der was zu sagen hatte, und da es ihn lange genug irritiert hatte, daß wir so ohne Unternehmungslust waren (seine eigenen Worte), und ihm keiner mehr im Weg stand, schaltete er gleich von Anfang an auf volle Fahrt.

Er hatte die Idee, Schnaps zu schmuggeln. Sie stammte aus einem Buch, das er gelesen hatte, und er kam sich sicher wie eine der Hauptpersonen dort vor. In dem Buch hatten sie zwar genau das Gegenteil getan, nämlich einen Schmugglerring aufgedeckt, aber das spielte für ihn keine Rolle.

An sich war sein Plan nicht schlecht. Das Risiko dabei war nicht groß und die Strafen nicht sehr hoch. Und man konnte allerhand verdienen. An dem Plan war nur das eine auszusetzen, daß er nicht für uns paßte. Alles war zu umständlich und machte eine Menge Arbeit. Vor allem mußte man Betriebskapital beschaffen und dann alles so organisieren, daß es perfekt klappte, nicht nur was das Schmuggeln selbst anging, sondern auch das Einlagern und den Verkauf. Man mußte einen Kundenkreis aufbauen und genau die Zeiten einhalten. Und man mußte immer zusehen, Geld für neue Einkäufe zu sparen. Und dann mußte man ein Auto haben.

Der Sachlichkeit hätte es gut in den Kram gepaßt. Es wäre geradezu sinnvoll gewesen. Ich meine, wenn wir damit begonnen hätten. Frisch, frech und genügend asozial, aber nicht gerade kriminell. Ich meine, wenn wir geschnappt worden wären. Für sie war

Egon die Regel und wir andern blieben die Ausnahme. Sie sahen nicht, daß das Ganze Theater sein sollte.

Aber ich war schließlich der einzige hier in der Bude mit einhundertvierundvierzig Punkten. Sie brauchten mich, wenn zu nichts anderem, dann doch als Rechenmaschine.

Aber ich durfte mit keiner Kritik kommen.

»Du mußt auch an allem rummeckern, und was hast du davon? Halt die Fresse, wenn du das Jammern nicht lassen kannst. Und scher dich zum Teufel, wenn's dir nicht paßt!«

Ich konnte ihn nicht mal ansehen.

Er fuhr fort: »Was stehst du da rum? Willst du nochmal 'n Arsch voll? Denk lieber nach, wie wir zu 'nem Auto kommen können!«

»Eins kaufen, wenn Kies da ist.«

»Tja. Aber wie komm' wir zu Kies?«

»Hm. Mit Schmuggeln.«

»Und was soll'n wir zum Beispiel schmuggeln?«

»Schnaps.«

»Was meint ihr, Jungs, soll ich mit dem blöden Hund machen? Soll ich ihm nochmal so'n Arschvoll geben wie draußen im Waschraum? Daß ihm der Humor vergeht?«

Nur Egon und der Fisch sahen mich an. Der Fisch grinste. Der Knirps machte sich die Nägel sauber. Er sah 'nen Augenblick auf, begegnete meinem Blick, sah wie runter und zuckte mit den Achseln. Der Metzger kehrte mir den Rücken, er stand am Fenster und zupfte welke Blätter vom Fleißigen Lieschen. Ich stand allein mitten im Zimmer.

»Na?«

»'n Coup machen.«

»Auf was?«

»Auf 'nen Goldschatz.«

»Dazu müss'n wir'n Auto hab'n.«

»Ja.«

»Dann hau ab und besorg eins.«

Aber ich rührte mich nicht vom Fleck.

»Ha, er hat Schiß! Knirps, zeig's ihm, wie man's machen muß. Hol 'nen großen Amerikaner, 'nen Chrysler oder sonst was Schikkes, auf das die Bullenautos keinen Verdacht haben.«

Aber auch der Knirps rührte sich nicht.

Egon wurde rot vor Wut und ging wieder auf mich los:

»Du, du Arschloch, du liest verflucht zuviel, das ist der Fehler.«
Ich nahm mich zusammen.

»Den hab' ich dann wohl nicht allein! Das mit dem Schmuggeln, das hast du doch aus dem Buch, das du dir von Dschingis ausgeliehen hast. Jim und die Schmuggler, oder wie's heißt. Ich glaub', das Lesen ist für dich gefährlicher als für mich.«

Er fuhr hoch, um mich zu fassen zu kriegen. Aber Dschingis stand ihm im Weg, und eh' er um ihn herum lief, war ich schon in unsern Schlafraum gewischt und hatte mich dort eingeschlossen.

Er mußte klein beigeben. Der Knirps konnte nicht Auto fahren, und Dschingis taugte überhaupt zu nichts. Und er brauchte meine Hilfe, um Pläne zu schmieden.

»Komm raus, Nisse«, sagte er durch die Tür. »Ich bin nicht mehr eingeschnappt. Komm raus, daß wir reden könn'n! Und Pläne machen!«

»Ich scheiß auf deine Pläne. Mach, was du willst.«

»Wenn du aber kein Auto organisieren brauchst?«

»Wie willst du dann eins kriegen?«

»Ich organisier' schon eins. Wenn du bloß rauskommst, daß wir was ausknobeln könn'n.«

»Wenn er nichts macht, hab' ich auch keine Lust«, sagte Knirps. Seine Augen blitzten wachsam auf, als Egon einen Schritt auf ihn zu machte.

»Ich erwarte auch gar nichts von euch, ihr blöden Hurenböcke«, erklärte er stolz. »Ihr könnt doch nichts! Hab' ich vielleicht nicht gesagt, daß ich's selber mach', oder wie versteh' ich das? Was ich gesagt hab', das hab' ich gesagt.«

Er schlug mit der flachen Hand auf den Tisch. Seine blauen Augen rollten, er zog die Stirne in Falten, und seine Augenbrauen standen wie zwei Flügel voneinander ab.

»Was willst du denn machen?«

»Das werd't ihr schon sehen.«

Ich sagte: »Mara hat 'ne neue Nutte laufen. Eine aus Göteborg. Übernimm sie, dann hast du alles, was du brauchst.«

Wir wußten, daß Egon mit Mara gut auskam. Aber er wies den Vorschlag ab.

»Daß sie das Geld zusammenhuren muß, das ihr eigentlich anschaffen solltet!? Ihr verkommenes Pack! Es wird einem übel, wenn man euch hört. Das kann man doch nich' mit'm Kumpel machen. Und Mara ist mein Kumpel, merkt euch das!«

»Wie willst es dann hinkriegen?«

»Das werd't ihr schon sehen.«

Eine Weile saß er da und stierte vor sich hin, dann stand er auf und ging fort und blieb die ganze Nacht weg. Als er am nächsten Tag wieder auftauchte, hatte er das Geld. Vierhundertfünfzig Kronen. Wir dachten, er hätte ganz allein was gedreht, und das imponierte uns mächtig. Wir kauften alle Zeitungen, um zu sehen, ob sie was darüber geschrieben hätten, wo er's getan hatte. Aber nichts paßte. Er wollte kein Wort sagen. Später verplapperte er sich aber. Er war zu seinen Eltern gegangen und hatte die Nacht über dort geschlafen und am Morgen das Geld von seiner Alten geliehen. Hatte ihr was vorgelogen und gesagt, daß wir wegen 'm Tonbandgerät in Schwierigkeiten sind, und daß wir eingelocht würden, wenn uns niemand hilft, und daß er uns helfen will. Später schob er es dann auf uns, daß sie ihr Geld nie wieder kriegte.

Die Lüge platzte später bei einer Verhandlung, als seine Mutter diese alte Walze herleierte, um zu beweisen, daß er unschuldig war wie ein neugeborenes Lamm und uns bloß helfen wollte.

Mein Plan war, daß wir das Auto privat von einem Macker kaufen sollten, der schnell Geld brauchte. Dann hätten die vierhundertfünfzig vielleicht gelangt, um was Ordentliches zu kriegen. Damit war Egon aber nicht einverstanden. Da hätte er vielleicht ein paar Tage warten müssen, er wollte aber sofort einen Wagen haben. Und es wäre doch schließlich sein Geld, das er angeschafft hätte.

Er ging also zu einem Ganoven, der sich im letzten Loch ganz draußen am Sveaweg eingerichtet hatte, und zahlte ihm vierhundert als Anzahlung auf einen Dodge 36, einen typischen Branntweinschmugglerwagen. Es gab dort noch andere Wagen, die besser waren und auch nicht mehr kosteten, aber der Dogde sah am besten aus. Daß die Lager Krach machten wie eine Kesselschmiede, kümmerte ihn nicht. Es half nichts, daß ich ihn darauf aufmerksam machte.

»Um Papiere kümmern wir uns nicht«, sagte der Autoganove. »Ich weiß auch so, wer du bist. Sieh bloß zu, daß du den Rest zahlst, eh' der nächste Monat rum ist, sonst ist der Teufel los, das kannst du mir glauben. Und kein Wort, daß ich dir den Wagen verkauft hab'!«

Er sah unserm Fisch ziemlich ähnlich, ebenso mager und schmächtig, auch die Nase hatte die gleiche Form. Er hatte knallrotes Haar und grüne Augen. Aber er war ungefähr zehn Jahre älter.

Als ich versuchte, hundert Kronen herunterzuhandeln, weil der Motor schon so schlecht war, wandte er sich zu Egon um und sagte: »Du bist doch kein so filziger Geizkragen und verstehst doch, was so'n Wagen wert ist . . .«

Und Egon ging auf den Leim – ebenso leicht wie seine Mutter auf die Geschichte mit dem Tonbandgerät hereinfiel. Ich mußte ein paar Schritte weggehen, um nicht wieder eine geknallt zu kriegen. Der Autoschwindler war seiner Sache sicher, er durchschaute alles. Siebenhundert kostete die Karre, dieser große Branntweinschmuggler! Schneller Handel, keine Fragen.

»Hast du seine Brieftasche gesehen?« fragte Knirps später. Er deutete mit Daumen und Zeigefinger an: soo dick! »Soll'n wir auf das Schnapsverkaufen scheißen und dafür den ein bißchen ausnehmen? Das reicht, wenn wir nur ein einziges Mal ordentlich hinlangen. Mehr ist bei so 'nem mickerigen Typ nicht nötig.«

»Vergiß nicht, daß du von einem Kumpel von mir redest!« sagte Egon streng.

»Kumpel? Du kennst ihn doch gar nicht!«

»Der Hund ist hart. Das laßt euch man gesagt sein. Der legt euch mit einem Blick aufs Kreuz!«

»Wie meinst du das denn?«

»Der hat Mäuse«, sagte Egon. »Den könnt ihr nicht ausnehmen.«

Die Batterie war auch leer, man mußte die Karre erst anschieben. Und die Stoßdämpfer taugten nichts mehr, das Auto schaukelte wie eine alte Wiege.

Wir andern durften schieben, während sich Egon hinters Steuer setzte. Erst auf dem Uppsalaweg draußen sprang der Motor an.

»Verdammte Scheiße, macht der einen Krach! Am besten, man stellt ihn gleich wieder ab«, stöhnte Knirps.

»Das machen wir, sobald wir zu Hause sind«, sagte Egon. »Und deiner, macht der vielleicht weniger Lärm?«

Ich durfte nicht mal vorne sitzen, aus Schikane, obwohl ich besser fahre als er. Bei der Odenstraße versuchte er, im dritten Gang zu starten. Als wir bei der Königsstraße waren, zog er die Handbremse, vergaß aber, sie wieder zu lösen. Bei der Drottningsstraße unten gab er nicht genug Gas. Alle drei Male starb der Motor natürlich ab. Er riß am Schalthebel herum, stieg brutal in die Kupplung, bremste zu hart und konnte kaum um die Ecken kommen.

Knirps und Dschingis merkten es gar nicht, aber mir tat es direkt weh.

»Man kann doch nicht im dritten Gang starten. *Du* auf keinen Fall.«

»Kümmere dich nicht drum, wie ich fahre.«

»Nennst du das fahren? Du mußt auskuppeln, eh' du in einen anderen Gang gehst!«

»Spring doch ab, wenn dir was nicht paßt.«

»Wie wär's, wenn du erst die Handbremse . . .«

Da schlug er mich mitten auf die Nase, daß sie blutete.

Aber ich stieg trotzdem nicht aus. Der Motor ratterte und stieß ganze Wolken von Ölrauch hinter uns aus, und die Karosserie schaukelte hin und her und krängte. Aber es war unser Auto, und einmal mußte er mich doch fahren lassen! Ich spürte kaum den Schmerz und wischte bloß dann und wann mit dem Taschentuch das Blut ab.

Als wir die Klarabergstraße runterfuhren, sagte ich: »Fahr in den Hof, daß wir gleich nachsehen können.«

Er antwortete aber erst, als er schon vor der Haustür gebremst hatte.

»Ich hab' jetzt keine Zeit für euch, muß 'ne ganze Menge erledigen. Ihr steigt aus.«

Als ich nur protestierte, biß er die Kiefer zusammen, umklammerte stur das Lenkrad und tat, als höre er nicht.

»Du kannst doch selbst merken, wie der Motor schnauft. Der ist im Arsch, wenn wir nicht bald was damit machen. Und die Bremsen müssen justiert werden. Und der Kühler kocht, siehst du nicht den Rauch? Und du hast doch gesagt, daß wir alle beteiligt sein sollen.«

»Dann her mit dem Geld, mit eurem Teil der Anzahlung. Erst her damit!«

Die andern gaben klein bei und stiegen aus, und da mußte ich auch nachgeben. Der Dodge setzte sich mit einem Ruck in Bewegung und schaukelte zur Vasagasse hinunter. Es rauschte und dampfte aus Auspuffrohr und Kühler. Als er bremste, um links einzubiegen, flackerten die Stopplichter; Leitungsfehler irgendwo. Es war Freitagnachmittag. Das nächstemal sah ich das Auto am Montagabend; es stand am Strandweg, fast ganz draußen bei Källhagens Gastwirtschaft, der Motor streikte total. Egon war schon Sonntagabend wiedergekommen, wollte aber nicht sagen, wo der Wagen stand. Racing entdeckte ihn.

Und Racing fuhr mich auch dort hinaus, auf einer BMW, die er auf der andern Seite des Friedhofs, in der Klara Södra Kyrkostraße, ganz am Friedhofzaun angelehnt, stehen hatte; dort schnüffelten die Bullen nicht herum. Sie hatten die Maschine wohl auch nicht wiedererkannt; er hatte nämlich die Nummernschilder ausgetauscht und ein neues Schloß am Steuer angebracht. (Das alte hatte er ausgebohrt, als er das Motorrad klaute). Es war ganz ungefährlich, mit ihm zu fahren. Er hatte sich eine gültige Steuerbescheinigung, die mit der Fahrzeugnummer übereinstimmte, und eine Fahrerlaubnis beschafft. Einen Führerschein, auf dem er sein eigenes Foto angebracht hatte, besaß er ebenfalls.

Der Dodge stand unter einem Baum, die linke Tür war halb offen, das Auspuffrohr hing bis zur Erde herunter. Leute gingen vorüber, warfen aber nicht einen Blick auf den Wagen. Wir parkten die BMW ein Stück weiter weg und nahmen etwas Werkzeug mit, das Racing unter seine Jacke gesteckt hatte. Sobald wir zum Dodge kamen, hob Racing die Motorhaube hoch und beugte sich hinein.

»Wie sieht's aus?«

»Muß 'n neuer Motor rein.«

»Läßt sich der nicht reparieren?«

»Kuck dir's selbst an. Die eine Pleuelstange hat sich durch den Block gebohrt. Es ist ja fast alles im Arsch. Der Kühler, der Auspufftopf, alles. Auch die Reifen. Und die Batterie, soviel ich sehen kann. Und die Stoßdämpfer.«

Er stellte einen Fuß auf die Stoßstange und brachte den Wagen zum Schaukeln.

»Ein Rattensofa! Das soll stehen bleiben, wo es ist. Ist auch alles verrostet.«

Er gab dem einen Kotflügel einen Tritt. Mir tat es weh. Wir gingen zur BMW zurück. Ich drehte mich mehrere Male um und sah nach dem Dodge. Wie er so dastand, sah er gar nicht so schlimm aus. Bißchen matt im Lack vielleicht. Bißchen schief. Aber immerhin ...

Egon lag im Bett, den Kopf zur Wand gedreht. Knirps und ich standen vorm Bett und schauten auf ihn runter.

»Racing sagt, der Dodge is im Arsch!«

»So?«

»Reparieren hat keinen Zweck mehr, meint er.«

»Er sagt 'ne Menge Scheiß.«

»Jaja, du verstehst das natürlich besser als er.«

Man konnte es seinen Ohren ansehen, daß er rot wurde.

»Du hast dir wohl nicht vorgestellt, daß wir dir helfen, den Schrotthaufen zu bezahlen?«

Das war doch abgemacht.«

»Dann hast du dich aber verrechnet.«

»Wir werden ja sehen, wer sich hier verrechnet hat.«

»Da wirst du staunen«, sagte Knirps.

»Ich hab' ja gesagt, daß er in'n Arsch geht«, sagte ich. »Ist doch deine eigene Schuld. Und wir wollen auch nicht bezahlen, damit du dich amüsieren gehst.«

»Halt doch die Fresse! Was hast *du* denn bezahlt?«

Ich fragte Racing:

»Kann man ihn denn gar nicht irgendwie zusammenflicken?«

»Lohnt sich nicht. 'n neuer Motor kostet mindestens tausend Kronen.«

»Aber kann man denn beim Schrott keinen kriegen?«

»Auch die Stoßdämpfer müssen ausgewechselt werden. Und der Kühler und die Batterie.«

»Ja, aber *wenn* ...«

»Klar, wenn du Geld hast, dann ...«

Er feilte an einem Schlüssel. Ich saß auf dem Bett und sah zu, aber meine Gedanken waren die ganze Zeit mit dem Auto beschäftigt.

»Wenn ich die Teile organisiere, hilfst du mir dann beim Einbauen?«

»Das kann ich machen.«

»Was brauchen wir denn? Ich schreib' es am besten auf.«

Das war Montagabend.

Dienstagvormittag fanden wir ein Autozubehörgeschäft, das recht günstig lag; in der Thulegasse. Das Schaufenster war in einer ziemlich dunklen Ecke. Eine Straßenlampe, die ein Stück entfernt stand, ließ sich ja einschlagen.

Wir gingen nach Hause und riefen von dort die Firma an und fragten, ob sie Bestandteile hatten, die für einen Dodge 36 paßten. Und sie führten alles, was wir brauchten und verwenden konnten, abgesehen von einem fertiggebogenen Auspuffrohr.

Dann gingen wir aus und fanden ein Transportdreirad, das wir abstaubten und im Hof hinstellten. In der Bryggarstraße wurde eben ein Haus repariert, und dort fanden wir eine Persenning.

Als wir gegessen hatten, brachten wir das Dreirad mit der Persenning in die Thulegasse, wo wir es vor der Auslage der Firma hinstellten.

Wir liehen etwas Werkzeug von Racing, zwei Meißel und ein extra geschliffenes Montiereisen, die wir in die Tasche steckten. Von sieben bis neun waren wir im Kino und sahen einen Wildwester, an seinen Namen erinnere ich mich nicht. Um zehn Uhr herum drehten wir das Ding. Wir, das heißt Knirps und ich.

Das Fenster aufzukriegen und reinzukriechen war keine Kunst. Schlimmer wurde es, die Klamotten rauszukriegen, nachdem wir alles zusammengesucht hatten: Es war draußen noch ziemlich hell, und dauernd kamen Leute vorbei.

Ein Mann schlich um die Straßenecke, stellte sich hin und pißte genau unters Schaufenster, daß es aufs Dreirad spritzte. Wir hatten schon die meisten Sachen rausgeschafft und meinten nun, er würde es entdecken und alles auffliegen lassen. Aber er war wohl nur besoffen.

Es dauerte ziemlich lange, bis wir alles zusammen hatten. Zunächst mal alles für den Dodge: Stoßdämpfer, Auspuffrohr, Scheinwerfereinsätze, Kardangelenke, Bremsbelege und Auspufftopf. Und dann Suchscheinwerfer, Rücklichter und zwei Fernscheinwerfer, Bezüge, neue Radkappen, ein Radio, Antenne und Batterie.

Und dann luden wir noch allerhand Sachen auf, mit denen wir einen neuen Motor eintauschen wollten. Wir nahmen zehn Stoßdämpfer, acht Suchscheinwerfer, solche, die man auf dem Dach anbringt, und solche, die an der Seite montiert werden, sechs Fernscheinwerfer, sieben andere Scheinwerfer, vier Garnituren Bezüge und dann noch Kleinkram, Lenkradbezug, Radkappen, Antennen und ähnliches, bis das Dreirad auf den Felgen fuhr.

Der Knirps stand draußen und nahm immer entgegen, was ich ihm rausreichte. Als alles draußen war, kam ich auch, und wir spannten die Persenning über die ganze Ladung zusammen, ganz genau, daß nirgends was zu sehen war. Dann machten wir das Schaufenster ordentlich zu und schoben das Dreirad ein Stück weiter. Da wurde im Haus oben ein Fenster geöffnet, und jemand rief: »Hallo, ihr zwei! Was macht ihr denn da? Wollt ihr mal mein Dreirad stehen lassen, oder ich rufe sofort die Polizei an!«

»Wir haben's nur eben mal angerührt«, sagte Knirps und grinste.

Wir ließen es stehen und gingen fort. Es stand ja gut da. Wir hatten keinesfalls daran gedacht, es um diese Zeit noch fortzuschieben.

Statt dessen gingen wir nach Hause und ins Bett und baten Fisch, uns am nächsten Morgen zeitig zu wecken.

Wir standen um halb sieben auf, und um halb acht waren wir wieder in der Thulegasse. Und etwas nach acht stand das Dreirad sauber und ordentlich in unserem Hof.

»Gut«, sagte Egon. »Das verändert die Sachlage. Nu wollen wir Geschäfte machen. Wo ist der Scheiß?«

»Im Hof unten.«

»Prima. Tragt mal rauf, was für den Dodge ist; ich zieh' mich inzwischen an und freß schnell was. Legt den ganzen Mist man unter Nisses Bett. Verdammt, hab' ich ein'n Kohldampf!«

Er sprang aus dem Bett.

Wir taten, was er gesagt hatte. Aber es war ein bißchen kompliziert, weil die Ersatzteile für den Dodge ja zuunterst lagen und wir sie hervorholen mußten, ohne daß die Glasarbeiter etwas merkten.

»In Ordnung?« fragte er später.

»Ja.«

»Dann kommt, dann woll'n wir uns auf die Beine machen und das andre verkloppen.«

Darüber hatte ich am meisten nachgedacht, wo wir das alles anbringen konnten. Mit wem wir tauschen sollten. Aber er wußte es sofort. Gegen meinen Willen mußte ich ihn bewundern – obwohl ich mir's doch hätte denken können.

»Wo denn?«

»Bei 'm Kumpel von mir.«

Knirps und ich mußten schieben. Egon ging nebenan auf dem Bürgersteig. Erst die Drottningsstraße ganz rauf; dann die Adolf Fredriks Kirchenstraße und dann den Sveaweg immer weiter. Wieder bis zu den Ganoven bei dem wir den Dodge gekauft hatten.

Als ich das begriff, war es zu spät. Ich konnte nichts tun, als ihn überreden, daß er das Dreirad wenigstens ein Stück von dem Bezirk des Gauners entfernt stehen ließ.

Der kam uns langsam entgegen.

»Na, was wollt ihr denn schon wieder?«

Egon führte das Wort, es war ja seine Idee.

»Der Motor ist im Arsch. Also, der Motor von dem Auto, das wir von dir gekauft haben, wie du dich wohl erinnerst . . .«

»Na und, was stellst du dir vor, was ich da machen soll? Was kann ich dafür, daß du mit 'm Auto nicht umgehen kannst? Ich sah es schon, wie du von hier weggefahren bist. Da braucht man sich nicht wundern.«

Egon bekam einen roten Kopf, und er hütete sich, in meine Richtung zu sehen.

»So hab' ich's auch nicht gemeint. Ich hab' nicht gemeint, daß es deine Schuld ist. Ich meine, du konntest das ja nicht wissen, daß er so schnell kaputt geht. Aber ich hab' mir gedacht, ob du vielleicht einen Motor hast, den wir kaufen könnten.«

»Zahl erst mal, was du für den Wagen noch schuldig bist. Dann kannst du wiederkommen.«

Ich sage: »Wir haben da 'n paar Sachen. Wir haben gedacht, daß wir 'n Tauschgeschäft machen könnten.«

»Was ist es denn?«

Egon sagte: »Erzähl es ihm.«

»'n paar Stoßdämpfer, und Fernscheinwerfer und Rücklichter und Auspufftöpfe und Bezüge und sowas. Suchlichter, Ventilatorriemen. Alles mögliche.«

»Viel?«

»Jaaa.«

»Bring es her, daß ich es sehen kann.«

»Du hörst doch, was er sagt, holt das Rad her«, sagte Egon.

»Nimm die Persenning weg, daß er was sehen kann!«

»Wo habt ihr denn das alles her?«

»Für'n Tonbandgerät getauscht.«

»Und wieviel habt ihr euch denn dafür gedacht?«

»Es ist mehr als fünfzehnhundert wert.«

»Das wollt ich nicht wissen.«

»Zweihundert, und 'n Motor, der was taugt.«

Er dachte 'ne Weile nach, betrachtete uns und steckte sich eine Zigarette an. Dann deutete er mit der brennenden Zigarette nach einer Ecke in der Kontorbude.

»Stellt den Mist dorthin.«

»Mach schon, was er will«, sagte Egon.

Wir zogen mit dem Dreirad ab und kamen wieder.

»Und nun schert euch zum Teufel! Aber schnell! Mit solchen Anfängern wie euch, mach' ich keine Geschäfte. Die Sachen behalt' ich als Pfand für das, was ihr noch schuldig seid.«

»Aber wenn wir 's Geld schaffen können und den Wagen bezahlen . . .«

»Nu haut mal ab hier. Sonst rufe ich die Polente an – dann können wir ja sehen, was dann aus dem ›Tausch‹ wird.«

Er kehrte uns den Rücken zu und ging.

»Nette Kumpels hast du, das muß ich schon sagen.«

»Du blöde Sau!« fauchte Knirps. »Nun haben wir alles für die Katz gemacht, wegen dir!«

»Ich kann doch verdammt nichts dafür, daß er ...«

»Und was machen wir jetzt?«

»Wir nehmen das Dreirad und hauen ab!«

»Dann meldet er uns sofort.«

»Die verfluchte, beschissene Topsau!«

Wir standen unentschlossen da. Nach einer Weile kam der Ganove, und Egon machte einen Schritt auf ihn zu: »Du, Kumpel, du kannst vielleicht ...«

»Hast du denn nicht gehört, was ich gesagt hab'? Hau ab, eh ich die Polente anrufe, daß sie sich mal euch und euer Diebesgut ein bißchen ansieht. ›Kumpel‹? ... Bin noch nie'n Kumpel von dir gewesen!«

Wir sahen uns um. In der Nähe gingen Leute herum und sahen sich Autos an. Wir konnten nichts tun.

»Du Affenarsch! Du und Geschäftsmann!«

»Das konnt' ich zum Deuvel noch mal doch nicht wissen. Ich hab' jedenfalls getan, was ich konnte. Während ihr Idioten nichts getan habt, wie immer. Und übrigens, was regt ihr euch denn auf? Ihr habt für den Scheiß doch auf alle Fälle nichts bezahlt!«

Wir gingen langsam auf den Ausgang zu.

Übrigens: als Racing und ich ein paar Tage später hinausfuhren, um nach dem Dodge zu sehen, war er weg. Wahrscheinlich hat die Polente ihn aufgespürt und nach Lövsta abgeschleppt.

Und als ich dann später am Abend unters Bett sah, waren alle Sachen, die wir versteckt hatten, auch verschwunden. Es kann nur Egon gewesen sein, der sie sich untern Nagel gerissen hatte – obwohl er 's nicht zugab.

Der Autoschwindler bekam später sein Fett, denn als ich hoppgenommen wurde, ließ ich auch ihn hochgehen.

Vom Schmuggeln wurde einige Tage nicht geredet. Gerade so lange, daß wir unsere Enttäuschung über das Auto herunterschlucken konnten. Aber dann war's Zeit für eine neue Version.

»Habt ihr vielleicht was Besseres vorzuschlagen?« fragte Egon, als wir protestierten.

»Daß wir's sein lassen!«

»Was habt ihr denn gegen Radfahren, wenn ich fragen darf? Die Zöllner fahren doch auch Rad.«

»Und Auto! Und haben Telefone, daß sie die Autos von der Polente rufen können.«

»Schmuggler auf Fahrrad entkam dem Streifenwagen der Polizei«, zitierte Knirps.

»Zu faul seid ihr, das ist der ganze Fehler. Wer sagt denn, daß sie uns zu sehen kriegen sollen? Und wir wollen doch bloß am Anfang radfahren. Sowie wir mehr Kies zusammen haben, kaufen wir 'ne neue Karre. Und keinen alten Dodge diesmal.«

Er tat so, als hätten *wir* ihm den eingeredet.

»Übrigens haben wir keine Räder.«

»Die können wir klauen.«

»Und dann«, sagte Knirps, »haben wir keine Mäuse, daß wir Schnaps kaufen können.«

»Wir müssen was verkaufen.«

»Was denn zum Beispiel?«

»Na, deine Klamotten.«

»Ja, du kannst mich am Arsch lecken.«

»Ich weiß was«, sagte ich. »Was man auch gut loswerden kann; Kristers Bücher.«

»Was, so willst du ihm das alles danken, was er für dich getan hat? Das hätt' ich nicht von dir gedacht, Nisse, du Schweinehund, daß du so bis auf die Knochen verkommen bist. Daß du von *ihm* stehlen willst, wo Krister doch der einzige Freund ist, den wir haben, der immer ...«

»Meinst du alle?« wollte Knirps wissen.

»Nee, nur zehn oder zwanzig, ungefähr. Daß man nichts merkt. Welche, die er schon gelesen hat.«

»Was quasselst du denn?« sagte Knirps zu Egon. »Du hörst doch, was er sagt. Wir wollen ja doch nicht alle Bücher mitnehmen.«

Aber Egon fuhr los: »Ihr seid ekelhafte Schweine. Arschgeigen seid ihr. Dreckschweine. Wenn Krister euch bloß hören könnte. Da würden ihm die Augen aufgehen, was ihr für welche seid! Solche wie euch müßte man aufhängen, die nur andere ausnutzen und mißbrauchen wollen ...«

»Wenn er aber nichts merkt. Äh! Komm, wir gehen. Laß ihn mit sich selbst sabbeln. Was glaubst du, daß wir dafür kriegen können?«

Wir beobachteten Krister, und sowie er verschwunden war, liefen wir in sein Zimmer und suchten einen Stapel von siebzehn Büchern zusammen. Wir richteten uns nach dem Einkaufspreis und nahmen nur Lehrbücher und Romane von Schriftstellern, von denen ich schon gehört hatte. Dann stellten wir die Bücher auf den Borden etwas um, damit er nicht merken sollte, daß welche fehlen.

Schließlich gingen wir zu einem Antiquariat in der Norrtullastraße, gerade gegenüber der Hochschule (wegen der Lehrbücher) und verkauften sie. Hundertfünfundfünzig Kronen kriegten wir dafür, und das war mehr, als wir erwartet hatten. Wir legten uns fast hin.

Ich vergaß zu sagen, daß uns Egon die ganze Zeit nachrannte, als wir die Bücher nahmen und als wir sie wegbrachten. Während wir im Laden waren und sie verkauften, wartete er draußen. Und fortwährend quängelte er und quasselte immer das gleiche, daß wir Dreckskerle wären und Halunken und Arschlöcher und Ratten und verfluchte, undankbare Schweinehunde. Aber wir achteten nicht auf ihn; und als wir mit dem Geld herauskamen, hielt er die Schnauze.

Später sagte er bloß: »Her mit dem Geld. Nu brauchen wir bloß noch Fahrräder. Und vergeßt ja nicht, daß ich mit den Büchern nichts zu tun habe!«

Die Räder fanden wir am gleichen Abend oben in der Vasastadt. Sie standen in kurzem Abstand voneinander und waren nicht abgeschlossen. Meins sah fast neu aus.

Am nächsten Tag waren wir es, die hinter Egon herliefen, damit er keine Gelegenheit hätte, mit unserm Kapital abzuhauen. Daran dachte er aber gar nicht. Wir konnten es allerdings nicht verhindern, daß er sich eine neue Lampe und einen Dynamo für sein Rad kaufte.

Abends fuhren wir mit unseren Rädern runter zum Hafen.

Wir standen am Kai, ganz draußen am Rand, und diskutierten. Rechts von uns, ein Stück weg, lag ein weißes Sveaboot. Zwei Mann der Besatzung hingen über die Reeling und glotzten auf uns runter. Aus einem offenen Bullauge war Radiomusik zu hören.

Egon sagte: »Nur keinen Sveakahn ... da sind sie zu teuer, und dann haut das Ganze nicht hin. Übrigens saufen sie dort den ganzen

Schnaps selbst aus. Müßte schon ein Deutscher oder Engländer sein.«

»Eigentlich ist es um diese Jahreszeit zu hell«, sagte ich.

»Quatsch! Ich steh' Schmiere, und ihr holt die Sachen an Land.«

»Na, ist ja klar, daß wir das ganze Risiko haben sollen!«

»Einer muß doch die Verantwortung tragen und das Unternehmen leiten.«

Hinter uns war das Lagerhaus des Zolls, und dahinter stieg die Felswand hoch. Das Lagerhaus war düster gelbgrau, seine Fenster blinzelten, als wären es Augen, die sehen konnten. Die Bergwand war drohend grauschwarz. Die Kräne standen da wie langstielige Gewächse aus rostigem Eisen. Jenseits des Wassers leuchteten die Lampen des Tivoli rot, grün und weiß. Der Turm der Bergundtalbahn rotierte ganz langsam.

»Es wäre besser, wenn wir dort drüben wären«, sagte Knirps und gab einem Vertäuungsring einen Fußtritt.

»Solchen Fez, den wir für hundertvierzig Piepen haben könnten!«

»Jetzt habt ihr Schiß, was?«

Alles spiegelte sich im Wasser, die alten Häuser von Skeppsbron, die Finnlandschiffe, die Schleuse, die Bäume vom Skeppsholmen, alle Lampen und Lichter vom Tivoli und der Himmel, der ganz hellgrün war. Aber am Kai drinnen unter uns war das Wasser mattgrau und schmutzig. Aller möglicher Dreck schwamm da drin herum.

Weiter hinten, wo sich der Kai ganz ins Halbdunkel verlief, so daß man ihn kaum mehr erkennen konnte, draußen bei der Einfahrt zur Hammarbyrinne, lag ein Frachter.

»Dort liegen gewöhnlich Deutsche. Fahren wir hin!«

»Nee, wartet noch etwas«, sagte Egon. »Noch nicht!«

»Warum denn?«

»'s noch zu hell.«

»Und wer hatte eben Schiß, eh? Komm, Knirps, wir beide fahren schon mal hin.«

»Warten sollt ihr, hab' ich gesagt!«

Aber wir kümmerten uns nicht um ihn. Er mußte klein beigeben und nachkommen. Wir machten Volldampf und waren fast am Ziel, als er uns einholte. Er war ganz verrückt vor Wut und versuchte, mich über den Kairand zu drängen. Aber ich blieb plötzlich stehen und vereitelte so seine Absicht. Dabei wäre er selbst fast über den Rand gekippt.

Es *war* ein Deutscher: die *Helma* aus Bremen. Und Egon mußte wiederum klein beigeben, weil ich der einzige war, der etwas deutsch konnte. Nachdem der Frieden geschlossen war und er sein Ehrenwort gegeben hatte, schlichen wir an Bord. Der Kahn war nicht sehr groß. Sieben, achthundert Tonnen vielleicht. Ich weiß nicht. Einer von denen, die zwischen den Häfen der Ost- und der Nordsee hin- und herpendeln, so wie die Linie 9 zwischen Danvikstull und Karlberg; und er sah aus, wie solche Kähne eben aussehen, der ganze Aufbau lag hinten. Aber er schien fast neu zu sein.

Auf Deck war es leer und still. Ehe wir an Bord gingen, hatten wir 'ne ganze Weile auf dem Kai aufgepaßt, aber niemand vom Zoll sehen können.

»Alles klar! Kommt!«

Hinter einer Tür waren Stimmen zu hören. Als niemand unser Klopfen beachtete, drehten wir den Messingring, der an der Stelle eines Türgriffs hier angebracht war, zur Seite und stiegen hinein.

Ein Gebrüll schlug uns entgegen: »Wer ist da? Raus! Verschwindet! Versteht ihr? Schert euch weg! Fort mit euch! Was wollt ihr denn hier?«

Eine einzige schwache Lampe erleuchtete die Kajüte, aber es war so rauchig, daß wir kaum mehr als die Flaschen auf dem Tisch sehen konnten. Auf einem Stuhl saß ein Deutscher mit nacktem Oberkörper und hing über einem Glas. Er war es, der uns so angeschrien hatte.

»Untschulden Sie«, sagte ich.

»Sprich deutsch«, fauchte Egon hinter mir.

»Tu ich doch.«

»›Untschulden‹, ist das deutsch?«

»Nee«, schrie der Deutsche. »Nichts, ingenting! Schluß!«

»Wir will nur Branntwein kaufen.«

»Ja, zwanzig Kronen per Flasche, dann kriegst du welchen.«

»Was sagt er?«

»Ist zuviel, sag ihm das. Eh! Was machen die denn da?«

»Zwanzig für die Flasche.«

»Fünfzehn«, sagte ich. »Und zehn Flaschen.«

»Achtzehn.«

Nach und nach sahen wir alles. In einer Koje lagen drei Männer mit einem Weib zusammen. Sie waren alle nackt, und die Männer wechselten sich offenbar bei ihr ab. Gerade in dem Augenblick hoben zwei von ihnen das Mädchen hoch, fädelten es bei dem dritten ein und schaukelten und stießen es nun auf und ab. Sie hielten es unter den Armen und an den Schenkeln fest. Derjenige, welcher jetzt bei ihr dran war, lag quer über der Koje, er hatte die Füße auf einen Stuhl gestützt und kniff und zog an ihren Brüsten. Zwei von den Männern waren ganz still, aber einer von denen, die sie hielten, fluchten halblaut.

»'ne Nutte! Is sie hübsch?«

»Weiß nicht. Ist doch zu dunkel.«

Wir standen noch immer in der Türöffnung.

»Frag, ob wir reinkommen und zusehen können«, sagte Knirps.

»Siebzehn«, sagte der Deutsche am Tisch.

»Sechzehn.«

»Wir gehen rein. Die sind so voll, daß es nichts ausmacht.«

»Nee, wir warten noch etwas.«

Der Deutsche am Tisch zwinkerte uns mit seinen schwarzen Augen zu. Das war unangenehm, man wußte ja nicht, was er sich dachte.

Nach einer Weile war es soweit, daß sie in der Koje Schichtwechsel machten, und der, der eben dran gewesen war, ging nun an den Tisch und schenkte sich ein Glas ein. Als er uns sah, winkte er uns herein, trank die Hälfte von dem, was er sich eingeschenkt hatte, und reichte Egon den Rest.

»Darf ich auch schmecken?« fragte Knirps.

»Mußt du ihn fragen«, sagte Egon. »Das ist doch zu wenig zum Teilen.«

Aber der Deutsche hatte gehört, was Knirps sagte, und es wohl auch verstanden, denn er antwortete: »Du nicht, du bist noch zu jung.«

Das Mädchen, das sie da hatten, war zwar auch nicht älter, und doch stockbesoffen.

Aber reden konnte sie noch. Als sie hörte, daß wir Schweden waren, kuckte sie unter dem, der sie gerade hernahm, hervor und jammerte: »Helft mir, die rammeln mich noch zu Tode!«

»Sei doch froh«, sagte Knirps.

»Die haben mir 'n Kind gemacht, die verdammten Schweine«, schluchzte sie.

»Wenn es 'n Mädchen wird, kannst sie nach dem Schiff hier taufen.«

Sie fing an zu treten und zu strampeln, um frei zu kommen.

»Laß mich los! Ich will nicht! Ich kann nicht mehr, es tut so weh!«

Aber sie lachten nur, und der Macker, der sie gerade vorhatte, wurde jetzt erst richtig lebhaft und fing an, sie im Ernst zu bearbeiten. Als er fertig war, trocknete er sie mit einem Unterhemd ab, während die andern sie an den Beinen festhielten, und dann gab's wieder Schichtwechsel. Der Matrose, der Egon den Schnaps gegeben hatte, ging zur Koje zurück. Als sie versuchte, zu beißen, legten sie ihr ein Handtuch übers Gesicht und zogen es stramm. Einer hielt ihr die Hände unter ihrem Rücken fest, während die beiden andern ihre Beine auseinanderspreizten.

»Was mußt du auch allein hier an Bord gehen?« sagte Egon. »Mußt ja gewußt haben, wie das wird.«

»Auauau!«

Er wandte sich an mich:

»Bitt' sie, daß sie ihr wenigstens 'n Schnaps zur Stärkung geben. Die is ja ganz fertig.«

Ich tat es, sagte es erst dem der am Tisch saß, aber der zeigte mit keiner Miene, daß er überhaupt was verstanden hatte, und dann denen, die sie gerade vorhatten.

»Sie hat Schmerzen. Kann sie nicht einen Schnaps bekommen?«

Sie waren nicht abgeneigt, und einer von denen, die sie hielten, derselbe, der Egon den Schnaps gegeben hatte, holte eine Flasche und ließ sie draus trinken.

»Is dir jetzt besser?« fragte Egon.

Ich hatte die ganze Zeit mit dem Deutschen, der am Tisch saß, gefeilscht und den Preis auf sechzehn fünfzig runtergehandelt. Wär' ich eisern geblieben, wär' es mir wahrscheinlich gelungen, den Preis noch unter sechzehn runterzudrücken, aber gegen Schluß fiel es mir schwer, mich zu konzentrieren.

Da hatte ich ihre Stimme wiedererkannt. Es war Steva, die sie da bearbeiteten, die gleiche Nutte, die Blume im Chevi auf der Smalandstraße einen geblasen hatte. Ich weiß nicht, ob auch Knirps sie wiedererkannte.

Keinem von uns dreien lag besonders viel daran, das Geschäft möglichst schnell abzuschließen. Egon setzte sich an den Tisch, Knirps und ich lehnten an der Wand und warteten. Nach und nach wurden die Männer fertig, und sie durfte sich auch an den Tisch setzen.

»Meine Kleider«, sagte sie. »Gebt mir meine Kleider. Ich frier', verflucht noch mal.«

»Du bist so nett ohne Kleider. Vielleicht später ...«

Sie setzte sich neben Egon, als ob sie seinen Schutz suchen wollte. Aber was konnte der schon tun? Oder wir? Höchstens uns lächerlich machen, so daß man uns rausschmiß oder verprügelte, und wir dann ohne Schnaps hätten abhauen müssen. Es war sinnlos, daß sie sich an uns wandte.

Sie stellten ein Glas vor sie hin und schenkten ein. Sie trank es auf einen Zug aus. Erst schüttelte sie ihr Haar über die Schultern zurück, dann führte sie das Glas zum Mund und legte den Kopf hintüber: Der Bauch spannte sich und die Brust wurde flach. Der Schnaps wurde ganz grade reingeschüttet. Das sah prima aus, aber ihre Augen begannen zu tränen, und sie mußte husten und sich räuspern. Das Glas polterte auf den Tisch, das Haar flatterte. Der Bauch wölbte sich vor, die Brüste hingen.

»Wo hast du denn Blume gelassen?« fragte ich.

»Den ham sie geschnappt.«

»Wir haben uns doch mal in seinem Chevi getroffen.«

»An dich kann ich mich nicht erinnern, aber den da hab' ich schon mal wo gesehen.«

Sie zeigte auf Egon. Dann sagte sie: »Mein Gott, is mir schlecht. Ich muß raus und kotzen.«

Sie stand auf und wackelte und stolperte zur Tür.

»Wart, dann helf' ich dir.«

»Du hast ja keine Kleider an«, rief einer der nackten Deutschen. »Bist du verrückt?«

Aber ich hatte die Tür schon aufbekommen und schleppte sie hinaus. Draußen stürzte sie zur Reeling.

Derjenige, der gerufen hatte, kam nach. Als er sah, was sie da machte, grinste er, wandte sich um und machte ihr — nach der Kajüte hin — die Kotzversuche nach. Die andern lachten.

Dann überzeugte er sich, daß man vom Kai aus nichts sehen konnte und schlich sich von hinten ganz an sie heran. Er faßte sie um die Brüste, drückte und betastete sie, klemmte die Warzen und molk sie, bis ihm der Schwanz stand. Dann schob er ihr die eine Hand von hinten zwischen die Beine, spreizte sie auseinander und drückte ihn hinein. Sie versuchte, ihre Spalte zusammenzupressen, konnte es aber nicht, weil sie so vornübergebeugt stand, daß alles freilag. Und aufrichten konnte sie sich auch nicht, da ihr Kopf und der halbe Oberkörper zwischen zwei Stangen der Reeling steckte. Und sowie er ihn drin hatte, gab sie es auch auf.

Die ganze Zeit, während er es machte, kotzte sie; und ich hielt ihre Hand. Zum Schluß stieß er so hart zu, daß ihr Kinn im Takt gegen die untere Eisenstange schlug. Ich wollte auch ihren Kopf halten, es war aber kein Platz.

Als er fertig war, spuckte er ins Wasser und ging hinein. Steva kotzte noch eine Weile und lag dann mit hängendem Kopf auf den Knien, sie zitterte am ganzen Körper vor Kälte.

»Komm her und übersetz, was die da reden«, sagte Egon. »Dann mach die Tür zu, es zieht. Und sag ihnen, sie sollen ihr die Kleider geben, daß sie sich anziehen kann.«

»Achtzehn«, sagte der halbangezogene Deutsche. Er hatte 'ne Art Schirmmütze auf dem Kopf und saugte an einer kalten Pfeife. Während der ganzen Zeit hatte er nicht ein einziges Mal hingesehen, was die andern trieben.

»Achtzehn, wieviel ist das auf schwedisch? Ist doch ein ganz prima Preis. Und fang nicht wieder an zu handeln wie 'n altes Marktweib. Wieviel Flaschen kriegen wir?«

»Sieben, für hundertsechsundzwanzig.«

»Gut. Dann bleibt uns was über. Sieben Flaschen. Sieben!«

Er hielt sieben Finger vor der Pfeife hoch.

»Sieben. Jawoll.«

Der Deutsche stand sofort auf und ging raus.

»Hättest du die Schnauze gehalten, dann hätt' ich sie für fünfzehn gekriegt«, sagte ich. »Wir waren schon auf sechzehn, ehe du dich reinmischen mußtest.«

»Wenn es dir nichts ausmacht, dann möchte ich jedenfalls nicht für 'n Geizhals gehalten werden. Die paar Kronen kriegen wir wie nichts wieder rein, wenn wir die Buddeln verscheuern.«

Bald darauf kam der Deutsche mit einer Pappschachtel voller Flaschen zurück.

»Was ist denn das für 'ne Sorte? ›Weinbrand Verschnitt‹, was heißt denn das? Jedenfalls prima Etikette. Scheint 'ne gute Sorte zu sein.«

Egon sah sie mit Kennermiene an.

»Am besten, wir probieren mal. Die sehen aus, als wären sie schon mal offen gewesen.«

»Verstehst du denn, zum Deuvel, nicht, daß man das nicht machen kann! Meinst du, daß sie uns bescheißen? Meinst du, es ist kein Verlaß auf meine Kumpels? Für die steh' ich grade. Wenn du an ihnen zweifelst, dann zweifelst du auch an mir! Wenn ihr übrigens immer so verflucht dagegen seid, dann könnt ihr, zum Deuvel, sehn, wie ihr alleine zurecht kommt. Dann braucht ihr bloß abhauen.«

Knirps sagte: »Was hab' *ich* denn gesagt?«

»Ihr seid beide gleich blöde. Haut lieber ab, eh' ich einem von den Mackern sage, daß er euch rausschmeißt!«

»Und die Nutte?«

Sie saß mit hängendem Kopf auf der Koje, immer noch nackt.

»Da macht euch man keine Sorgen. Soll sich mal 'ne Weile ausruhen, daß sie wieder zu Kräften kommt, dann werd' ich mich schon um sie kümmern.«

»Geld«, sagte der Deutsche und stellte sich in die Tür.

»Das hat der«, sagte ich und deutete auf Egon.

Aber er wollte nicht Platz machen.

»Egon, bezahl schon, sonst läßt er uns nicht raus.«

»Ihr wißt doch, Jungs, auf mich könnt ihr euch verlassen. Komm du man her, du dutschen sprichen, dann kannst du dein Moos kriegen.«

Die drei andern Deutschen hockten rund um den Tisch, sie quasselten und tranken und pafften drauf los. Zwei hatten schon ein paar Klamotten an, aber der dritte saß immer noch splitternackt. Es war zum Ersticken heiß und stank ekelhaft: kotzig, scharf und süßlich. Es wäre gut, bald an Deck zu kommen.

Wir standen wieder an der Reeling, am Vordersteven, wo das Schiff am höchsten war, und schauten auf den Kai runter. Die Flaschen waren in unseren Mappen verstaut.

»Kannst du wen sehen?«

»Nee.«

»Dann gehn wir an Land.«

Wir schlichen uns übers Fallreep runter zu unsern Rädern. Und alles ging gut, wir sahen nicht mal den Schatten eines Zöllners.

Hätten sie uns geschnappt, wär' es allerdings auch nicht so schlimm gewesen, falls das Urteil dem Alkoholgehalt entsprechend ausgefallen wäre. Dann wären sie nämlich gezwungen gewesen, uns freizusprechen, denn das, was wir da an Land trugen, war nicht viel anderes als reines Wasser.

Und ich hatte es von Anfang an gewußt. Die Flaschen zu schleppen, zu zweit sieben Stück, war nicht schwer. Zu wissen, was drin war, war schwerer. Man hatte das Gefühl, als wären die Radnaben mit Leim geschmiert, so schwer ging es von der Stelle.

Trotz meines Wissens war ich aber doch enttäuscht, als wir nach Hause kamen. Der Knirps bearbeitete vor Wut die Luft mit seinem Dolch.

Als Egon (viel später) nach Hause kam und die andern schon schliefen, saßen wir noch im Tagesraum, um ihn abzupassen. Und obwohl wir jeder schon fast eine ganze Flasche ausgetrunken hatten, spürten wir nicht das geringste. Was wir da soffen, war nicht mal so stark wie Bier.

Es waren nur noch vier Flaschen übrig, als er kam, denn eine hatte Knirps im Waschraum zerschlagen. Dadurch war aber nichts besser geworden. Und wenn wir peinlich nüchtern waren, dann war Egon dafür um so mehr angetüdelt. Seine Augen glotzten rot und starr aus seinem Schädel.

»Wo sind die andern?« fragte er lallend, denn er hatte vom Saufen eine schwere Zunge.

»Es ist schon bald drei.«

»Jaaa, aber wo sind sie?«

»Schlafen.«

»Zum Deuvel! Steva steht unten im Tor. Sie muß was zu Fressen haben. Könnt ihr was ranschaffen, dann tut es bitte zum Dank, daß ich wieder mal die Sache geritzt hab'!«

»Wir haben dir aber gar nischt zu danken.«

»Äh?«

Dann steckte er den Kopf zur Tür raus und schrie: »Komm rein! Reine Luft!«

Wir rührten uns nicht von der Stelle.

»Los, Jungs, nu seid man nett!«

Steva kam herein und sagte: »Tag, Jungs, falls wir uns kennen sollten.«

Wir antworteten nicht. Sie wandte sich an Egon: »Wo soll ich denn liegen?«

»Erst woll'n wir was zu fressen haben. Jungens!«

Er sah die Flaschen, die in einer Ecke auf dem Fußboden standen.

»Jungens, ich weiß was. Ihr sorgt dafür, daß wir was zu knabbern kriegen, und dann machen wir 'ne Flasche auf und machen alle mal einen los.«

»Vielleicht mit der Wassermischung da? Oder hast du was Besseres?«

»Was heißt Wassermischung? Was quasselst du da? Was für 'ne Wassermischung?«

Knirps fuhr auf und herum und haute mit dem Fuß gegen die Flaschen, daß wieder eine draufging.

»Die da!«

»Der Dreck, von dem du nicht haben wolltest, daß wir ihn probieren.«

»Laßt mich man bei euren Geschäften aus dem Spiel. Wenn ihr Idioten seid, dann kann ich doch nichts für. Übrigens weißt du gar nicht, wovon du redest.«

»Dann schmeck doch! Leg dich hin und leck es auf, dann wirst es schon merken.«

Er sah uns an wie eine rotäugige Schnecke: »Ja, gebt mir nur die Schuld. Schiebt man immer alles, was schief geht, auf mich. Meinetwegen. Aber ich weiß, was ich tu. Ich hab' euch das doch nur gesagt, weil ich euch prüfen wollte. Aber daß ihr gleich auf die Mine steigt, ist ja nur 'n Beweis, daß ihr noch nicht reif seid für solche Unternehmungen. Am besten, ihr laßt mich in Zukunft alles in die Hand nehmen. Und nun raus und seht zu, daß ihr was zum Knabbern findet. Und gebt mal 'ne Flasche her. Wie schmeckt das Zeug denn? Trinken wird man's wohl können. Es ist doch nicht das *pure* Wasser. Steva, schmeck mal! Eine Flasche trinken wir heute aus, und die andern verkaufen wir morgen.«

»*Die* Wassermischung?«

»Kann man doch von außen nicht sehen. Das geht prima. Und nun bringt was zu fressen.«

Wir gingen aber schlafen, uns langte es, auch das Saufen. Von der Brühe da wurde einem bloß sauschlecht.

Als wir am nächsten Vormittag in die Sachlichkeit gingen, lagen Egon und Steva immer noch in Egons Bett und schliefen. Aber Fisch und die Flaschen, die beiden letzten, waren verschwunden, und ich weiß, daß Egon und Steva sie nicht getrunken haben, denn sie legten sich auch, gleich nach mir und Knirps schlafen. Also war es Fisch! Wird nicht viel Freude mit ihnen gehabt haben!

»Schade um die Mäuse«, sagte Knirps. »Wir hätten sie verkaufen können.«

»Tut nichts. Gut, daß wir den Scheiß los sind. Aber Fisch hätt' ich gern dabei gesehen, als er die Pfütze probiert hat.«

Jetzt, wo er Steva hatte, spielte sich Egon uns gegenüber nicht mehr so auf. Ab und zu mal, wenn er bei ihr Eindruck schinden wollte, kam's zwar noch vor, daß er uns das eine oder andre zu tun befahl, zum Beispiel, daß wir ihm die Schuhe putzen oder irgendwo hinrennen und was holen sollten, aber gerade, weil sie es hörte, konnten wir es nicht tun. Dann schrie und brüllte er, aber Knirps und ich ließen uns lieber eine runterhauen, als daß wir uns erniedrigt hätten, wenn sie zusah. Ich weiß nicht warum, aber er ließ uns jetzt jedenfalls in Ruhe, und damit war seine Herrschaft zu Ende. Aber nicht wir haben ihn gestürzt, sondern er trat von selbst ab.

Ich war nicht direkt scharf auf Steva, es war aber trotzdem schwer, im Dunkeln zu liegen und sie zu hören. Sie fingen schon die erste Nacht an, und ich war noch nicht eingeschlafen, als sie in Gang kamen.

Ich wollte nicht hinhören, konnte es aber nicht lassen. Ich lag gespannt unter der Decke, abwechselnd heiß und kalt, und mußte mich erinnern. Er hätte damals nicht verlangen dürfen, sie zu bekommen! Und sie hätte nein sagen müssen!

Ich verstand fast kein Wort, denn sie flüsterten, aber ich hörte fast alle Geräusche: wie sie schoben und stöhnten und wie das Bett knarrte. Und mir kam, im Takt mit den Geräuschen, die Erinnerung, wie sie aussah. So deutlich, daß es schmerzte. Es war das Bild, als sie zusammengeklappt zwischen den Eisenstangen der Reeling hing. Als die Brüste wie kleine, spitze Zitzen herabhingen; als sie die Knie zusammendrückte; als der Bauch auf und nieder ging und arbeitete, wenn sie sich erbrach.

Einmal, ganz zu Anfang, sagte sie so deutlich, daß ich es hören konnte: »Vorsichtig. Ich kann ihn so genau spüren, als wenn er aus Glas wäre. Wart mal!«

Ich nahm mir vor, daß ich mir so eine wie sie kaufen wollte. Kaufen!

Eines Vormittags sollten Fisch und ich allein in die Sachlichkeit kommen; es war um die Zeit, als Steva aufgetaucht war. Wir kamen gegen neun runter, und die, welche uns bestellt hatten, erschienen bald nach zehn. Gegen elf riefen sie Fisch hinein, und etwas nach zwölf ließen sie ihn wieder gehen, und ich war allein.

Ich hatte alle Zeitschriften gelesen, sogar den ›Metallarbeiter‹ und die ›Wochenschrift für das Versicherungswesen‹, das ›Korrespondenzblatt‹ und die ›Mitteilungen des Arbeitsamtes‹ über freie Stellen vom letzten Herbst.

Es gab dort nichts zu sehen. Das Wartezimmer war bloß eine

Erweiterung des Hausflurs, und die Fenster gingen auf einen Hof, der nur ein enger, gelbbrauner Brunnenschacht mit gläsernem Boden war. Im Wartezimmer gab es einen Tisch und vier, fünf Stühle, eine Zeitungsablage und einen verschlossenen Schrank. An den Wänden hingen, einander gegenüber, zwei Lithographien, die eine gelbliche stellte einen Strand mit einem Boot dar, die andere, auf der Lila vorherrschte, zeigte ein Kind auf einem Stuhl. Vor jedem Fenster standen Fleißige Lieschen und eine Pelargonie.

In einer Ecke stand eine Kiste mit Holzspielsachen: Autos, ein Baggerkran, den man mit Schnüren lenken konnte, Klötze mit Buchstaben und anderes mehr. Daneben stand ein Holzpferd auf Rädern. Auf dem Zeitungsständer lag eine Schachtel mit den Stükken eines Puzzlespiels; große Stücke.

Gegen zwölf leerte sich so langsam das ganze Haus, und es wurde totenstill.

Mir waren die Zigaretten ausgegangen, darum stand ich auf. Ich dachte, ob ich nicht irgendwo in einem Aschbecher eine Kippe finden könnte, und begann, die Türen im Flur auszuprobieren.

Einige Türen waren zu, die meisten aber nicht. Schon im ersten Zimmer fand ich ein paar Kippen, sie waren leider zu kurz. Im dritten oder vierten Zimmer war sie etwas länger, aber da kam mir der Gedanke, ob nicht irgendwo eine ganze Zigarette zu finden wäre.

Die Zimmer glichen sich alle: ungefähr doppelt so groß wie die Zellen im Kronohäkter Gefängnis. Alle waren möbliert mit einem Schreibtisch, zwei Armstühlen und ein paar gewöhnlichen Stühlen, einem Schrank für die Formblätter und einem Schreibmaschinentisch, dazu gestreifte Gardinen.

Die Stühle waren zur Seite gedreht, und die Schreibmaschinen standen da und ruhten sich aus. Die Fernsprecher blieben stumm. Alles war ruhig, die Mappen lagen zu Stapeln im Schrank, schweigend. An den Wänden hingen Lithos und eine Reihe anderer Farbdrucke, sie glotzten lautlos in den Raum hinein.

Es gab auch größere Zimmer für mehrere Angestellte und die Eckzimmer für die Bosse. Auch die Kasse war in einem großen Zimmer untergebracht, das wußte ich von früher, die Tür hatte man aber verschlossen.

Die Eckzimmer waren bedeutend besser eingerichtet. Dort hingen richtige Ölgemälde, auf den Fußböden lagen dicke Teppiche, die

Schreibtische waren größer und die Armstühle eleganter, mehr schon wie Clubsessel. Und in jedem Raum gab es kleine Sofas.

Ich ging herum und sah in alle Zimmer, die offen waren, hinein, rührte aber nichts an und las keine Akten. Nach einiger Zeit fand ich auf einem Schreibtisch eine Packung Zigaretten, ich nahm ein paar raus, setzte dann aber meinen Rundgang fort.

Ich war vorsichtig und lauschte lange an jeder Tür, ehe ich sie öffnete. Langsam geriet ich immer tiefer in die Sachlichkeit hinein. Der Flur bog plötzlich nach rechts ab und wurde schmäler, und die Zimmer waren nun kleiner. Dann kamen ein paar kleine Treppen, erst hinauf und dann wieder hinunter, endlich ging es um ein paar Ecken. Und dann veränderte sich erneut alles, der Flur war nun wieder breit und gerade, und ich hatte das Gefühl, als wäre ich in eine neue Welt gekommen, ähnlich jener, von der ich ausgegangen war, bloß heller und geräumiger. Und die vielleicht zu einer dritten Welt führte, die noch geräumiger und heller war – wie bei den chinesischen Schachteln, bloß umgekehrt. Aber ich entdeckte bald, daß ich nur eine ganze Runde gemacht hatte und wieder an meinen Ausgangspunkt zurückgekommen war – nur von der anderen Seite.

Aus einem Zimmer in dem engen und winkeligen Teil des Hauses konnte ich Geräusche hören, und ich wollte möglichst schnell weitergehen. Aber da erkannte ich die Stimme und blieb stehen.

Es war Folke, der Psychologe, den wir ganz gern mochten, und eine Assistentin. Wäre es nicht ihretwegen gewesen, ich wäre nie stehen geblieben, um zu lauschen – aber ich erinnerte mich plötzlich an ihre Brüste. Es war eigentlich das einzige an ihr, an das ich mich erinnern konnte. Sie waren groß und schwer, und ich fantasierte von ihnen, wenn ich bei ihr drinnen gewesen war, um mich auspumpen zu lassen. Ich hatte Lust, alles mögliche mit ihnen anzufangen – den BH zerreißen, um zu sehen, wie sie strotzend vorstanden, sie auseinanderzupressen und festzuhalten und in die Warzen zu beißen. Alles das. Und nun wollte ich wissen, was die da drin machten, ich schlich an die Tür und lauschte.

Aber sie redeten bloß; wie ich es eigentlich die ganze Zeit geahnt hatte. Aber wenn ich nun schon dastand, konnte ich mir ebenso gut auch anhören, wovon sie sprachen. Er war aus dem Norrland hochoben und hatte dunkles, struppiges Haar, ziemlich lang. Wir durften ihn duzen und Folke nennen, das habe ich, glaube ich, schon gesagt. Wenn er uns auseinandernahm, ging es immer friedlich zu, die Fragen kamen mit langen Zwischenräumen, und in den Pausen konnte man von allem möglichen andern reden, während er immer rauchte. Manchmal sah er einen an und nickte vor sich hin, ohne daß man begriff, weshalb. Ob das nun zu seiner Fragetechnik gehörte oder was es sonst zu bedeuten hatte, es störte jedenfalls nicht.

Die andern stellten Frage auf Frage, ohne Pause, als ob es bei einem Quiz wäre – abgesehen von einem, der die Fragen wie aus einem Maschinengewehr hervorschoß, damit man keine Zeit haben sollte, nachzudenken und sich vorzusehen. Jedenfalls bezweckte er das damit, aber wir lernten schnell, ihm auszuweichen.

Folke machte nie einen Versuch, uns runterzustauchen, und das war gut. Mein Intelligenzquotient lag nicht niedriger als seiner, das sagte er selbst – wenn er mir auch nicht erzählen wollte, wie hoch er war (aber das bekam ich ja dann später doch heraus).

Von ihr weiß ich nicht viel zu sagen. Nicht mehr als das mit den Brüsten. Sie gehörte zu denen, die vor Mitleid fast in die Knie gingen, wenn man ihnen erzählte, wie es einem ergangen war. Aber sie überlebte es auch immer.

»Ich möchte nur wissen, was sich die Leute eigentlich vorgestellt haben, und was bei dieser Sache herausbraten soll«, sagte Folke. »Zu kleine Gruppen, planlos gewählte und zusammengestellte, sinnlose Fragen. Da was und dort was und ohne jeden Zusammenhang.«

»Vor allem kommt es natürlich darauf an, von ihnen selbst soviel wie möglich über sie zu erfahren«, sagte die Brustassistentin. »Und schließlich warst du es doch, der zusammen mit Olle die Fragen konstruiert hat.«

»Konstruiert? . . . Wir rührten – im Auftrag der Sachlichkeit – irgendeinen Teig zusammen. Wir hatten ja keinerlei Richtlinien. Bekamen auf *unsere* Fragen, die wir *ihnen* stellten, keine Antwort. Und da rührten wir also eine kleine Kostprobe zusammen, um ihnen was zu beißen und wenigstens den Eindruck zu geben, daß wir was getan hätten. Wir hätten uns aber nie träumen lassen, daß das angenommen würde. Das Ganze ist ein Schulbeispiel für Sinnlosigkeit.«

»Wenn sie nun aber auf alle diese Fragen Antwort bekommen, dann kann ihnen ja auch eine ganze Menge klarwerden, was sie vorher nicht gewußt haben, nicht? Ich finde, du bist übertrieben pessimistisch.«

Aber Folke hörte kaum, was sie sagte.

»Man sollte beinahe glauben, daß sie es so haben wollen. Daß sie ein möglichst unförmiges und widersprechendes Material haben wollen, das sich nach keiner Richtung hin deuten läßt. Damit sie es als Begründung für eine im voraus festgelegte Politik benützen können. Und dann rechnen sie damit, daß wir, die selbst darin verwickelt sind, nicht protestieren werden. Weil wir diese feine Untersuchung schließlich zusammengebastelt und durchgeführt haben.«

»Ach, das ist doch nur Gerede, das weißt du doch. Das glaubst du doch selbst nicht.«

»Ach was?

Ein Betrüger ist ein Betrüger, gleichgültig, ob er glaubt, was er sagt oder nicht. Die sitzen dort oben und fühlen sich sicher, weil sie meinen, über ein geheimes Wissen zu verfügen, das zu ihrer Stellung gehört. Als ob größere Verantwortung automatisch größeres Wissen mit sich brächte. Ein geheimes, mystisches Wissen besonderer Art, das wir gewöhnliche Sterbliche doch nicht verstehen. So daß es ihnen ganz sinnlos erscheint, eine Erklärung auch nur zu versuchen, also den Sinn der Untersuchungen uns, die wir sie doch durchführen, zu deuten. Sie nehmen bloß das Rohmaterial entgegen und behalten sich das Recht vor, es selbst auszuwerten. Uns schicken sie dann, wenn die Zeit gekommen ist, wieder weg. Ist es da so verwunderlich, daß man den Verdacht nicht los wird, es geht ihnen bloß darum, sich die Begründung für ein Haus zu beschaffen, das sie schon gebaut haben?«

Sie sagte sarkastisch: »Du meinst also, daß die Jungens ihnen total gleichgültig sind?«

»Ich glaube zumindest nicht, daß sie ein besonderes Interesse für sie haben. Jedenfalls nicht so viel, daß sie bereit wären, ihretwegen irgend etwas zu ändern. Und unsere Aufgabe ist es, sie mit Terminologien für ihre Verteidigung zu versorgen. Psychologische und soziologische Terminologien, die sie annektieren und mißbrauchen können. Alles, um genügend kompliziert motivieren zu können, daß man in der alten, ach so guten und bequemen Art weiterregiert. Mit dem besten Gewissen.«

»Pfui, ich mag nicht, wenn du so redest! Es klingt so zynisch. Weshalb machst du denn mit den Untersuchungen weiter, wenn du an ihren Wert nicht glaubst?«

»Des lieben Brotes wegen, beste Kajsa. Mit Frau und zwei Kindern und drei Zimmern mit Küche in Solna und mit Studienschulden? Ganz einfach, nicht? Keine Wahl. Mein einziges wirkliches Problem ist es, wie ich mein Gericht so zubereiten soll, daß es den hohen Herren am besten schmeckt. Damit man mit Wohlwollen auf mich herabsieht und mir weitere Auftragsarbeiten dieser Art, die ja nicht schlecht bezahlt werden, überträgt.«

»Ich verstehe nicht, weshalb ich mir dieses Gerede anhöre. Nörgelig, großkotzig und kindisch! Äh!«

»Eine genuine Reaktion. Sehr typisch. Man setzt in seinem Urteil den herab, der etwas allzu Kompliziertes oder Unbequemes vorbringt, und braucht sich dann nicht mehr mit seinen Argumenten zu befassen, weil die ja automatisch mit ihm auf dem gleichen niedrigen Niveau gelandet sind. Hör dir selbst zu und lerne davon. Erweitere die Kenntnisse, die du von deinem lieben Sozialinstitut mitbekommen hast.«

Sie tranken Kaffee. Das wurde mir klar, als ihre Tasse mit einem Knall auf die Untertasse gestellt wurde und der Löffel zu Boden fiel.

»Wenn du glaubst, daß ich auch nur eine Sekunde hierbleiben will, um mir anzuhören, wie du alles und alle in den Schmutz ziehst . . .«

Ein Stuhl scharrte, und ihre Hacken trommelten auf dem Fußboden. Ich konnte mich nur mit knapper Not verdrücken, ehe die Tür aufgerissen wurde.

Bevor ich nach Hause ging, schlich ich mich noch mal in eins der Zimmer, wo ich eine Reiseschreibmaschine gesehen hatte, und nahm sie mit. Aus einem andern Zimmer klaute ich eine Heftmaschine, einen Locher sowie etwas von dem offiziellen Briefpapier der Sachlichkeit. Und dann ging ich umher, brachte die Mappen durcheinander und zerriß einen Teil Akten (aber ich fand keine über mich oder einen andern von uns). Wenn es mir möglich gewesen wäre, hätte ich auch auf einen Teppich in einem der Eckzimmer einen ordentlichen Haufen hingeschissen.

Niemand sah mich, und ich kam durch eine Hintertür, wo kein Portier saß, aus dem Gebäude.

Steva vor Krister zu verstecken, war nicht schwer. Meist kam sie erst, wenn Krister sich schon schlafen gelegt hatte, und sie stand immer erst auf, wenn Krister wieder verschwunden war. Natürlich sah er sie ab und zu mal, aber es dauerte doch sehr lange, ehe ihm aufging, daß sie jede Nacht bei Egon schlief. Und keiner sagte etwas, nicht mal Dschingis.

Bei der Schreibmaschine war es in gewisser Weise schon schwieriger, weil ich nicht wollte, daß jemand sie sah – da es ja nicht sicher war, daß sie auch dabei so dichthalten würden. Und es würde mich teurer zu stehen kommen, wenn sie in der Sachlichkeit merkten, daß ich sie geklaut hatte, als Egon, wenn sie erführen, daß Steva bei ihm schlief. Außerdem wollte ich sie nicht verkaufen und das Geld mit andern teilen – im übrigen wäre es wahrscheinlich doch nur so geworden wie mit dem Tonbandgerät.

Und dann kam Racing mit Ray an, und da wurde alles noch schwieriger.

Eines Morgens war er einfach da. Es war ein gelb-schwarzer Schäferhund; in der Zeitung stand, daß er Ray hieß und einem Nachtwächter gehörte. Der Nachtwächter hätte ihn auf jemand losgelassen, der in ein Radiogeschäft einbrechen wollte. Und der Hund war seitdem verschwunden. In der Zeitung stand, daß er wahrscheinlich totgeschlagen worden sei.

Racing aber sagte, er sei ihm einfach nachgelaufen. Als er aufhörte zu laufen, jagte auch Ray nicht mehr hinter ihm her, und als Racing in ein Auto sprang, das er in dieser Nacht hatte, sprang Ray mit hinein, ohne daß Racing es eigentlich wollte.

Wir saßen drin bei Racing und lasen, was in der Zeitung darüber stand.

Dann sagte ich:

»Radiogeschäft? Hast du da was Besonderes gewollt?«

»Nee. Ich dachte bloß, daß ich was finden würde. Es war ein einfaches Schloß.«

»Pech gehabt, was?«

Eine Zeitlang wurde geschwiegen. Ich beobachtete Ray, der, den Kopf zwischen den Vorderpfoten, mit gespitzten Ohren neben Racings Bett auf dem Boden lag. Das Gelb seines Kopfes glänzte wie Gold, und das Schwarz war wie Seide. Seine Augen hatten die gleiche Farbe: golden und schwarz. Ich hatte noch nie einen so schönen Hund gesehen.

»Was willst du denn mit dem Vieh da anfangen?«

»Weiß ich nicht. Wird nicht so leicht sein, ihn loszuwerden.«

»Nee. Keiner will so 'nen Hund kaufen, weil sie keine Papiere kriegen können. Stammbaum und sowas.«

»Wenn du willst, kannst du ihn haben«, sagte Racing.

Mir klopfte das Herz in der Brust, und mir wurde ganz heiß.

»Wir können tauschen. Du kannst 'ne Schreibmaschine für ihn kriegen, wenn du willst.«

»Nicht nötig, nimm ihn nur. Ich mache mir nichts aus ihm.«

Und da gehörte er also mir. Ich konnte es kaum glauben; denn ich hatte noch nie einen Hund gehabt! Aber es war natürlich ziemlich anstrengend.

»Du mußt anfangs vorsichtig sein«, sagte Racing. »Geh mit ihm morgens aus, eh' Krister kommt, und mach das noch eine Zeitlang so, daß ihn keiner sieht. Wenn sich's einrichten läßt. Er ist hier noch nicht richtig warm geworden.«

»Wegen Krister ist es nicht so schlimm wie wegen der Hausmutter. Wir werden abhauen müssen, bis sie nachmittags verschwindet. Wegen Krister bescheiß ich mich nicht. Er wird sogar noch das Fressen für den Hund bezahlen.«

Nein, er *sollte* es sogar wissen! Ich würde ihm von Ray erzählen und von der Schreibmaschine und ihn zwingen, daß er zugäbe, es nun auch gehört zu haben. Dann würden wir ja sehen, ob er etwas unternähme.

Sicher, jemand hatte die Schreibmaschine besessen und jemand den Hund. Na und? Das war einmal; jetzt gehörten sie mir. Und ich besaß sonst nichts, während die Sachlichkeit mit Schreibmaschinen gespickt war, die bloß dort herumstanden, um mißbraucht zu werden! Und der Nachtwächter hatte alles Recht verwirkt, einen Hund zu haben, wenn er ihn wegen ein paar schäbiger Kronen auf einen Jungen hetzte. Es war mein Hund, und es war meine Schreibmaschine. Wenn ich daran dachte, zitterte ich vor Wut. Ray sah mich an und legte den Kopf auf die Seite.

»Es ist auch besser, daß du ihn vorläufig nicht frei laufen läßt. Du besorgst dir am besten einen Riemen. Eine Schnur tut's auch.«

»Ich glaub' nicht, daß er mir wegläuft.«

»Dem Nachtwächter ist er auch weggelaufen.«

»Das war doch was andres. Da war's richtig.«

Er schien zu verstehen, daß ich sein Herr sein sollte, denn er stand auf, kam zu mir und beschnupperte mich. Er reichte mir bis an die Hüften, und ich fühlte mich nicht ganz sicher.

»Wenn du ihn gleich übernehmen willst, dann paßt mir das ausgezeichnet, denn ich glaube, er muß raus.«

»Und wie ist das mit dem Fressen?«

»Er hat das bekommen, was vom Abendessen gestern übrig geblieben war.«

»Könntest du mir nicht helfen, 'ne Schnur am Halsband anzubringen ... ich meine, er kennt mich ja noch nicht richtig.«

Er gab aber keine Antwort, und ich begriff, daß er vor dem Hund mehr Angst hatte als ich. Doch er holte ein Stück Schnur aus der Tasche, daß ich ihn festbinden konnte.

»Sieh mal, ob die Luft rein ist, damit ich abhauen kann.«

In dem Augenblick, als ich gehen wollte, sagte er:

»Ja, du, der Nachtwächter! Er wohnt in der Ostgötastraße. Halt dich lieber weg vom Süden. Geh nach Östermalm oder Gärdet und Djurgarden. Jedenfalls in der Richtung.«

Ich fragte nicht, woher er das wußte, obwohl es nicht in der Zeitung gestanden hatte; denn er wußte immer Bescheid. Er war ein komischer Heini, und man kannte sich bei ihm nie aus. Und wir wurden auch nie richtige Kumpels, obwohl wir ganz gut miteinander auskamen und er auch immer nett zu mir war. Irgendwie wirkte er tot, wenn ich auch nicht sagen kann wieso. Er wurde nie wütend, aber ich habe ihn auch nie richtig lustig gesehen. Ein leichtes Grinsen war das Äußerste, was er fertig bekam.

Ich weiß nicht viel von ihm, aber er wußte auch nicht mehr von mir. Wir redeten nicht viel über uns, und das meiste von dem, was wir sagten, war gelogen.

Ehe ich an diesem ersten Tag mit Ray abzog, ging ich in mein Zimmer und nahm die Schreibmaschine mit, um sicher zu sein, daß sie nicht während meiner Abwesenheit verschwand. Und so machte ich es jeden Tag mit Ausnahme von ein oder zwei Tagen. Da es aber beschwerlich war, sie herumzuschleppen, gab ich sie entweder auf dem Lidingöbahnhof in die Aufbewahrung (wenn ich Geld hatte) oder ich versteckte sie. Meistens versteckte ich sie dann draußen in Gärdet, im Wald hinter dem Restaurant ›Borgen‹, oberhalb der Straße, die an Linarängen vorbei nach Kaknäs führt. Ich kannte diese Gegend, weil ich dort als Kind viel gespielt hatte. Seitdem war ich aber nie mehr hier draußen gewesen, und es kam mir ganz seltsam vor. Ich saß ab und zu ganz still, irgendwo in der Sonne, und dachte an diese Zeit, während Ray frei herumlief. Das machte nichts, denn er kam immer zurück, sobald ich ihn rief.

Ray und ich waren nur drei oder vier Tage miteinander allein. Dann hing sich Knirps an. Er hatte nichts zu tun, da Egon ganz mit

Steva beschäftigt war und Dschingis jetzt immer hinter Krister herlief.

Ich hatte mehr Spaß daran, wenn Knirps mitkam.

Wir machten es so, daß wir schon am Vortag abends Stullen zurecht machten und dann gleich nach dem Frühstück abhauten. Erst mußten wir die Schreibmaschine irgendwo unterbringen, und dann blieben wir den ganzen Tag weg.

Anfangs waren wir meist in der Gegend von Gärdet oder Djurgarden, dann aber wanderten wir weiter raus, manchmal nach Lidingö oder in den Lilljanswald oder nach Fiskartorpet. Einmal landeten wir sogar draußen in Akersberga, drei Meilen von der Stadt weg, und einmal in Stäket. Hin gingen wir zu Fuß, zurück aber nahmen wir den Zug, weil wir sonst nicht rechtzeitig zum Abendbrot hätten zurück sein können.

Und die ganze Zeit durfte Ray frei herumlaufen, ohne daß er je versucht hätte abzuhauen.

Wenn wir Geld brauchten, nahmen wir bloß ein paar von Kristers Büchern mit und verkauften sie. Es war uns gleich, daß es auf den Borden schließlich etwas leer aussah. Wir versuchten auch schon längst nicht mehr, die anderen Bücher umzustellen, damit Krister es nicht merken sollte, daß die Bücher immer weniger wurden.

In den ersten Tagen hatten wir nur eine Schnur, dann kauften wir aber einen Riemen. Als die Bullen später Ray holten, nahmen sie auch den Riemen mit, obwohl er nicht ihnen gehörte.

Es war ziemlich warm geworden, fast alle Bäume hatten schon große Blätter. Der Sommer war im Kommen. Ich glaube nicht, daß Ray jemals eine so schöne Zeit erlebt hat wie damals mit uns. Nicht nur, weil er frei herumlaufen konnte. Aber bei Gericht wollten sie uns den Vorwurf machen, wir hätten ihn verwahrlosen lassen! Es ist doch klar, daß er magerer wurde, wenn er immer draußen war und fast ununterbrochen herumrannte! Aber er bekam eine Menge zu fressen, viel mehr als auf den Paketen mit Hundekeks und den Dosen mit Hundefutter angegeben war. Er fraß mehr als wir, und sein Futter war so teuer, daß wir manchmal kein Geld mehr hatten, um Zigaretten zu kaufen. Aber vielleicht haben wir ihn nicht so oft gebürstet. Das ist ja klar.

Wir waren überall, im Wald und auf Feldern draußen. Manchmal rannte er soweit davon, daß er nicht mehr zu sehen war. Ich brauchte aber keine Angst zu haben, denn er kam immer sofort, wenn ich rief.

Und dann hielten wir Rast und machten ein Feuer, wo uns niemand sehen und überraschen konnte. Nicht weil es nötig gewesen wäre, es war ja warm. Einmal versuchten wir, unsere Stullen zu braten, aber sie wurden ganz ungenießbar. Nicht mal Ray wollte sie fressen. Einmal versuchten wir auch, draußen bei Viggbyholm zu baden, aber es war zu kalt.

Wenn wir mit dem Zug heimfuhren oder die Tram oder den Autobus nahmen, vermieden wir es, Ray beim Namen zu nennen, damit ihn niemand hören sollte: Vielleicht hätte sich jemand an das erinnern können, was in den Zeitungen gestanden hatte. Schließlich mußten wir dann noch die Schreibmaschine holen, und dann gingen wir in die Klarabergstraße. Wenn wir schlau gewesen wären, dann wären wir für immer weggeblieben und hätten uns nie mehr in der Sachlichkeit sehen lassen.

Es dauerte auch nicht lange, bis sie anriefen und sich erkundigten. Eines Tages tauchte Krister bei uns auf, als wir nach Hause kamen, und fragte, ob wir was von der Schreibmaschine wüßten (die schon in Sicherheit in meinem Schrank war).

»Ich meine nicht ... daß ich glaube, daß du es bist, der sie genommen hat«, sagte er zu mir. »Es könnte ja ebensogut ein anderer sein. Ja, das ist wohl das Wahrscheinlichste ... Aber sie hatten ihre Zweifel, und ich muß ja fragen.«

Ich antwortete nur:

»Hast du bei dir im Schrank mal nachgesehn? Vielleicht findest du sie da.«

Er wurde rot, und es verschlug ihm die Rede. Aber die Bitterkeit in mir wurde nur stärker, ich hätte fast gekotzt.

Eines Abends klopfte er vorsichtig an die Tür unseres Schlafzimmers und kam herein. Egon war wie üblich nicht da, ich war allein mit Ray. Knirps saß in seinem Zimmer. Ich las; Ray war müde, er lag am Fußende und schlief.

»Entschuldige ... Störe ich dich?«

»Kommt drauf an, was du willst.«

»Ich wollte bloß fragen, ob du dir vielleicht Bücher von mir ausgeliehen hast?«

»Gibt'sn denn sonst niemanden hier im Haus?«

»Ich hab' es ja nicht so gemeint. Ich frage doch bloß ...«

»Ich scheiß drauf, was du meinst. Sowie irgendwas weggekommen ist, muß ich es gewesen sein!«

»Mißversteh mich doch nicht wieder, Nisse! Ich meinte bloß, daß du ... weil du ja der bist, der am meisten liest ...«

»Jedenfalls nicht deine Bücher. Die möchte ich nicht mal mit 'ner Zange anfassen! Und wenn du sonst nichts willst, dann kannst du wieder gehen! Und wenn du schon auf mich scheißt, dann laß wenigstens Ray in Frieden schlafen.«

Ich legte die Hand auf Rays Fell, und er mußte gespürt haben, daß etwas nicht stimmte, denn er begann zu knurren. Er zog die Nase in Falten und zeigte Krister die Zähne, daß er ganz blaß wurde und sich beeilte, die Tür hinter sich zuzumachen.

Aber die Sache hatte mich mehr mitgenommen als ihn. Ich lag noch lange Zeit da, den Kopf ins Kissen vergraben, und war schlapp, und Bilder durchfuhren mich, wie ich ihn niederschlug und ermordete und, als er doch wiederkam, zerriß und nochmals mordete und mordete und mordete, bis ich nicht mehr konnte und Ray in mein Bett heraufzog und mich, obwohl er es nicht mochte, tief in sein Fell verkroch, so daß ich sein Herz schlagen hörte. Und später, in der Nacht, konnte ich nicht schlafen. Aber ich wußte, daß auch Krister wach lag.

Eines Morgens stand er an der Tür und wartete auf uns.

»Nisse! Knirps! Seht zu, daß ihr mal zur Sachlichkeit runterkommt, bloß für einen Augenblick. Wenn nicht gerade heute, dann doch morgen oder übermorgen!«

»Wozu soll das denn, zum Deuvel, gut sein? Diese verdammte Untersuchung ist ja doch nur Tineff!«

Er sah mich erstaunt und etwas unsicher an.

»Aber das letztemal, als wir miteinander sprachen, hattest du noch nichts dagegen einzuwenden. Wir waren uns doch einig, daß die Untersuchung von Wert sein könnte, nicht nur für euch, sondern auch für alle, die in der Zukunft mal mit der Sachlichkeit zu tun haben werden; Sie sollte die Grundlage bilden für die künftige Behandlung von ...«

»Erzähl das mal Folke. Der wird sich nicht schlecht amüsieren, wenn er hört, daß es welche gibt, die so verdammt blöde sind, daß sie auf den Quatsch reinfallen!«

»Faß ihn, Ray«, sagte Knirps.

Krister trat einen Schritt zurück, und wir drückten uns an ihm vorbei zur Tür hinaus.

»Hast du gesehen, was für'n Schiß er hatte, als ich Ray auf ihn hetzte«, sagte Knirps, als wir die Treppe runtergingen. »Tapferer Mann, der Krister! Aber wenigstens ein guter Kerl.«

»Gut? Idiotisch gutmütig is' er, verflucht noch mal! Widerlich! Da kommt's einem ja hoch! Er hat doch gewußt, daß wir dauernd seine Bücher klauen, aber nicht mal die Tür hat er zugeschlossen.«

Mit allem, was er sagte und tat, wurde es nur schlimmer. Ganz egal, was er auch gesagt und getan hätte. Ich weiß das, denn ich stellte mir manchmal vor, wenn ich unter meiner Decke lag, was er hätte tun und sagen sollen, aber jetzt genügte nichts mehr. Alles regte mich auf, bis die Bilder erneut angejagt kamen. Und da mußte Ray mir helfen, daß ich mich wieder beruhigte. Und dann mußte er wieder auf den Fußboden runter und auf seiner Decke schlafen, und ich beschäftigte mich mit mir selbst, und meistens war es Steva und die oben vom Dachboden und die Assistentin, die ich bis zum Verrecken vornahm – und dann schlief ich vielleicht ein. Das einzige Sichere und Unveränderliche, das ich besaß, war der Hund Ray.

Ray mochte Dschingis nicht und knurrte, sowie der in seine Nähe kam. Und Dschingis wurde ganz steif vor Schreck, sobald er Ray sah, er traute sich nicht mehr, bei uns zu schlafen. Als Krister das bemerkte, durfte Dschingis in sein Zimmer ziehen.

Weil nun aber in unserem Zimmer ein Bett freigeworden war, wollte Steva nicht mehr bei Egon schlafen, sondern nahm dieses Bett in Beschlag. Natürlich war ich daran schuld, und Egon ging herum und verwünschte mich. Aber er fürchtete sich vor Ray ebensosehr wie Dschingis, ich genoß das sehr.

»Sieh zu, daß du den verdammten Bauernköter wieder wegbringst«, sagte er. »Steva traut sich ja kaum mehr, im Zimmer rumzugehn! Aber wenn du ihn unbedingt behalten willst, dann muß er im Waschraum schlafen.«

»Da kannst du selber schlafen. Hier drinnen wird dich niemand vermissen. Steva jedenfalls nicht . . .«

Er ballte die Faust, aber als Ray knurrte, öffnete er sie schnell wieder. Ich grinste.

»Wenn ich dir schon ganz wurscht bin, dann denk wenigstens an Steva.«

Aber Steva hatte nichts gegen Ray. Oft brachte sie, wenn sie nach Hause kam, sogar Wurst für ihn mit — und ich bekam beinahe ebensooft ganze Zigarettenpackungen. Sie wollte sich bei uns einschmeicheln, wie sie es bei allen tat, die sie nicht schon in der Hand hatte. So war sie — und ich hütete mich, ihr anders zu danken als mit einem Kopfnicken, um nicht alles zu verderben. Auch Ray durfte ihr nicht danken, und sie durfte ihn kaum anrühren.

So war sie auch weiterhin nett zu uns.

Mit Egon war es schlimmer. Er saß richtig fest, und sowie sie seiner sicher war, fing sie an, ihn herumzukommandieren. Er war nicht viel wert.

So zum Beispiel, als er ein Auto gekauft hatte, einen alten rostigen, viereckigen Ford, der viel schlimmer aussah als der Dodge, und als er da von *seinem* Wagen sprach.

Da war sie gleich wie ein Habicht über ihm:

»*Dein* Wagen! Der gehört doch, sollte ich glauben, mir! Es war nämlich mein Geld. Du bist ja nicht mal imstande, einen Öre ranzuschaffen!«

Damals verprügelte Egon sie. Aber was nützte das schon? In der Nacht stand er wieder da und bettelte. Zu wissen, daß ich wach lag und alles hörte, machte es ihm nicht leichter. Aber gerade da spürte ich keinen Triumph. Wahrscheinlich war es für uns beide gleich demütigend. Ich versprach mir selbst, daß ich niemals so betteln würde, wie er es da tat.

Der Ford hielt übrigens nicht viel länger als der Dodge.

Eines Tages überwarfen wir uns — Knirps und ich —, weil er den halben Anteil an Ray haben wollte. Als ich darauf nicht einging, wollte er nicht mehr mit uns mitziehen, sondern schloß sich wieder Egon an.

Er durfte aber, wenn er im Ford mitfuhr, nie vorn sitzen, weil Steva dort saß und Egon Anweisungen gab. Und sie konnten das Auto nie für sich allein haben, weil Steva, wenn sie nicht mitfahren wollte, immer den Schlüssel an sich nahm.

Und dann gab es noch eine komische Geschichte mit Fisch.

Eines Abends, als ich im Tagesraum in einem Lehnstuhl saß und in ein Buch vertieft war, während Ray drinnen auf meinem Bett lag und schlief, packte Fisch mich plötzlich von hinten und würgte mich. Ich dachte erst, er macht Spaß, denn wir waren weder an dem Tag noch in der letzten Zeit irgendwie ernstlich aneinandergeraten; deshalb blieb ich sitzen und wartete, daß er loslassen würde; das tat er aber nicht. Mir ging langsam die Luft aus. Und als ich versuchte, vom Armstuhl hochzukommen, warf er sich mit aller Kraft auf mich, verhinderte es und drückte noch fester zu.

Krister und Metzger saßen an einem der Eßtische und sprachen miteinander, doch es dauerte einige Zeit, bis ihnen aufging, was hier passierte. Aber wie sehr sie auch den Fisch schüttelten und an ihm zerrten, sie brachten es nicht zuwege, daß er den Würgegriff löste. Es war, als hätte er einen Krampf in den Händen, und es wurde für mich nur schlimmer, als sie ihre Versuche nicht aufgaben.

Ray rettete mir damals das Leben. Ich weiß nicht, ob er etwas hörte oder ob Krister oder Metzger ihn riefen, denn ich war zu dem Zeitpunkt schon ziemlich weg. Jedenfalls kam er und biß den Fisch – und auch Metzger; und der Fisch ließ sofort los.

Als ich dann Ray eingeschlossen hatte und Krister sich aus der Anrichte, wohin er geflüchtet war, wieder heraustraute, mußte er ein Taxi beschaffen, das Metzger zum Serafimlazarett brachte, wo man ihm sein Bein zusammennähte.

Der Fisch kam billiger davon, das erfuhren wir aber erst viel später, denn er hatte sich eingeschlossen und weigerte sich herauszukommen. Krister mußte über eine Stunde vor seiner Tür stehen und bitten, ehe er überhaupt antwortete.

Ich ahne heute noch nicht, warum er sich damals auf mich gestürzt hat.

Ich ging auch weiterhin täglich mit Ray ins Freie und brachte ihm ein paar Kunststücke bei. Ich lehrte ihn, ganz verschiedene Sachen zu finden und zu apportieren, über Hindernisse zu springen, die ich aufgestellt hatte, und ruhig am Platz zu sitzen oder liegen zu bleiben, bis ich ihm erlaubte aufzustehen. Aber das schöne Wetter war zu Ende, es wurde grau und trist, die Tage wurden lang, und ich ging immer früher nach Hause. Es war nicht mehr so unterhaltsam.

Aber ich trug Knirps nichts nach. Auch Fisch nicht. Ich gab alle Schuld Krister, so wie Egon ja auch auf mich wütend wurde, als Steva nicht mehr bei ihm schlafen wollte.

Nirgendwo herrschte mehr Ordnung, alles begann sich aufzulösen. Nun waren wir drei, die Kristers Bücher verkauften. Ich für mich allein, und Egon und Knirps gemeinsam. Egon brauchte sehr viel Geld, um sich Steva gegenüber behaupten zu können, er leerte die Bücherborde ziemlich rücksichtslos – und sah mich schief an, weil ich es auch tat. Aber diese Idee stammte ja ursprünglich von mir. Eine Zeitlang versuchte ich zu kontrollieren, wieviel sie nahmen, aber ich gab es bald auf.

Anfangs irritierte mich das Eindringen in meine Jagdgründe, dann aber fühlte ich fast Genugtuung darüber — den auf diese Weise wurde Krister um so schlimmer getroffen. Erstens verschwanden nun mehr Bücher, und zweitens waren wir nun mehrere, die gegen ihn standen. Ich brauchte mich nicht mehr allein zu fühlen.

Ich weiß nicht, wann ihm der erste Verdacht aufstieg. Vermutlich recht bald; anfangs nahmen wir immer eine ziemliche Menge auf einmal. Irgendwann mußte er in dieser Sache doch was unternehmen, wenn er sie nicht alle loswerden wollte. Das wußten wir alle drei und warteten nur darauf. Je länger das dauerte, desto spannender wurde es: Was würde er tun?

Später stellte er dann doch eine Falle. Nicht um jemand darin zu fangen, sondern um klar zu sehen und denjenigen zu treffen, der alle diese Bücher weggeschleppt hatte. Er hoffte sicher, Widerstand irgendwelcher Art zu finden, etwas, das sich regeln ließ, sofern er nur Gelegenheit bekäme, zu erklären und richtigzustellen.

Er tat es nicht, um jemand auf frischer Tat zu ertappen, zu drohen und Rückgabe der Bücher zu verlangen, nicht einmal um ihm ins Gewissen zu reden. Er wollte bloß das übliche: verstehen und erklären, mit einem Strom von Worten.

Ich war es, der in die Falle ging. Sowie er auftauchte, wußte ich, wie sich alles entwickeln und was er sagen würde, beinahe Wort für Wort.

Es war eine lächerliche Falle, aber ich hatte jede Vorsicht aufgegeben. Er hatte sich eines Morgens bloß hinter die Tür zum zweiten Zimmer gestellt und gewartet. Er muß gut Zeit gehabt haben, sich zu überlegen, wie er's anfangen sollte, denn es war schon nach zehn, als ich zu ihm reinkam. Ich hatte gerade drei, vier Bücher aufs Geratewohl herausgenommen (ich wählte nicht mehr aus, sondern ging nur noch nach der Dicke), da trat er aus seinem Versteck vor.

Er räusperte sich und sagte: »Entschuldige, Nisse! Aber ich kann dich ja nicht die ganze Bibliothek forttragen lassen, ohne wenigstens Bescheid zu wissen, wo die Bücher hinkommen . . .«

»Verkaufen tu ich sie. Und jetzt brauchst du nur die Polente anrufen und Anzeige erstatten.«

»Du weißt doch, daß ich das nicht kann!«

»Was heißt *kann*? Soll ich für dich die Nummer wählen?«

Ich ging zum Schreibtisch und hob den Hörer ab.

»Nisse! Nun sei doch nicht dumm!«

»Wenn du dich nicht für zu gut hältst, dich zu verstecken und auf der Lauer zu liegen, dann kannst du doch auch die Polente anrufen.«

»Aber was sollte ich denn machen? Ich konnte dich doch nicht einfach ... ich meine, nicht meinetwegen in erster Linie, sondern wegen euch selbst ...«

»Ach so, es handelt sich nur um uns? Na, schön, denn kann ich mir ja noch 'n paar Bücher nehmen? Kann ich's auch den andern sagen, daß sie weitermachen können?«

»Den andern?«

»Dachtest du vielleicht, daß bloß ich es war?«

»Wer denn noch?«

»Du meinst, daß ich dir die Namen sagen soll? Reicht denn das? Willst du nicht auch noch die Geburtsdaten und alles das wissen?«

»Ich habe nicht die Absicht, jemand festnehmen zu lassen, falls du das meinst.«

»Ich bin aber kein Auskunftsbüro. Bitte doch den Inspektor, daß er dir hilft, wenn du es selbst nicht rauskriegen kannst.«

Den Inspektor? Wir werden die Sache doch auch ohne Einmischung von außen in Ordnung bringen können – wenn du mir bloß sagen willst, wer außer dir noch ...«

»Du kannst ja rumgehen und fragen.«

»Du weißt, daß ich das nicht kann.«

»Was kannst du denn?«

Er schaute mich verwirrt an. Ganz offenbar entwickelte sich die Sache nicht nach seinem Plan.

»Wo ist der Hund?«

»Hast du Angst vor ihm?«

»Nein, nein, ich wollte nur wissen ...«

»Was hat denn Ray mit dieser Sache zu tun?«

»Nichts. So habe ich das nicht gemeint.«

»Er liegt drin auf meinem Bett. Willst du sonst noch was wissen? Oder kann ich wieder gehn?«

Aber er sagte nichts, und ich rührte mich nicht.

»Du willst vermutlich nicht sagen, warum du das getan hast.«

»Genau das.«

»Auch nicht, warum du mich nicht leiden kannst?«

Schweigen.

»Ich wollte es nur wissen . . . damit ich mich verantworten kann. Wenn es möglich ist. Ich nehme an, daß du mit einer einfachen Entschuldigung nicht zufrieden bist . . .«

Das war ein Versuch zu scherzen. Ich verzog den Mund vor Ekel.

»Dieser Hund da, Ray, ist es wahr, daß er gestohlen ist?«

»Warum? Findest du nicht, daß er so aussieht, als ob er sich wohlfühlt?«

»Doch, gewiß! Aber sein Besitzer – oder sein früherer Besitzer, wenn du es vorziehst, das so auszudrücken – vermißt ihn vielleicht sehr.«

»Ist denn nicht Ray die Hauptsache?«

»Ja, aber ich meine, der Hund hat ihn vielleicht viel Geld gekostet.«

»Dann gib du ihm doch das Geld zurück, wenn du so feinfühlig bist.«

»Aber die Sache hat auch eine moralische Seite.«

»Ja, und die heißt Ray. – Willst du noch was?«

»Ja, diese Schreibmaschine – es wird behauptet, daß du eine in deinem Schrank stehen hast.«

»Schönen Gruß an Dschingis, und er soll die Schnauze halten.«

Er tat, als hörte er nicht, und fuhr fort: »Hast du sie geklaut?«

»Und wenn schon?«

»Aber du mußt doch auch verstehen, daß es eine falsche Ein . . .«

»Nee, es ist keine falsche, es ist 'ne richtige Schreibmaschine.«

»Wenn es nun aber alle so machten wie du . . .«

»Das tun sie auch. Wenn sie 'ne Gelegenheit haben.«

»Aber du willst doch nicht behaupten, daß . . .«

»Vielleicht klaun sie nicht gerade Schreibmaschinen. Aber man kann es auch anders machen, und das ist viel schlimmer. Aber was verstehst du schon davon?«

»Es ist doch die, die in der Sachlichkeit verschwand, nicht wahr?«

Ich antwortete nicht.

»Und du willst mir auch nicht sagen, warum du das getan hast?«

»Ich bin doch, verdammt noch mal, kein Auskunftsbüro. Jedenfalls haben sie jetzt eine weniger, mit der sie uns aufschreiben können.«

»Und gerade in der Sachlichkeit . . .«

»Na und? Ist es denn besonders unmoralisch, gerade von denen was zu klauen? Bist du vielleicht der Meinung, daß die was Besseres sind?«

»In einer gewissen Weise schon.«

»Ach, Scheiß! Ganz im Gegenteil!«

»Ich kann sie nicht zurückgeben, ohne daß gewisse Fragen gestellt werden.«

»Meine Maschine nicht, damit du's weißt. Da mußt du schon 'ne neue kaufen und zurückgeben. Übrigens haben sie so schon zu viele.«

»Und die Bücher?«

»Deine Sorge, was?«

»Ich kann zumindest wohl erfahren, wo sie abgeblieben sind.«

»Antiquariat.«

»Du meinst also, daß ich sie nicht wiederbekomme? Es waren fast meine ganzen Bücher.«

»So?«

»Faktisch brauche ich einen Teil davon.«

»Ich hab' dir doch gesagt, du sollst die Polente anrufen. Dann kannst du ja sehen, ob du sie wiederkriegst.«

»Wir haben ja festgestellt, daß ich das nicht kann.«

Ich zuckte mit den Schultern. Er sagte: »Es hat wohl keinen Sinn, dieses Gespräch fortzusetzen, wie?«

»Genau.«

»Ich möchte nur sagen, daß ich traurig bin . . . ich meine, es tut mir leid, daß es mit uns so sein soll. Irgend etwas ist schiefgegangen oder falsch gemacht worden – ohne daß ich sagen kann, was. Und ich soll offenbar nicht die Möglichkeit bekommen, die Dinge wieder zurechtzubiegen. Ich will aber, daß du weißt: Das einzige, worum ich bitte, ist, daß mir die Gelegenheit gegeben wird, mich zu rehabilitieren.«

»Sonst willst du nichts?«

Er gab keine Antwort, stand nur regungslos da und sah zu Boden. Ich drehte mich um und ging fort.

Er sprach auch mit Egon und Knirps, doch ohne ihnen eine Falle zu stellen. Er ging direkt an sie ran und bat sie, in sein Büro zu kommen, er wollte gern mit ihnen sprechen. Nachher fuhren sie auf mich los und wollten behaupten, daß ich es ihnen eingebrockt hätte. Wäre Ray nicht da gewesen, hätten sie mich nicht mal gefragt; so hatte ich wenigstens die Gelegenheit, es zu bestreiten. Aber sie zweifelten trotzdem daran, daß ich die Wahrheit sagte.

Ich fragte mich selbst: Wußte Krister schon im voraus, daß die beiden mitgemacht hatten? Wenn ja, weshalb hat er mich dann gefragt? Nur, damit er reden konnte?

Wir ließen Kristers Bücher nun einige Zeit in Ruhe. Und die andern fingen erst wieder an, als sie gesehen hatten, daß ich wieder damit begonnen hatte. Oder richtiger ausgedrückt: Egon ließ Knirps nun für beide klauen. Eine neue Niederlage für Krister. So wie ich die Sache sah, verlor er immer. Er leistete nicht einmal Widerstand.

Ich will keine Schuld abwälzen, ich wünsche nur, daß er verstanden hätte. Aber vielleicht hatte er verstanden? Vielleicht hatte nur ich es nicht merken können? Oder vielleicht war es schon zu spät gewesen!

Ich erzähle nur, was geschehen ist. Ich bin kein Advokat, und es geht mir nicht darum, jemand zu verteidigen, auch nicht mich selbst. Deshalb möchte ich nachdrücklich darauf verweisen, daß ich mir allein alles ausgedacht habe, was dann das ganze zum Zusammenklappen brachte – und ich will nicht behaupten, daß es nicht auch meine Absicht gewesen wäre. Ich tat es, um Krister damit zu treffen.

Das eine ergab sich aus dem andern, und es hat keinen Sinn, sich vorzustellen, daß etwas hätte anders sein können. Niemals aber war es meine Absicht, daß es auch Dschingis treffen sollte. Ich hatte nicht an Dschingis gedacht.

Nicht nur ich hatte alles über. Es ging uns allen so, glaube ich. In den zehn Tagen (wenn es überhaupt so viele waren), von dem Augenblick an, da wir wieder Bücher zu klauen anfingen, bis zur Schließung des Pensionats, hielten wir uns alle soweit wie möglich von der Sachlichkeit fern. Ich war nur zwei Vormittage dort, Knirps und Fisch ungefähr ebensooft, Racing und Egon überhaupt nicht. Nur Metzger und Dschingis gingen weiter, wie bisher, hin.

Racing kam überhaupt kaum mehr in die Klarabergstraße. Der Fisch wurde immer wunderlicher, er redete mit sich selbst, wenn er mit dem Besen in den Ecken herumkratzte. Und Knirps ließ Egon alles bestimmen.

Egon hatte es immer schwerer mit Steva, schließlich konnte er gar nicht mehr mit ihr fertig werden. Sowie er etwas sagte, fauchte sie, drehte sich um und sagte: »Es *interessiert* mich nicht, was du meinst!« Oder etwas Ähnliches.

Und dann fing sie an, die Nächte über wegzubleiben; sie wollte auch nicht erzählen, wo sie gewesen war.

»Das kann dich doch nicht interessieren«, sagte sie. »Ich bin dir doch keine Rechenschaft schuldig!«

Entweder fertigte sie ihn so ab oder aber sie duckte sich und fing an zu schreien, sowie sie ihn bloß sah, als wäre sie so empfindlich und könne es nicht ertragen, daß er überhaupt existierte.

Sie schrie schon lange, bevor er auch nur die Hand hob: »Schlag mich nicht, schlag mich nicht!«

Es ist klar, daß er sie dann schlug. Sie forderte ihn ja geradezu auf. Wenn er bloß sagte, sie solle ihre Fresse halten, dann schrie sie nur noch mehr, bis er einfach gezwungen war, sie zu prügeln.

Nachher lag sie dann wie ein Klumpen Dreck auf dem Boden, schwieg und rührte sich nicht.

Einmal stellte sie sich vor ihn hin und heulte: »Schlag los! So schlag doch! Du machst es doch immer, warum denn jetzt nicht? Na, schlag schon! Hau mir den Arsch voll!« Solange, bis er losschlug.

Aber erzählen wollte sie ihm nichts. Zu mir und zum Metzger kam sie schon damit. Aber sie gab an und log sich was zusammen, daß einem ganz schlecht wurde. Von Gold und Seide und Luxusautos und Restaurants, bis ihr alles durcheinander ging. Dabei wußten wir ja, daß sie nur auf Schiffen gewesen war.

Wir erzählten Egon, was wir wußten, um dem ganzen Stunk ein Ende zu machen, aber das genügte ihm nicht; sie sollte es selbst zugeben.

Einmal war sie wieder an Bord der *Helma*. Da wurde ihr die Nase so schief geschlagen, daß sie ins Krankenhaus mußte, um sie wieder zurechtbiegen zu lassen. Sie war danach ganz geschwollen, und wurde erst rot und dann blau.

An den Abenden, wenn sie sich einen Dreck um Egon und Knirps scherte und einfach abhaute, gingen die beiden dann gewöhnlich auf die Jagd nach ihr. Einmal fanden sie Steva auch, hatten aber nichts davon, weil es an Bord eines Schiffes war und die Matrosen nicht zuließen, daß sie das Mädchen wegholten. Statt dessen durften sie zusehen, wie sie vorgenommen wurde. Knirps riß seine Klappe zu sehr auf, er bekam Prügel und wurde ins Wasser geworfen, und Egon mußte ihn herausziehen.

Da sie auf den Schiffen keine Bezahlung kriegte (weil sie ja selbst an Bord kam), ging es Egon besonders schlecht. Nicht wegen des Geldes, sondern weil er es als Untreue betrachtete, wenn sie nichts dafür bekam. Aber Steva sagte: »Ich hab' dir doch nie versprochen, daß ich dir treu bin.«

Der Knirps nahm es nicht so schwer (abgesehen von dem Mal, wo er im Wasser landete), obwohl auch er ganz scharf auf sie war.

Einmal warf sie sich rücklings aufs Bett, schob den Rock hoch, zog die Hosen aus, spreizte die Beine zu ihm hin und sagte: »Komm her, ich will dich haben. Komm, dann wird es dir mal 'ne Weile gutgehen.«

Knirps öffnete den Mund, um zu sagen, sie solle sich zum Teufel scheren, aber die Worte blieben ihm im Hals stecken. Dafür leckte er sich die Lippen und blickte unruhig umher.

»Kümmer dich nicht um Egon! Der ist abgehängt. Und dann is er auch weg und kommt frühestens in 'ner Stunde.«

Sie streckte die Arme nach ihm aus. Als er aber einen Schritt auf sie zu machte, klappte sie die Beine zusammen und lachte ihn aus.

»Hatt'st du gedacht, daß du mich haben könntest, was?«

Knirps antwortete schwach: »Ich möcht' dich nicht mal mit 'ner Zange anfassen, du beschissne Nutte.«

Aber sie lachte bloß. »Kannst du das nicht sagen, wenn Egon da ist? Übrigens werd' ich ihm das erzählen.«

»Äh, was hab' ich denn mit dir zu schaffen?«

Sie fuhr vom Bett auf und trat ganz dicht an ihn heran.

»Dachtest du wirklich, daß du mich kriegen kannst? Daß du mich haben könntest? Daß du mir zwischen den Beinen rumfummeln kannst? Dachtest du wirklich, daß ich so'nen kleinen schwarzen Halbstarken laß? Aber fühlen darfst du mal, was du nicht bekommen hast.« Sie hob wieder ihren Rock hoch und packte seine Hand; er mußte rückwärts zur Tür flüchten. Da lachte sie wieder.

Egons Augen blitzten gelb und gefährlich, sowie wir in ihre Nähe kamen. Aber er wachte über Rechte, die er nicht hatte. Wenn er selbst angeschlichen kam und geil auf sie war, dann wickelte sie sich nur in die Decke ein und schrie: »Faß mich nicht an! Laß mich in Ruhe! Komm bloß nicht her mit deinem scheußlichen Apparat!«

Und Egon mußte dann dastehen und betteln, wie der Portier damals auf dem Dachboden. Wenn er flüsterte, so war Steva desto lauter zu hören.

Manchmal aber gab sie nach: »Na, komm schon! Aber mach zu. Und glaub ja nicht, daß du jeden Abend drankommst!«

Ray konnte nicht leiden, wenn sie es machten, er knurrte, solange es dauerte, leise vor sich hin.

Ich ging nie mit, wenn sie auf der Suche nach ihr waren. Meistens tat ich, als ob sie nicht existierte, und ließ sie nie merken, was ich dachte. Deshalb suchte sie meine Anerkennung und fragte mich alles mögliche, manchmal lächerlich dumme Dinge, so daß ich keine Lust hatte zu antworten. Und dann beschwerte sie sich bei mir über Egon. Wenn sie allzu schlimm angab oder rumlog, drehte ich mich einfach um und ging.

Jedenfalls könnte ich mit ihrer Hilfe rechnen, dachte ich, als ich meinen großen Abschlußplan machte.

Eines Abends aber hätte ich fast alles verdorben. Sie kam unerwartet nach Hause, als Egon und Knirps immer noch fort waren, um sie zu suchen. Krister war ausgegangen und hatte Dschingis mitgenommen, nur Fisch saß in seinem Zimmer und soff.

Ich weiß nicht, wie es kam, daß sie plötzlich auf ihrem Bett (das eigentlich Dschingis Bett war) lag und ich auf der Bettkante saß. Es wurde ganz still, und ich konnte mich nicht erinnern, wovon wir noch vor einer halben Minute gesprochen hatten. Meine Lippen waren trocken.

Stevas Augen waren halb geschlossen, und ihre Stimme klang belegt und seltsam, als sie sagte:

»Du darfst, wenn du willst. Mir ist es gleich . . . wenn du mich willst . . .«

Es dauerte eine Weile, bis ich antworten konnte: »Kein Interesse!« Meine Stimme war noch belegter.

Ich träumte einige Tage davon, daß sie in mich verliebt wäre. War sie aber nicht.

Als sie von ihrem Besuch auf der *Helma* nach Hause kam, machte sie ein paar Tage lang schlapp, aber sie ging hoch, wenn Egon etwas über ihre Nase sagte.

»Was geht das dich an? Dreh dich um, wenn dir was nicht an mir paßt!«

Da streckte Egon seine Hand aus und drückte seinen Daumen mit aller Kraft gerade auf die Stelle, die am verschwollensten war. Tränen kamen ihr in die Augen, und sie sank mit einem komischen Klageton zusammen. Er beugte sich über sie, und als sie sich weigerte aufzustehen, gab er ihr einen Tritt. Aber als sie immer noch hoch wollte, gab er's auf. Er setzte sich auf sein Bett und glotzte vor sich hin.

Erst nach einer ganzen Zeit rappelte sie sich hoch und legte sich in ihr Bett, ohne ihn anzusehen.

Dann lockte sie Ray zu sich ins Bett und streichelte und kraulte ihn, während sie abwechselnd zu mir und nach Egon hinschielte.

»Ja, mein kleiner Süßer, dich hätt' ich auch lieber in meinem Bett als gewisse andre. Von dir ließ ich mir's lieber machen. Lieber Ray!«

Ich ließ sie die ganze Zeit nicht aus den Augen, denn ich wußte, daß ihre Zärtlichkeit leicht in Grausamkeit umschlug. Man konnte es ihren Augen und dem Mund schon ansehen, noch ehe es losging; noch ehe sich die Finger krümmten und zu kneifen und zu wühlen begannen. Ich mußte aufpassen. Ebenso sehr ihretwegen wie wegen Ray.

Aber sie wußte, daß ich sie beobachtete, und nahm sich in acht.

Und noch einer hatte einen guten Stand bei ihr, das war Krister. Vor ihm hatte sie Angst. Aber nicht, weil ihr Egon oft mit Krister drohte, um sie unten zu halten, sondern vor allem wegen seiner Sprache und seines Aussehens, wegen seiner Weichheit und Höflichkeit. Krister machte es wie ich: er tat, als ob er sie nicht sähe; aber aus andern Gründen. Und er konnte es nun einmal nicht lassen, höflich zu sein.

Anfangs wandte er sich weg, sowie sie auftauchte. Als ich das bemerkte, stellte ich mich neben ihn: »Was drehst du dich denn um, Krister? Glaubst du vielleicht, daß sie dann verschwindet? Nee, das tut sie nicht! Kuck dich ruhig um, dann kannst du sehn, daß sie noch da ist!«

Natürlich hat er von allem gewußt – auch ohne meine Hilfe. Man konnte Steva von weitem hören.

Ich weiß nicht, was er sich vorstellte: ob er meinte, daß mir die Lust eher ausgehen würde als ihm die Bücher – oder umgekehrt? Jedenfalls unternahm er nichts, sondern wartete ab. In meinen Augen war das eine Herausforderung, die es mir unmöglich machte, aufzuhören. Im Gegenteil, ich mußte ihn zwingen, etwas zu unternehmen.

Ich wußte bloß nicht wie. Meine Fantasie reichte nicht aus, alles schien mir unzulänglich. Ich mußte irgendetwas finden, was tief genug in ihn eindringen würde, was ihn erschüttern, was alles in ihm von unten nach oben kehren und die Scheuklappen abfallen lassen würde! Was ihn zwingen müßte, alles so zu sehen, wie es war! Daß alle seine Träumereien hinweggewischt würden! Damit er das Leben sehen könnte wie wir! Er mußte einmal ganz unten sein. Auf dem Nullpunkt. Wie es danach weitergehen sollte, war nicht meine Sache.

Langsam begann ich, klarer zu sehen. Der Nebel lichtete sich, so daß ich seine schwachen Stellen erkennen konnte. Auf diese schwachen Stellen baute ich meinen Plan auf. Doch wie sehr ich auch nachgedacht und alles überlegt hatte, es passierte doch etwas, was nicht einkalkuliert war.

Da ich es auf Krister abgesehen hatte und von seinen Schwächen ausging, lief, soweit es ihn betraf, alles wie geschmiert. Aber es gab noch andere als ihn und mich im Pensionat, und das hatte ich vergessen.

Ja, es ging wie am Schnürchen, als ich erst einmal auf die richtige Idee gekommen war. Soweit hergeholt war sie gar nicht. Eines Tages fielen mir plötzlich die Möbel ein: das Sofa, die Sessel, der Tisch, die Lampen und Spiegel und all das andere, die echten Teppiche und die Bilder. Und der Flügel.

Eigentlich mußte ich nur das fortsetzen, was ich schon begonnen hatte: Den Ausverkauf, bloß in größerem Maßstab.

Es gab natürlich eine ganze Reihe technischer Schwierigkeiten, die nicht existierten, als es sich um die Bücher handelte. Vor allem mußte man einen Käufer finden. Dann kam der Abtransport. Und ich mußte sehen, wie ich sie alle aus dem Haus kriegte, ich mußte die Sache ja ganz alleine machen – es hätte mir keiner dabei helfen können, höchstens Knirps; aber der hatte es immer noch mit Egon und war auch noch wegen der Sache mit Ray eingeschnappt. Hätte ich ihm etwas gesagt, dann wär's auch gleich bei Egon gelandet, und der hätte ganz brutal das Ganze auffliegen lassen. Und mit wem hätte ich sonst zusammenarbeiten sollen? Mit Dschingis? Mit Metzger? Mit Fisch, der ganz verrückt geworden war? Oder mit Racing, der sich immer allein hielt! Es ging nicht um das Geld!

Und da war es zum erstenmal, daß mir Steva von Nutzen sein konnte. Sie übernahm es, Egon und Knirps irgendwie zu beschäftigen. Als ich sie darum bat, versuchte ich so auszusehen, als ob es mir im Grunde gar nicht so sehr drauf ankam, und da klappte es prima. Sie fragte nicht mal, worum es eigentlich ging.

Am Vormittag jenes Tages, an dem alles klar war, spielte sie den beiden den üblichen Streich und verschwand. Sowie die beiden entdeckt hatten, daß sie weg war, liefen sie ihr nach. Erst Egon, dann, ihm auf den Fersen, Knirps. Ich erzählte ihnen, sie hätte was vom Värtahafen gesagt, und die beiden liefen schnurstracks dorthin. In Wirklichkeit versteckte sie sich bei irgendeinem Macker in der Timmermansstraße.

Um damit fortzufahren, wie ich sie alle aus dem Haus brachte: Dschingis bekam eine Fahrkarte nach Saltsjöbaden mit dem Bescheid, er solle für Krister etwas bei einer Adresse abholen, die ich mir aus dem Telefonbuch herausgesucht hatte. Ich schrieb sie ihm auf ein Stück Papier.

Sobald er weg war, sagte ich Krister, Steva hätte ihn zum Hafen mitgenommen. Wahrscheinlich Stadsgarn. Auch Krister biß sofort an.

Der Fisch bekam eine halbe Flasche Schnaps, die ich auf dem Hötorget gekauft hatte. Das Geld dafür beschaffte ich mir durch einen zusätzlichen Buchverkauf. Ich gab sie ihm früh morgens, und gegen zwölf war er total weg. Die Hausmutter sperrte ich in der Anrichte, die kein Fenster hatte, ein, und stellte ein paar Matratzen vor die Tür, damit man sie nicht hören sollte.

An die Käufer kam ich durch Anzeigen im Dagens Nyheter. Den Flügel verkaufte ich einer Pianofirma in der Drottningsstraße; da das der schwierigste Punkt war, begann ich mit den Verhandlungen schon zwei Tage vorher. Ich rief dort an und bat, man möge jemand schicken, der den Flügel schätzen könne, und verabredete eine Zeit — ich verstellte meine Stimme so grob, wie ich nur konnte, und niemand merkte was. Tags darauf, also an dem Tag, ehe es geschehen sollte, kam ein Mann herauf.

Ich paßte ihn in der Tür ab, ging mit ihm direkt in Kristers Zimmer und sagte, daß mein Papa in der neuen Wohnung wäre, wo es für den Flügel leider keinen Platz gäbe. Die Unordnung im vorderen Zimmer machte sich sehr gut: Man konnte glauben, daß der Umzug im vollem Gange war. Der Mann schöpfte keinerlei Verdacht.

Für den Flügel bot er zweitausendsiebenhundert, und ich bestellte wieder Papas Grüße, und daß er darum bitten ließ, daß das Geld auf das Postscheckkonto 901812 eingezahlt würde, sobald sie den Flügel geholt hätten. Und das müßte am nächsten Tag geschehen, da es ja ein bißchen eilig sei.

Sowie der Pianomensch verschwunden war, rief ich den Mann an, der gebrauchte Möbel kaufte, und verabredete eine Zeit. Der Flügel um zehn, die Möbel um elf. Nun hieß es nur abwarten und hoffen, daß alles klappte. Die Fahrkarte für Dschingis und den Schnaps für Fisch hatte ich gekauft und mit Steva hatte ich gesprochen.

Je einfacher die Pläne, desto geringer das Risiko. Meiner war ziemlich umständlich, aber mir war kein besserer eingefallen. Noch im letzten Augenblick konnte alles schief gehen, daher war ich nervös und schlief kaum in dieser Nacht.

Ich kann mich gut an das Datum dieses Tages erinnern, es wurde mir später bei der Verhandlung genug eingebleut! Es war der achtundzwanzigste Mai. Den ganzen Tag hatten wir schönes Wetter, allerdings merkte ich das erst am Nachmittag, als alles vorbei war und geklappt hatte, als Sachlichkeit und Pensionat hinter mir lagen. Das heißt, nicht alles klappte so ganz, denn gerade als der Möbelhändler und seine Helfer dabei waren, das Sofa runterzutragen, kamen Egon und Knirps zurück, sie machten Zwischenlandung. Nicht, daß mir das des Geldes wegen was ausgemacht hätte, aber es war überflüssig.

Sie begriffen sofort, was los war, und Egon sagte, er wolle alles auffliegen lassen, aber er sagte es nicht so laut, daß die Möbelleute es hörten. Und er sagte auch, ich wäre ein verfluchtes, bis auf die Knochen verfaultes Schwein und Riesenscheißhaufen – aber das war ja nicht gerade was Neues.

Dann warteten sie, bis die Männer alles aufgeladen und mir die sechshundert Kronen gegeben hatten, wie es ausgemacht war. Und so gab es nun drei für sie und drei für mich – da ich mir ja nichts unter den Nagel reißen konnte. Der Möbelhändler blinzelte mißtrauisch zu uns herunter, als wir das Geld teilten, sagte aber nichts.

Dann verschwanden wir alle ganz schnell, jeder ging in seine Richtung.

Ich muß noch erklären, warum ich keinen Versuch machte, das Geld für den Flügel in bar ausgezahlt zu bekommen. Erstens kam es mir nicht aufs Geld an – jedenfalls nicht in erster Linie. Und zweitens ist es nicht sicher, daß alles geklappt hätte, wenn ich es versucht hätte. Jedenfalls wäre es komplizierter gewesen.

In der Zeit zwischen dem Abtransport des Flügels und der Möbel brachte ich Ray in den Hof und band ihn dort fest, damit ich nicht noch mal hinaufzugehen brauchte, wenn die Geschäfte abgeschlossen waren.

In diesem Augenblick wünschte ich zum ersten und einzigen Mal, daß ich ihn nicht gehabt hätte. Hätte ich ihn zurückgelassen, wäre er bei meiner Rückkehr sicher weg gewesen. Nicht nur wegen Krister, sondern ebenso sehr auch wegen Knirps. Ich konnte mich auf keinen verlassen und mußte ihn deshalb mitnehmen.

Ich hatte aber nicht die Absicht, für immer abzuhauen. Im Gegenteil: Es gehörte zu meinem Plan, daß Krister mich nach ein paar Tagen schnappen sollte.

Dabei riskierte ich nichts, er konnte mir nichts anhaben. Er wußte, daß ich nie verraten würde, wo die Möbel hingekommen waren, wenn er die Polizei hinzuzog. Er konnte sich nur so verhalten, wie ich es berechnet hatte!

Drei Tage waren gerade richtig.

In diesen drei Tagen blieb ich in Rönninge bei einer Tante, die dort wohnt (und die ich nicht besonders leiden kann; aber ich wußte sonst nicht wohin).

Sowie alles abgewickelt war, ging ich geradewegs zum Hauptbahnhof und nahm den ersten besten Zug. Und drei Tage später fuhr ich mittags in die Stadt zurück. Drei langweilige Tage später.

Von ein Uhr mittags bis acht Uhr abends bummelten Ray und ich im Zentrum umher und warteten darauf, daß uns jemand sehen sollte. Dann kamen Egon und Knirps.

»Da hast du das Geld wieder«, sagte Egon. »Wir wollen mit Kameradendiebstahl nichts zu tun haben. Es fehlen dreißig Kronen, die kriegst du später. Und es nützt nichts, wenn du versuchst, uns mit reinzuziehen, denn wir haben damit nichts zu schaffen. Wir streiten alles ab, vergiß das nicht!«

Knirps ließ Egon reden und sagte selbst kein Wort.

Nach weniger als einer halben Stunde kam Krister. Der Zusammenhang war leicht zu erraten.

Er kam nicht allein, er hatte Metzger mit, wahrscheinlich, um mich nicht zu erschrecken. Auch diese Möglichkeit hatte ich einkalkuliert.

Es war im BZ, ich stand am Teich mit den Fischen, in der Nähe des Cafés. Ray war müde und lag im Kies, den Kopf zwischen den Pfoten. Ich sah Metzger kommen und kuckte, ob ich auch Krister entdecken könnte. Er stand beim Eingang vom China Varieté.

»Tag, Nisse«, sagte Metzger und bekam einen roten Kopf. »Wie geht's? Ach ja, du ... Krister möchte gern mit dir sprechen, nicht lange, ich sollte fragen, ob du Lust hast ... Er sagt, daß du keine Angst zu haben brauchst ...«

»Wovor soll ich denn Angst haben?«

»Naja, er hat gemeint, daß er keinem was erzählt hat. Du weißt schon, die Sache ... Kommst du mit, hast du Lust?«

»Er kann ja herkommen, wenn er was von mir will.«

»Versprichst du, daß du so lange hier wartest?«

Er beeilte sich, wegzukommen. Er sah sich mehrere Male um, ob ich noch da stand. Ich setzte mich inzwischen auf eine Bank.

Dann kam Metzger mit Krister wieder. Als sie näherkamen, erhob ich mich halb von der Bank. Krister mißverstand das und fing an zu laufen. »Nisse, geh nicht weg!«

Als er ganz rangekommen war, stellte er sich so hin, als wollte er mich am Weglaufen hindern.

»Nun sei doch mal gemütlich, und lauf nicht weg!«

»Hab' nicht vorgehabt wegzulaufen.«

»Dann entschuldige, ich dachte ...«

»Metzger sagte: »Wiedersehen! Ich verschwinde mal 'n bißchen. Dann könnt ihr beide in Ruhe und Frieden reden.«

Ich fragte: »Gibt's denn was zu reden?«

Krister sagte: »Ich habe niemand etwas gesagt.«

»Ist dir das sehr schwer gefallen?«

Er versuchte zu lachen: »Auch dem Inspektor nicht.«

»So?«

»Wir hatten Angst, daß dir was zugestoßen ist. Das erste, was wir Mittwoch früh machten, war, alle Krankenhäuser anzurufen.«

»So?«

Er sah Metzger nach, der eben um die Ecke zum Norraalmsmarkt verschwand.

Ray hatte sich unter die Bank gelegt, nur seine Nase kuckte hervor. Wir waren seit morgens auf den Beinen gewesen, und er schien ziemlich müde und mochte es nicht, daß Leute vor seiner Nase hin und her liefen. Sein Fressen hatte er jedenfalls bekommen.

»Willst du nicht mit nach Hause kommen, daß wir in Ruhe und Frieden darüber reden können?«

»Haben wir denn was zu reden?«

Auf den Bänken in der Nähe sah ich ziemlich viele Leute. Neben uns saß ein alter, verdreckter Penner und glotzte allen Mädchen nach, die vorbeigingen. Krister schielte zu ihm hin, um zu sehen, ob er zuhörte, aber der war ganz beschäftigt. Es war schönes, warmes Wetter, und im Gartencafé waren alle Tische besetzt. Schwer zu erklären, aber ich fühlte jetzt kaum noch Hohn und Verachtung; mehr Gleichgültigkeit und Müdigkeit, die vor allem. Ich wünschte, daß alles überstanden wäre. Krister scharrte mit dem Fuß im Kies des Weges.

»Ich muß dich um Entschuldigung bitten. Ich begriff nicht, wie ernst du die Sache nahmst. Erst jetzt sehe ich ein, daß etwas viel Ernsteres geschehen sein muß, als ich mir vorstellen konnte — wenn ich auch immer noch nicht recht sagen kann, was es war. Und ich begreife auch, daß ich auf irgendeine Weise mit daran schuld sein muß. Ich meine, sonst könnte das alles ja nicht passieren.

Natürlich kann man nichts, was einmal geschehen ist, ungeschehen machen, dessen bin ich mir durchaus bewußt. Ich wünsche bloß, daß ich es dir leichter machen könnte, dich dazu bringen könnte, deine Lage ein wenig versöhnlicher anzusehen! Ich meine, das, was geschehen ist, als eine Art Prüfung zu akzeptieren, als eine Aufgabe, die du durchzuführen hast, eine ... Es fällt dir vielleicht schwer, die Sache so zu nehmen; du denkst wahrscheinlich, der kann leicht predigen, der hat ja nicht mitgemacht, was ich erleben mußte — was immer es gewesen sein mag. Ja, wo ich nicht einmal sagen kann, was es war. Aber, natürlich, ist einem einmal etwas widerfahren, was schwer zu ertragen ist, dann ist man wohl kaum geneigt, das Dasein philosophisch und von einem höheren Standpunkt aus zu betrachten. Und wir sind ja auch so verschieden. Ich meine, du erlebst alles viel intensiver als ich. Damit will ich nicht sagen, daß das ein Fehler wäre. Ich meine eher das Gegenteil, daß mir etwas fehlt. Aber ...

Ich meine, ich habe mein Leben lang in recht bürgerlichen und gesicherten Verhältnissen gelebt. Das gibt einem eine gewisse Unterlegenheit, die man in einer Situation wie dieser besonders schmerzlich empfindet. Meine Versuche, mir vorzustellen, wie du die verschiedenen Dinge erlebst, müssen dir unbeholfen und töricht vorkommen. Ich nehme an, daß das allein schon eine Geduldsprobe für dich ist. Und es ist vielleicht auch irgendwie gemein von mir, daß ich von euren Erlebnissen schmarotze — wenn man das so nennen will. Aber ich bin dazu doch gezwungen, wenn es mir je gelingen sollte, auch nur einem Bruchteil der Forderungen zu entsprechen, die ihr an mich stellt. Ja, nicht nur ihr ... Und mit vollem Recht. Ich meine nicht, daß sie unbillig sind. Im Gegenteil. Und sie sind mir oft sogar ein Ansporn. Aber es ist schwer, wenn man sich nicht einmal die Art der Erlebnisse vorstellen kann, von denen man weiß, daß man sie selbst niemals so erleben wird ...«

Ich machte eine Grimasse in die Luft hinein. Er sah es und beeilte sich, das, was er gesagt hatte, abzubiegen, zu ergänzen und richtigzustellen:

»Das heißt, ich meine, es ist ja keineswegs sicher, daß du ... Ich meine, es ist ja ebenso gut möglich, daß du bloß gegen mich persönlich ... Vielleicht ist sonst gar nichts vorgekommen ... Möglicherweise findest du, daß ich mit falschen Ansprüchen komme.

Vielleicht findet ihr alle, daß ich mich bloß anstelle. Und ihr habt vielleicht recht – in gewisser Weise. Vielleicht mache ich mich nur lächerlich.«

»Wolltest du sonst noch was sagen?«

Er sah leidend aus.

»Ursprünglich sollte ich Biologe werden. Ich weiß nicht, ob ich das schon gesagt habe ... Ich weiß nicht, wie es kam, daß ich mit Menschen anfing – wenn du entschuldigen willst, daß ich mich so ausdrücke. Vielleicht hatte sich das einfach, ohne daß ich es recht wollte, so ergeben. Und vielleicht war es falsch, daß ich damit anfing, da ich es meiner selbst wegen tat. Außerdem mußte ich auch Geld verdienen. Wahrscheinlich habe ich euch damit eher einen schlechten Dienst erwiesen ...

Nun habe ich im letzten halben Jahr ein wenig umgesattelt und mich mit Fächern beschäftigt, von denen ich annahm, daß sie mir von einigem Nutzen sein könnten. Mit Biologie kann ich bei der Sachlichkeit ja nicht viel anfangen. Ich meine, wenn ich mich weiter mit Menschen beschäftigen soll. Auch so ein Ausdruck: als ob es sich dabei um einen Zweig der Biologie handelte. Der Mensch oder Neurospora – ja, die Neurospora gehören natürlich zur Mikrobiologie; roter Brotschimmel. Aber das paßt wohl nicht hieher – es handelte sich ja um Biologie und nicht um Mikro ... Ja, nimm statt dessen die Giraffe, den Menschen oder die Giraffe. Obwohl ich mich eigentlich vor allem mit Botanik beschäftige, nicht wahr? Pflanzenmorphologie und dergleichen, verstehst du? Pflanzensoziologie ...

Das läßt sich, wie ich annehme, nicht verheimlichen. Und ich muß dir wirklich ein Kompliment für deinen Scharfblick machen.

Du hast mich an einer verwundbaren Stelle getroffen. Aber das war vielleicht nicht so schlimm, ich bin ja kein Achilles. Aber immerhin. Du hast einen scharfen Blick, das gebe ich zu. Du siehst bei allen Menschen die Schwächen.«

Und er fuhr vage fort: »Ich möchte nur wünschen, daß du manchmal etwas mehr Nachsicht zeigtest!

Ich meine, du vermittelst einem das Gefühl, als bestünde man nur noch aus Schwächen. Und nicht nur mir. Wenn du uns vielleicht mit etwas weniger harten Maßstäben messen würdest. Ich meine, es müssen sich doch auch Pluspunkte finden lassen! Gute Seiten ... Ja, ich weiß schon! Wir selbst sind so überzeugt davon! Wir sind Selbstversorger, wenn es sich um Nachsicht handelt. Oder daß ich ...«

Er machte eine Kraftanstrengung und ging, als er merkte, daß ich nicht zuhörte, direkt auf sein Anliegen los:

»Du begreifst wohl, daß ich dir äußerst dankbar wäre, wenn du mir sagen würdest, wo du die Möbel versteckt hast.«

»Versteckt?«

Er begriff nichts.

»Ich weiß, daß ich dich nicht dazu zwingen kann, und versuche es auch gar nicht — nicht nur, weil es zwecklos wäre. Und ich will dich auch nicht irgendwie drängen. Du brauchst mir nicht gleich zu antworten.«

»Is ja toll!«

Er biß sich nervös die Unterlippe auf.

»Ja, ich möchte ja nicht wie ein Polizist vor dir stehen. Selbst wenn ich es tatsächlich könnte. Was wirklich nicht der Fall ist.

Die Bücher spielen keine Rolle. Wir wollen sagen, daß wir sie vergessen. Die lassen sich ja immer ersetzen — und die meisten hatte ich auch schon gelesen. Nur ein paar davon ... aber auf die kommt es nicht an. Es lohnt sich nicht, davon zu reden! Aber die Möbel ...

Natürlich. Du meinst vielleicht, daß ich sie eigentlich gar nicht brauche. Den Flügel zum Beispiel; ich kann ja selbst nicht spielen. Und du bist vielleicht der Ansicht, daß jemand, der einen Flügel besitzt, auch spielen können muß. In gewisser Weise ist das sogar richtig. Aber ich habe ihn von meiner Mutter geerbt.

Besonders praktisch sind die Möbel auch nicht. Und es mag so aussehen, als ob ich keinen besonderen Wert auf sie lege. So wie ich lebe. Mit meiner Unordnung und so weiter. Aber tatsächlich bedeuten sie mir doch sehr viel. Nicht nur, weil sie schön sind – vielleicht findest du sie selbst auch schön –, sondern weil sie das einzige sind, was ich von ihr noch habe. Und deshalb bitte ich dich darum, daß ich sie wiederbekomme. Ohne vielleicht ein Recht darauf zu haben.«

»Du verstehst scheinbar schlecht. Ich hab' sie verscheuert.«

Aber er starrte nur vor sich hin und wollte nicht verstehen. Statt dessen hob er die Stimme, wie um das, was ich gesagt hatte, zu übertönen.

»Versuch mich doch zu verstehen! Mein Vater starb, als ich erst zwei Jahre alt war, und ich hatte nur noch meine Mutter. Wie sie aber dann auch starb, als ich vierzehn war, besaß ich gar nichts mehr. Nur die Möbel. Und den Flügel. Und die waren mir dann gewissermaßen ein Beweis dafür, daß alles, woran ich mich erinnerte, einmal Wirklichkeit war. Ich will dich nicht mit einer allzu ausführlichen Schilderung ermüden, aber Mutter spielte oft auf dem Flügel, und als Kind saß ich dann meistens zu ihren Füßen und hörte zu. Ich weiß noch genau, wie der Flügel tönte und wie ihre Füße die Pedale traten. Und manchmal sang sie auch. Und nun hatte ich das Zimmer, ich meine das in der Klarabergstraße, genauso möbliert wie das zu Hause, alles stand genauso wie damals in Stocksund draußen. Und es waren dieselben Möbel. Ich brauchte nur neue Vorhänge zu kaufen. Klar, daß das Zimmer kleiner ist, und das zu Hause hatte drei Fenster . . .«

Er zeichnete mit dem Finger die Konturen des Zimmers in den Kies, deutete die Türen und Fenster an und wo die Möbel gestanden hatten.

»Du wolltest doch keine langen Geschichten erzählen, hast du gesagt.«

Er blickte hoch, und seine Augenlider flatterten nervös.

»Aber du mußt verstehen, wieviel das für mich bedeutet! Und denk auch an Dschingis, wenn du schon von mir nicht viel hältst! Ich meine, ich war doch wirklich nicht böse, wenn er Lust hatte zu spielen. Oder?«

Dann versuchte er, mich zu bestechen – daß ich das nicht ernst gemeint hätte, als ich sagte, ich hätte alles verkauft. Er sprach immer lauter, so daß die Leute, die vorbeigingen, anfingen, uns anzuglotzen. Er merkte das gar nicht, ich aber. Es wurde unangenehm.

Er sagte: »Du kannst meinetwegen auch noch die Bücher nehmen, die noch da sind. Und wenn du einen besonderen Wunsch hast, etwas kaufen willst, für den Hund oder sonst wie, dann kann ich vielleicht . . .«

»Woll'n wir die ganze Nacht hier sitzen bleiben?«

Er sah sofort hoch.

»Entschuldige! Entschuldige! Wir könnten vielleicht in die Klarabergstraße gehen? Falls du nichts dagegen hast . . .«

Als wir ein Stück die Hamngasse raufgegangen waren, sagte ich: »Was hast du dir eigentlich vorgestellt? Daß ich 'n Lkw gemietet und alles in einem Magazin abgestellt hab'? Mit was für Geld denn? Oder hast du gedacht, daß ich den ollen Flügel auf den Ast genommen und auf dem Boden versteckt hab'? Oder hast du dir vielleicht Hoffnung gemacht, daß ich den auch in irgend einem Schrank versteckt hab'?«

Sein Gesicht war weiß, die Augen zogen sich zusammen.

Zum zweitenmal kam ich als Fremder in das Pensionat. Die andern waren alle da. Egon, Knirps und Dschingis standen in der Tür zum Tagesraum, und hinter ihnen konnte man die andern sehen. Nur Racing nickte mir zu, als ob nichts geschehen wäre. Metzger und Knirps sahen zur Seite. Egon fauchte: »Verräter!«

Dabei schielte er zu Krister hin, der sah ihn aber nicht einmal an. Wir gingen gleich durch in Kristers Zimmer.

Wir setzten uns am Schreibtisch einander gegenüber. Krister schaltete die Schreibtischlampe an, stand auf und machte die Deckenlampe aus, setzte sich wieder, schaltete die Schreibtischlampe wieder aus und ein. Dann nahm er einen Bleistift, klopfte damit auf die Schreibtischplatte, sah zu mir hoch und legte ihn wieder hin. Nahm ihn wieder in die Hand, legte ihn wieder hin, nahm ihn wieder und versuchte, ihn im Millimeterabstand parallel zur Seitenkante des Schreibtisches hinzulegen, aber seine Hand zitterte so, daß der Bleistift auf den Boden fiel.

Ray schnüffelte im Zimmer umher, mit krummen Rücken und hängendem Kopf, bis er sich auf einen Flickenteppich, der zusammengeknüllt in einer Ecke lag, hinfallen ließ. Er schloß die Augen und schlief sofort ein.

Krister bückte sich und hob den Bleistift auf, um das Legespiel fortzusetzen. Plötzlich aber sah er wieder auf.

»Darf ich fragen, wieviel du bekamst? Wie hoch man meine alten Erbstücke einschätzte?«

»Sechshundert für die Möbel.«
»Samt den Bildern?«
»Ja.«
»Die allein waren dreimal soviel wert.«
»So?«
»Und für den Flügel?«
»Zweitausendsiebenhundert.«
»Ja.«
»Naja, mehr war er vielleicht nicht wert. Er war ziemlich alt.«
»Zusammen dreitausenddreihundert.«

Er versuchte zu lachen: »Hättest du mich den Verkauf durchführen lassen, dann hätten wir vielleicht das Doppelte bekommen.«

»Hätt'st du dann mit mir geteilt?«

»Ich mache nur Spaß. Das hätte ich wirklich nicht tun sollen, es war dumm. Verzeih!

Es fällt mir im Augenblick schwer, klar zu denken, du mußt schon entschuldigen. Ich weiß nicht recht, was ich sage. Ja, doch, etwas. Das Geld? Das ist natürlich weg, das versteht sich. Doch, doch, du brauchst nicht zu antworten.«

Er blickte wieder auf: »Aber das *kann* ja nicht sein! Das ist unmöglich! Dreitausend Kronen, mehr als dreitausend! Die kannst du doch in drei Tagen nicht ... doch nicht alle! Nisse ...«

Als ich nicht antwortete, legte er sich beinahe über den Schreibtisch, um mich zu überzeugen: »Es ist einfach unmöglich, daß du sie ausgegeben hast. Dreitausenddreihundert! Kein Mensch *kann* in drei Tagen so viel Geld durchbringen!«

Ich zuckte mit den Achseln.

»Wie denn? Wofür hast du sie denn ausgegeben? Überleg dir's doch selbst, es *geht* nicht. In drei Tagen! Das ist einfach unmöglich!«

»Unmöglich?«

Er starrte mich an und sank langsam zurück.

»Aber wie denn?«

»Für alles mögliche. Verschenkt. Einen Teil jedenfalls.«

»Wem?«

Ich zuckte wieder mit den Achseln. Er nahm einen neuen Anlauf.

»Ich glaub' dir nicht! Du lügst! Wem hättest du sie denn gegeben? Du kannst mir nicht einreden, daß du irgend jemand so viel Geld geschenkt hättest! Ich habe doch wohl mindestens das Recht zu erfahren, wem du das Geld gegeben hast.«

Ich sah ihn bloß an.

»Verzeih! Ich habe mich gehen lassen. Entschuldige! Wenn du es mir nicht sagen willst, dann ...«

»Warum nicht? Das meiste wurde auf ein Postscheckkonto eingezahlt. Das, was ich für den Flügel bekommen hab'.«

»Aber wo *ist* er denn? Und die Möbel. Wo sind ...«

»Hast du denn noch immer nicht kapiert?«

»Ja, aber wem hast du sie denn verkauft? Ich muß das wissen! Du verstehst doch, daß ...«

»Was hast du schon davon, wenn du es erfährst?«

»Dann kann ich sie doch zurückkaufen!«

»Hast du so viel Geld?«

»Du hast doch selbst gesagt, daß der größte Teil auf ein Postscheckkonto eingezahlt ist!«

»Aber du hast doch, soviel ich weiß, kein Postscheckkonto.«

Er sah mich erstaunt an.

»Du vielleicht?«

»Nein.«

»Auf wessen Konto denn?«

»Leprafond.«

Er sagte leise: »Der Rest des Geldes ist also weg?«

»Hast du vielleicht 'ne Zigarette?«

»Kannst du mir nicht sagen, wo die Möbel hin sind?«

»Und der Flügel? Interessiert dich der vielleicht nicht?«

»Ja, auch der — natürlich. Kannst du nicht so nett sein und ...«

»Eine Pianofirma und 'n Möbelhändler haben alles gekauft. Nun kannst du dir selbst ausrechnen, wer was gekauft hat.«

»Wenn ich das mit dem Geld regeln kann, wirst du mir dann die Firmen nennen, damit ich alles zurückkaufen kann?«

»Wenn's nicht schon verkauft ist.«

»Aber es sind doch erst drei Tage vergangen. Die Sachen können doch unmöglich schon wieder weiterverkauft sein!«

»Tja. Wenn sie so'n gutes Geschäft gemacht haben, wie du behauptest, und wenn sie vielleicht geglaubt haben, daß da was nicht stimmt?«

»Wenn du mir aber hilfst, und wir uns beeilen und sie schon morgen ganz früh aufsuchen und ihnen erklären ... Und wenn sie vielleicht doch noch nicht ...«

»Wo willst du denn so schnell mehr als dreitausend Schwedenkronen herschaffen? Bist du denn so reich?«

Er sah mich erstaunt an: »Aber du sagtest doch, daß das meiste eingezahlt ist.«

»Ich hab' gesagt, daß ich das dem Leprafond geschenkt hab'.«

»Wenn ich ihnen aber erkläre, wie sich die Sache verhält, dann werden sie wohl verstehen, daß . . .«

Er begriff nicht einmal, was ich meinte.

Ich stand auf, pfiff Ray und ging mit ihm in unser Zimmer. Als ich reinkam, stand Egon von seinem Bett auf und sagte: »Wenn das dreckige Schwein hier schlafen will, dann ziehn wir aus. Faß am andern Ende an, Steva, wir tragen das Bett zu Knirps rüber.«

Steva sah mich etwas erstaunt an, sagte aber nichts.

Ich glaube nicht, daß Krister in dieser Nacht viel geschlafen hat. Als ich ihn verließ, war es schon nach eins. Und obwohl er viel müder gewesen war als ich, kam er morgens schon ganz zeitig und weckte mich. Er hatte dunkle Ringe unter den Augen, und die Bartstoppeln waren rot und grau. Es war noch nicht mal sieben Uhr und auch ich fühlte mich noch sehr müde. Und alles fing gleich wieder dort an, wo es am Abend vorher aufgehört hatte.

Da wir vor neun nichts unternehmen konnten, hatten wir's nicht eilig. Trotzdem stand er vor Ungeduld zappelnd neben uns, als erst ich aß und dann Ray drankam.

»Ray braucht doch nicht mitzukommen! Ich sage das seinetwegen. Wir werden ja wahrscheinlich viel herumzulaufen haben...!«

»Du kannst die Adressen kriegen, dann kannst du alleine rumlaufen!«

»Nein, nein! Wenn er dir ein erhöhtes Sicherheitsgefühl gibt, dann kann er natürlich . . .«

»Was meinst du mit Sicherheitsgefühl? Du hast doch Schiß, nicht ich!«

Und das stimmte, ich hatte keine Angst. Jetzt hab' ich vor allem möglichen Angst, damals aber kannte ich dieses Gefühl nicht. Die Frage, ob Ray mitkommen sollte oder nicht, hatte nichts mit Angst zu tun. Eher mit Annehmlichkeit: seine Nähe ersparte mir eine Menge. Die Leute waren höflich, solange er bei mir war. Niemand schrie und drohte.

Krister würde mir nicht viel nützen. Besser als seine Proteste wirkten Rays weiße Zähne.

Erst waren wir bei der Pianofirma.

Der Verkäufer, der uns im Laden empfing, murmelte schnell

etwas, als Krister sein Anliegen erklärt hatte, und holte den Chef. Der Chef war schon sauer, als er kam. Er hörte eine Weile Kristers Gestammel an, unterbrach ihn dann und sagte:

»Um das Ganze etwas präziser zu fassen: Sie meinen, daß der Junge hier einen Flügel, der Ihnen gehörte, verkauft hat, und zwar an uns. Und daß das letzten Dienstag geschah, und daß die Kaufsumme zweitausendsiebenhundert Kronen ausmachte, die wir auf Wunsch des Jungen auf das Postscheckkonto 901812 überwiesen. Und nun wollen Sie haben, daß wir etwas unternehmen sollen. Nicht?«

»Tja«, sagte Krister. »Der Flügel gehört ja tatsächlich mir und...«

»Wer hat dieses Postscheckkonto?«

»Eine Art Sammlung ... ein Fond ... ich habe es mir aufgeschrieben, einen Augenblick!«

»Sie verwendeten eben den Ausdruck ›Scherz‹«, sagte der Pianochef. »Ich persönlich würde vorziehen, die Sache Betrug zu nennen. Und Sie vergessen, daß wir dem ebenso ausgesetzt waren wie Sie. Und noch unverschuldeter, wie ich annehme. Sie müssen sich darüber im klaren sein, daß es nicht unsere Sache ist, Sie schadlos zu halten. Wir haben den Flügel im guten Glauben gekauft, was Sie, wie ich überzeugt bin, auch nicht bezweifeln. Das einzige, was Sie tun können, ist meines Erachtens, sich an die Polizei zu wenden. Das ist der einzige Rat, den ich Ihnen geben kann.«

Er wandte sich halb um.

»Wenn es mir aber gelingt, die Sache so zu regeln, daß ich das Geld zurückbekomme! Dann brauchte man die Polizei vielleicht nicht hineinzuziehen. Ich meine, dann könnte man die Sache wohl auf eine leichtere Weise erledigen!«

»Das können Sie machen, wie Sie wollen. Aber wenn Sie die Polizei nicht ›hereinziehen‹ wollen, wie Sie sich ausdrücken, dann müssen wir es tun. Für uns besteht kein Anlaß, für teure Transporte, hierher und wieder zurück, aufzukommen und ein Instrument für unbestimmte Zeit den kostbaren Platz in unserm Lager einnehmen zu lassen. Hier bei uns wird unter gar keinen Umständen irgendeine Art von Wohltätigkeit geübt.«

Er war ein smarter Bursche. Derselbe, mit dem ich wegen des Verkaufs telefonisch verhandelt hatte; ich erkannte seine Stimme. Jetzt aber machte er ein steinhartes Gesicht und ließ sich nichts anmerken. Und Krister fiel sofort darauf herein.

»Wenn ich mich aber bereit erkläre, für alle Unkosten und Auslagen aufzukommen, die Sie gehabt haben ...«

»Darüber können wir uns unterhalten, wenn – und falls – Sie das Geld zurückbekommen haben. Der Flügel ist jedenfalls nicht verkauft. Noch nicht.«

Für einen kurzen Augenblick zeigte sein Gesicht Zufriedenheit, als er sich ganz abwandte. Dann ging er die zwei Stufen zu seinem Büro hinauf, das sich innerhalb des Ausstellunglokals befand. Ehe er dort verschwand, schrie Krister: »Verkaufen Sie ihn nicht, ehe Sie von mir gehört haben! Versprechen Sie mir das!«

Aber der Mann antwortete nicht und schlug die Tür hinter sich zu.

Dann kamen die Möbel dran. Möbelhalle, B. Johansson, Kocksstraße, Söder. Als wir hinkamen, war B. Johansson mit dem Lkw unterwegs, und wir mußten fast eine Stunde warten, bis er auftauchte. Der Mann, der im Laden war, wußte nichts, und wir konnten Kristers Möbel nirgends entdecken.

Es war ein Kellergeschäft, so vollgerammelt mit alten Möbeln, daß man sich kaum bewegen konnte. An den Wänden hing eine Uhr neben der andern, sie sahen alle gleich aus, schwarzbraun mit vor Alter gelben Zifferblättern. Auch Malereien hingen da, alle von derselben Sorte wie die Uhren. Und es gab Lampen und Stühle, Sessel, Sofas, Tische, Schränke und Schreibtische, Bücherregale und Teppiche, alles. Und alles in einem einzigen Sammelsurium, hoffnungslos ineinander verflochten. Es war hier so dunkel, daß man kaum etwas anderes sehen konnte als den Gegenstand, vor dem man gerade stand.

Der Mann, der den Laden hütete, verschwand in einem Durchgang, der kaum zu entdecken war, tief in den Dschungel hinein.

Und dann kam endlich der Möbelhändler, B. Johansson. Ihm gelang es nicht so gut, sich nichts anmerken zu lassen. Selbst Krister konnte sehen, daß er mich wiedererkannte. Er blieb mit einem Ruck in der Tür stehen und sah sich nach einer Gelegenheit um, uns zu entwischen. Aber da steuerten wir schon auf ihn los. Nun wollte er den Dschungelpfad einschlagen, um in dem Gerümpel zu entkommen, aber wir vertraten ihm den Weg.

Jetzt hatte Krister alle Trümpfe in der Hand. Die richtige Methode wäre es nun gewesen, wie ein Falke auf ihn niederzustoßen, Krach zu schlagen und in ihn zu dringen, ihm mit der Polizei zu drohen — zu wettern und zu schreien. Bei richtigem Vorgehen wären die Möbel, davon bin ich überzeugt, für die Hälfte der sechshundert Kronen wieder zurückgewandert. Krister hätte jedenfalls keinen Verlust zu erleiden brauchen.

Aber er verpatzte natürlich alles. Und da ich mit der Sache nichts zu schaffen hatte, sagte ich nichts. Hätte ich ihm geholfen, hätte ich mir ja meinen eigenen Plan zerstört.

Statt dessen hatte der Möbelgangster das Vergnügen, mit der Polizei drohen zu können, und er preßte alles, was möglich war, aus diesem Umstand heraus. Mit dem Resultat, daß Krister tausend Kronen bezahlen sollte, um wieder zu seinen Möbeln zu kommen.

Aber ich habe mehr Vertrauen zu dem Möbelhändler als zu Krister, was den Wert der Möbel und Bilder angeht. Wären sie so viel wert gewesen, wie Krister gesagt hatte, hätte sie der Mann nie wieder — bei einem Verdienst von nur vierhundert Kronen — herausgerückt. Jedenfalls nicht, solange auch nur die geringste Chance bestand, mehr dafür zu bekommen.

Im Gegensatz zum Pianochef hatte er nichts dagegen, alles hier stehenzulassen — aus purer Wohltätigkeit von seiner Seite. Als Pflaster auf die Wunde, die sein Selbstgefühl erhalten hatte, als er sich anfangs so erschrecken ließ. Erst ängstlich, dann wütend, schließlich einigermaßen im Gleichgewicht. Und dann der Triumph.

Ehe Krister aber mit ihm zu einem Abschluß kam, wurde er noch einmal ganz sauer. Als er nämlich merkte, daß Krister kein Geld bei sich hatte. Krister selbst hatte das total vergessen. Als der Kerl die Hand ausstreckte, um sie angefüllt zu bekommen, fing er in allen Taschen zu suchen an, und es dauerte einige Zeit, bis er sich erinnerte. Der Trödler meinte, er hielte ihn zum besten.

»Aber ich sage Ihnen doch, daß ich das Geld bringen werde!« schrie Krister verzweifelt. »Wenn es mir heute nicht mehr gelingt, dann Montag!«

»Die Leute versprechen verdammt viel. Wenn jemand kommt und auf das Zeug ein Angebot macht, dann kriegt er es«, antwortete der Ganove wütend und verschwand ins Dunkle.

Nun benahm Krister sich wie ein gehetztes Reh. Das heißt, ich habe ja nie ein gehetztes Reh gesehen. Aber die Augen glänzten starr, und er konnte kaum reden. Nach Söder rauf waren wir mit der Tram gefahren, zurück nahmen wir jetzt ein Taxi. Er bat den Schofför sogar, schneller zu fahren, aber ich glaube nicht, daß der verstand, was Krister sagte. Auf alle Fälle fuhr er auch weiterhin im Schneckentempo, und Krister rutschte vorn auf dem Sitz unruhig hin und her. Ich saß mit Ray hinten.

Wir fuhren nach Hause, und Krister versuchte sofort, ob er den Verantwortlichen für den Leprafond zu fassen kriegen könnte. Schließlich erwischte er jemand, der, glaube ich, Rechtsanwalt war. Ich achtete nicht so genau darauf, denn ich bekam das Ganze gründlich satt.

Es hatte zwar wenig Sinn, aber ich mußte es ihm doch einmal sagen: »Die hätten jedenfalls von deinem Geld mehr Nutzen als du von deinem Flügel.«

Einmal oder vielleicht zweimal sagte ich das. Aber er antwortete bloß: »Eine erzwungene Handlung ist ohne jeden moralischen Wert.«

»Denen kommt es sicher aufs Geld an. In erster Linie jedenfalls.«

Etwas später sagte ich: »Übrigens: je mehr eine Handlung kostet, um so mehr Wert müßte sie doch haben. Und da sie offenbar eine hübsche Stange Geld kosten würde, so . . .«

Da fertigte er mich kurz ab: »Ich mache es nun mal so!«

Das hätte er nicht sagen sollen. Mir war ja das Ganze schon über, und ich hätte wahrscheinlich nichts mehr unternommen, wenn er bloß die Schnauze gehalten hätte. So aber brannte es wie ein Peitschenschlag, und alles wurde wieder aufgewühlt.

Der Rechtsanwalt verlangte, um etwas unternehmen zu können, daß irgendeine Meldung bei der Polizei erstattet würde. Während sie miteinander sprachen, hing Kristers Blick wie gebannt an mir. Ich begriff alles. Krister erzählte mir später, was der Anwalt gesagt hatte. Ich hatte mir das Richtige vorgestellt. Man brauchte eine ›offizielle Bestätigung, daß eine rechtswidrige Handlung begangen worden sei‹, ehe man einen Betrag zurückgeben könne, denn die Abrechnung mußte ja in Ordnung sein.

»Ich darf vielleicht nach ganz kurzer Zeit, wenn ich mit dem Jungen gesprochen habe, auf die Sache wieder zurückkommen.«

»Was meinst du, daß wir tun sollen?«

»Ist doch deine Sache! Ich will gar nichts tun.«

»Ich meine, ich kann ja nicht verlangen, daß du . . .«

»Nein.«

»Aber es scheint ja tatsächlich keine andere Möglichkeit zu bestehen, als daß . . .«

»Dann zeig mich doch an!«

Er fühlte sich merklich erleichtert, sein Gesicht erhellte sich.

»Meinst du das wirklich? Hast du nichts dagegen?«

Er hob wieder den Hörer ab. Ich merkte, wie sich mein Magen zusammenzog.

Aber plötzlich besann er sich.

»Es ist vielleicht gar nicht nötig, die Sache der Polizei zu melden. Vielleicht genügt es, daß ich sie dem Inspektor berichte. Dagegen hast du doch nichts einzuwenden – ich meine, dann kommst du vielleicht viel billiger davon. Ja, ich weiß, das letztemal, da hast du mir's übel genommen. Aber jetzt liegt die Sache doch anders, wo du nur zwischen ihm und der Polizei zu wählen hast. Und es ist dir ja nicht gelungen, überzeugende Gründe zu nennen, weshalb du so aufgebracht warst. Irgendeine bloße Antipathie gegen seine Person sollte wohl nicht daran schuld sein? Aber im Hinblick auf seine reiche Erfahrung und daß du so sicher besser wegkommst, weil er gewiß seine Position ausnützen wird, um dir zu helfen, und ...«

Er sah aus, als hätte ich ihm von Herzen dankbar sein sollen. Ich saß ganz still, was er als Einverständnis ansah, und da nahm er den Hörer ab.

»Er war gar nicht böse«, sagte er, als er wieder aufgelegt hatte. »Im Gegenteil. Er lachte. Er bat mich, zu ihm zu kommen und dich mitzunehmen, dann würde er sehen, was er tun kann. Du brauchst gar keine Angst zu haben. Er schien guter Laune zu sein.«

»Ray«, sagte ich, »kann der solange hierbleiben?«

»Selbstverständlich! Wenn wir die Tür zuschließen, hat er seine Ruhe. Und es dauert sicher nicht lange, bis wir wieder zurück sind.«

Er war gutgelaunt, wie Krister gesagt hatte, allerdings so eiskalt, daß mich fast fror.

»Das klingt ja übel«, sagte er munter. »Aber wir müssen es mal versuchen! Du hast doch die Telefonnummer?«

Krister sagte: »Ich fürchte, daß ich alles verkorkst habe. Ich habe mich bestimmt ganz ungeschickt angestellt, und ich bin dir sehr dankbar, daß du dich dieser verwickelten Angelegenheit annehmen willst.«

»Die Telefonnummer!«

»Hier. Nein, wart mal! Vielleicht hier, oder ...«

»Ich suche sie mir wohl besser selbst heraus. Aber du mußt darauf vorbereitet sein, daß auch ich keine Wunder wirken kann. Ich kann dafür sorgen, daß du dein Geld von den Leprakranken wiederbekommst, und verhindern, daß der Flügel verkauft wird. Ich kann wohl auch den Verkauf der Möbel hinausschieben – falls du den Möbelhändler nicht anzeigen willst, wenn du glaubst, daß er von der zweifelhaften Herkunft der Möbel wußte. Aber du siehst sicher auch ein, daß es schwer sein würde, einen Beweis dafür zu erbringen. Und dann noch etwas: Wir haben leider keine Möglichkeit, die Verluste zu kompensieren, die du sicher erleiden wirst. Wir verfügen über keine Mittel für solche Fälle. Leider. Wenn du nun einen Augenblick mit Nisse hinausgehen würdest ...«

Er griff nach dem Hörer, zögerte aber und sah mich an: »Ja, Nisse! Nun, das können wir dann immer noch später regeln.«

Er langte wieder nach dem Hörer und lachte mich an.

Es dauerte eine halbe Stunde. Wir warteten auf dem Flur draußen. Krister rannte auf und ab und sagte die ganze Zeit kein Wort. Er sah mich nicht einmal an.

Dann ging die Tür auf, und der Inspektor kam heraus.

»Ja, nun ist alles in Ordnung, soweit es die Leprakranken und den Flügel betrifft. Das Geld wird an den Absender zurückgeschickt, und die Firma bringt dir am Montag dein Instrument. Die Rechnung für ihre Unkosten – die zu übernehmen du dich ja bereit erklärt hast – wird dir per Post zugehen. Und die Möbel bleiben wo sie sind und werden vorläufig nicht zum Verkauf kommen. Mehr kann ich leider nicht für dich tun.«

Dann richtete er seinen Blick auf mich. »Ach ja, Nissemann! Du bist schon ein seltsamer Junge, schenkst den Leprakranken eine ganze Menge Geld. Eine solche Handlungsweise gehört ja nicht gerade zu den Alltäglichkeiten. Man fragt sich, was dahinter steckt. Das willst du uns wohl nicht erzählen? Aber das Uneigennützige bei deiner Handlungsweise muß man wohl als einen mildernden Umstand bewerten. Etwas wirst du wohl behalten haben? Oder hast du das ganze Geld verschenkt?«

Als ich nicht antwortete, fuhr er fort. »Naja, weg ist es jedenfalls. Und es hat keinen Sinn, über den Schnee vom vergangenen Jahr zu klagen.«

Er stellte sich neben mich und legte den Arm um meine Schultern.

»Die Frage ist nur, was wir mit dir anfangen sollen. Was meinst du selbst? Hast du eine Idee, was wir tun sollen, um deine Freigebigkeit sozusagen zu zivilisieren? Nun, das ist eine schwierige Frage, die du nicht sofort zu beantworten brauchst. Es ist heute auf alle Fälle zu spät. Aber du hast ja den Sonntag, um dir was wirklich Gutes auszudenken. Und komm dann Montag herunter und berichte mir, zu welchem Resultat du gekommen bist.«

Er schüttelte mich behutsam, drückte mich, lachte warm und richtete sich auf.

»Ja, Krister, nun geht wohl alles in Ordnung. Ruf mich nur wieder an, wenn es Schwierigkeiten gibt. Irgendwie kann man ja immer etwas tun.«

Schon auf dem Rückweg fing er an zu rechnen, und sowie wir zur Tür hineingekommen waren, holte er Papier und Füller hervor und machte eine Aufstellung. Und er rechnete und rechnete unausgesetzt den ganzen restlichen Sonnabend und den ganzen Sonntag. Es waren immer die gleichen Zahlen, sie änderten sich nicht, was er auch anstellte. Wie er auch immer rechnete, die Summen blieben die gleichen. Nur nicht gegen Schluß, als er sich zu verrechnen begann. Dreitausend für den Flügel, tausend für die Möbel. Viertausend. Zweitausendsiebenhundert hatte er, wenn er das Geld von den Leprakranken zurückbekam. Blieben noch eintausenddreihundert. Vierhundert für den Flügel, tausend für für die Möbel. Dreizehnhundert mußte er aufbringen.

Ich saß die ganze Zeit dabei. Bloß nicht, wenn ich mit dem Hund runter mußte und wenn wir aßen und als ich Zigaretten holte. Er rauchte ebensoviel wie er rechnete.

Achtzig hatte er selbst in der Brieftasche. Sonnabends gelang es ihm noch, von einer Tante vierhundert zu leihen und Sonntag zweihundertfünfzig von einem Schulfreund. Die meisten, die er kannte und anrief, waren blank. Einige konnte er nicht zu fassen kriegen. Er stellte eine Liste über alle auf, an die er sich erinnern konnte, und danach ging er vor. Der Schulfreund wollte das Geld schicken, von der Tante mußte er es aber selbst holen. Sie wohnte am Nörrmälarstrand, und wir nahmen ein Taxi, hin und zurück.

Neue Zahlen: vierhundert plus zweihundertfünfzig plus achtzig. Siebenhundertdreißig, minus zehn fürs Taxi. Siebenhundertzwanzig. Viertausend minus zweitausendsiebenhundert ist gleich eintausenddreihundert minus siebenhundertzwanzig macht fünfhundertachtzig.

Gegen eins kamen wir nach Hause. Schon gegen vier befand er

sich selbst in Auflösung. Aber es war nicht meine Schuld, ich saß nur da. Anfangs hatte er sich damit getröstet, daß der Flügel unter allen Umständen Montag wiedergebracht würde, und daß er dann einige Tage Zeit hätte, die Rechnung dafür zu bezahlen, dann aber vergaß er das Ganze und faselte nur noch von dem fehlenden Geld. Und daß er es unbedingt sofort auftreiben müsse; erst hatte er auch mit einem Vorschuß bei der Sachlichkeit gerechnet, aber auch das vergaß er nach und nach. Es handelte sich ja nicht um so furchtbar viel Geld – für einen Erwachsenen wenigstens –, aber er konnte es nicht beschaffen. Nicht zu dem Zeitpunkt. Er redete stoßweise, und seine Hände zitterten so, daß er falsch wählte, wenn er telefonieren wollte. Es war vor allem seine völlige Übermüdung, glaube ich.

Gegen fünf gab ich ihm einen Hunderter, den ich in eine Tasche für sich gelegt hatte, damit er das andere Geld nicht sehen sollte. Da dankte er nur. Er dachte wohl, daß das alles wäre, was ich übrig hatte, und daß es nett von mir war, es ihm zu geben. Als er aber, gegen sechs, auch noch einen Fünfziger bekam, fing er an, unsicher zu werden, fragte mich immer wieder, ob ich nicht mehr hätte, zeigte mir seine Aufstellungen und versuchte mich zu überreden. Aber ich antwortete überhaupt nicht.

Gegen sieben, als er es aufgegeben hatte, fortwährend davon zu faseln, bekam er noch einen Fünfziger. Er saß da, hielt ihn in der Hand und sah abwechselnd ihn und mich an. Das Kinn hing schlaff herunter, und die Augen begriffen nichts. Weshalb ich nichts gesagt hätte. Er hätte mich doch so oft gefragt. Weshalb . . .

Die Bartstoppeln waren rot und grau, die Lippen trocken und aufgesprungen, die Augenlider entzündet.

Dann begann er wieder zu rechnen: dreitausend plus eintausend. Viertausend. Minus zweitausendsiebenhundert. Eintausenddreihundert. Minus vierhundert plus zweihundertfünfzig plus achtzig. Fünfhundertsiebzig. Minus zehn. Fünfhundertsechzig. Minus zweihundert. Dreihundertsechzig. Das Geld, das er zusammenbekommen hatte, lag in Stapeln neben ihm auf dem Schreibtisch: Fünf-, Zehn- und Fünfzigkronenscheine, einige Hunderter. Ein Zettel, der den Betrag vorstellte, den er mit der Post bekommen sollte.

Der Füller kratzte auf dem Papier.

»*Wenn* du noch mehr hast, kannst du mir dann nicht . . .«

Ich klopfte auf meine Tasche: »Kannst ja nachsehen, wenn du willst.«

Er stand sofort auf.

Ich fauchte ihn an: »Äh, scher dich zum Teufel! Glaubst du vielleicht, daß du mir in den Taschen rumfummeln darfst?«

Er setzte sich gehorsam wieder hin.

»Aber du sagtest doch ...«

»Ja«, sagte ich.

Er sah mich mit seinen kranken Augen an.

»Aber willst du mir nicht erzählen ...«

»Was glaubst du denn selbst?«

»Aber ich verspreche dir, daß ich nichts ...«

»Ach was?«

»Du willst also nicht sagen ...«

»Was denn?«

»Ob du Geld hast.«

»Das hast du ja schon bekommen.«

»Ob du mehr hast. Du könntest es mir doch zumindest leihen! Ich verspreche dir, daß ...«

Die Tür zu seinem andern Zimmer stand sperrangelweit offen. Drinnen gähnende Leere.

Als es fast neun Uhr und im Zimmer halbdunkel war, sagte ich: »Es gibt natürlich eine Möglichkeit.«

»Welche?«

»Nein, nein! Es geht nicht ...«

»Doch! Sag's nur! Was meinst du denn?«

»Nein. Es tut mir leid, daß ich was gesagt hab'.«

»Aber du kannst es mir doch zumindest sagen!«

»Nein, es hat keinen Sinn. Es würde dir sicher nicht passen.«

»Doch! Ich bitte dich! Lieber Nisse ...«

Er beugte sich über den Schreibtisch, und die Augen brannten, als ob er Fieber hätte. Ich glaube, ich hätte ihn dazu bringen können, die verrücktesten Sachen zu tun.

»Sag's nur, es ist sicher eine gute Idee! Glaubst du, daß es geht? Weißt du vielleicht jemand, der mir das fehlende Geld leihen könnte?«

»Möglicherweise ...«

»Wer denn? Rede doch! Wer ist es?«

»Hat keinen Zweck, es zu sagen! Wenn's doch nicht geht.«

»Warum sollte es denn nicht gehen? Denkst du vielleicht, ich hätte die Absicht, das Geld nicht zurückzuzahlen, wenn ich es leihen kann?«

»Das ist's nicht.«

»Was denn? Glaubst du nicht, daß er es verborgen will?«

»Es ist eine Frau.«

»Eine Verwandte vielleicht? Seh ich denn so schrecklich aus, daß du dich nicht traust, mich vorzuzeigen? Aber ich kann mich waschen und rasieren, um mich ein bißchen aufzumöbeln und ansehnlicher zu werden. Kannst du sie nicht anrufen? Du könntest sie doch zumindest fragen! Wenn sie nicht will, dann ist ja immer noch kein Schaden geschehen! Und wir brauchen ja nicht zu sagen, daß du... Ich meine, wir können uns immer etwas ausdenken, was gut klingt! Und ich verspreche dir, daß ich jeden Öre zur vereinbarten Zeit zurückzahlen werde! Und du kannst dich doch bestimmt auf mich verlassen ...«

»Es ist keine Verwandte; es ist ein Mädchen, du kennst sie auch ...«

»Wirklich? Ja, also dann ... Ist es ...?«

»Es ist Steva.«

»Steva? Hat die denn Geld?«

»Du kannst sie ja fragen.«

»Ja, aber ... Kann ich denn? Glaubst du nicht, daß sie es irgendwie mißversteht?«

»Was mißversteht?«

»Ja, daß sie es seltsam findet, daß ich ...«

»Das wirst du ja sehen, wenn du sie fragst. Wenn sie kein Geld hat, dann wird sie schon irgendwie was für dich besorgen können.«

»Wie meinst du das?«

»Och, die kennt alle möglichen Leute.«

»Kannst du sie nicht fragen?«

»Ich brauche ja kein Geld.«

»Glaubst du, daß sie jetzt da ist?«

»Geh doch raus und sieh nach.«

Er zögerte und sah mich an. Aber ich bückte mich und kraulte Ray an der Brust. Nach einer Weile stand er auf und verschwand in den Tagesraum. Als er wiederkam, hatte er Steva mit.

Sie sah verängstigt aus und sprach mit schriller Stimme.

»Um was handelt sich's denn? Wenn's vielleicht wegen den paar Nächten ist, die ich hier geschlafen hab', dann war es nur, weil Egon gesagt hatte, daß das nichts macht.«

Krister hielt ihr die Tür auf, sie duckte sich und schlüpfte hinein.

Als sie mich sah, rief sie übertrieben herzlich: »Hallo, *du* auch hier?«

»Is das 'ne Neuigkeit? Ich dacht' doch, daß ihr alle an der Tür klebt und horcht.«

Sie lachte und wich aus.

Krister sagte: »Es war durchaus nicht meine Absicht, daß ... Ich meine, ich sehe es vollkommen ein, daß es natürlich einen Grund geben muß, warum Sie es vorgezogen haben ...«

Sie standen, mir halb zugewandt, voreinander, wußten nicht Bescheid und drucksten herum.

»Eher im Gegenteil«, fügte er nervös hinzu. »Es ist nur ein bißchen schwer zu erklären ...«

»Es ist wegen der Möbel, die ich verkauft hab'. Er will sie wiederhaben. Neunhundertvierzig Kronen hat er, braucht aber dreizehnhundert. Es fehlen ihm also dreihundertsechzig. Da wollte er dich fragen, ob du die Sache regeln könntest.«

»Faktisch hab' ich aber gar nichts«, sagte sie.

»Er meint, ob du die anschaffen könntest, *irgendwie!*«

Wir sahen einander in die Augen. Dann blickte sie mißtrauisch auf Krister. Der nickte.

»Brauchst nicht glauben, daß du sie ihm schenken sollst. Du kriegst sie später wieder. Müßte aber'n bißchen plötzlich sein, damit die Möbelhändler, die seine Klamotten gekauft hab'n, diese nicht weiterverkaufen. Und ehrlich gesagt, war er ja ganz freundlich zu dir, weil er dich die ganze Zeit hier schlafen ließ.«

»Das möchte ich unter keinen Umständen als Druckmittel angewendet wissen«, protestierte Krister.

»Is ja kein Betrag. Ich meine für dich«, sagte ich und rechnete mit ihrer Freude am Angeben.

»Nee, eigentlich nicht ...«

»Na, also ...«

Aber sie zögerte noch immer.

»Hast du gesagt, daß ich sie wiederkriege?«

»Auf Krister kannst du dich verlassen. Nicht, Krister?«

Er nickte: »Im nächsten Monat.«

»Dann mußt *du* aber mitkommen.«

»Das tust du doch?« fragte Krister.

Ich nickte.

Steva sagte: »Ich muß mich erst zurechtmachen.«

Während sie im Waschraum war und sich fertigmachte, stand

ich an der Wohnungstür und wartete. Egon glotzte mich die ganze Zeit mißtrauisch an, sagte aber nichts.

»Schade, daß der Ford hin ist«, sagte ich, als wir auf die Straße kamen. »Sonst hätten wir ihn nehmen können.«

»Wir werden schon fahren, ich nehm' nur welche mit 'm Wagen. Das ist am besten. Und du mußt immer dabei sein, vergiß das nicht! Auch in den Autos, sonst mach' ich's nicht! Ich habe keine Lust, an einen Sadisten zu kommen oder mich ausmisten zu lassen. Sonst brauchst du nichts tun.«

Als wir ein Stück gegangen waren, wollte sie Ray führen. Sie sagte, daß sie sich dann sicherer fühlte.

Wir kamen erst etwas nach drei Uhr morgens nach Hause, aber da hatten wir auch vierhundertfünf Kronen beisammen. Zweimal waren wir draußen in Dzurgarden gewesen, einmal in Lilljansskog, ein Stück vom Gasometer entfernt (man konnte ihn durch das Rückfenster sehen), und einmal bei der Engelbrechtskirche oben. Zweimal machten sie's im Auto, und da mußte ich in der Nähe warten. Die andern Male nahmen sie eine Decke mit und gingen selbst ein Stück beiseite. Steva sagte mir jedesmal, daß ich in der Nähe bleiben oder beim Auto warten sollte, ich hätte es sonst nicht gemacht. Und sie gingen nicht so weit weg, daß ich nichts gehört hätte, wenn was nicht in Ordnung gewesen wäre.

Den Männern sagte sie, ich würde Ray loslassen, falls sie etwas außerhalb des Programmes versuchten.

Die meiste Zeit verging, glaube ich, mit dem Fahren, und einmal weigerte sich der Kerl, uns in die Stadt zurückzubringen. Wir mußten selbst ein Taxi nehmen. Es dauerte nicht lange, einen neuen Kerl zu finden, wenn der eine fertig war. Kaum waren wir angekommen, da flogen sie schon auf Steva.

Sie hatte genügend Auswahl und wies ziemlich viele ab — weil sie alt oder unsauber waren oder nicht zahlen wollten, was sie verlangte. Dann nannte man sie eine Scheißnutte. Aber da sie Ray bei sich führte, blieben sie doch alle ziemlich ruhig.

Fast alle hatten Autos. Ich bekam das Geld.

Nach Hause nahmen wir auch ein Taxi. Es war schon ganz hell, ich glaube, die Sonne ging fast im selben Augenblick auf, in dem wir das Tor erreichten. Man sah sie nicht, aber der Himmel war ganz golden, und die Tauben auf den Dächern fingen an zu gurren. Wir waren leicht angetüdelt, denn das erste, was wir machten, als wir zum Norrmalmsmarkt runterkamen, war, eine halbe Flasche Schnaps für zweiundzwanzig Kronen zu kaufen. Von meinem Geld. Und dann waren wir zweimal eingeladen worden.

»Verdammt noch mal, tut mir der Rücken weh«, sagte Steva. »Und wie eklig ich mir vorkomm'.«

Als wir die Treppen hinaufgingen, sagte sie: »Du brauchst dir nicht einzubilden, daß du deswegen jetzt 'ne Gratisnummer machen darfst.«

»Hab' ich vielleicht drum gebeten!«

Sie sah mich an: »Wenn du wirklich *willst*, dann ...«

Aber später hatte sie das vergessen.

»Diese verdammten Treppen! Du mußt mich tragen, wenn du willst, daß ich mit raufkomm!«

Ray war auch müde. Sowie wir irgendwo stehenblieben, legte er sich hin. Ich riß und zog am Riemen, aber er knurrte nicht, sah mich bloß an und schleppte sich weiter. Schließlich mußte er kotzen, ohne daß etwas herauskam.

»Na, na, Ray! Wir sind ja gleich zu Hause, gleich kannst du schlafen.«

»Äh, der verdammte Köter! Um den kümmerst du dich mehr als um mich. Umbringen sollt man den! Trag mich, hab' ich gesagt!«

Ich gab nach und versuchte es, trug sie und zog Ray die halbe Treppe hinauf. Dann konnte ich schließlich auch nicht mehr weiter. Aber sie ließ mich nicht los, sondern hielt krampfhaft meinen Hals umfaßt, bis mir rot vor Augen wurde.

»Laß mich los!«

»Trag mich doch!«

Schließlich war ich gezwungen, sie am Treppengeländer abzustreifen. Da klammerte sie sich an dem einen Fuß fest, so daß ich sie treten mußte, um frei zu kommen.

»Soll ich mich von so einem kleinen Scheißluder treten lassen?« schrie sie.

»Sag das Krister! Ich war ja nur mit, weil du es wolltest. Hast du das schon vergessen?«

»Pfui, was bist du bloß für ein verkommenes Schwein! Ihr seid alle gleich verkommen! Her mit meinem Geld, das *ich* verdient hab'. Her damit!«

Ich stand auf einem Treppenabsatz, sie lag weiter unten auf der Treppe. Ich holte das Geld aus meiner Tasche und warf es in die Luft, daß es auf sie regnete. Zehner, Fünfer, ein Fünfziger und zwei Hunderter schwebten langsam runter. Ein Zehner legte sich auf ihr Haar, ein Fünfer landete auf einer Schulter und ein Hunderter auf dem Rand ihres Mantels. Sie sah es nicht einmal an.

»Da hast du es!«

»Komm lieber und hilf mir, ich kann nicht hoch!«

Ich ließ Ray los, der sowieso still dalag, ging runter und stellte sie wieder auf die Beine. Sie fiel wie ein Sack an die Wand.

»Und das Geld?« sagte sie. »Soll das da liegenbleiben?«

»Hast ja gesagt, daß es dir gehört. Da kannst du es auch aufsammeln.«

»Ich mach' es jedenfalls nicht.«

»Dann bleibt es eben liegen.«

Ganz gleichgültig schob sie mit der Zehenspitze einen Hunderter weg.

Wir standen vor dem Fenster zwischen dem ersten und zweiten Stock. Das Licht vom Hof draußen und das Dunkel auf der Treppe ließen ihr Gesicht schmuddelig erscheinen. Es war vollkommen unbeweglich, ich konnte nichts daraus entnehmen und fühlte mich unsicher. Wir standen lange da und sahen uns an, und keiner von uns rührte sich. Schließlich wurde ich am ganzen Körper schwach, und das Herz fing an zu hämmern. Ich konnte nichts sagen und wagte nichts zu tun. Die Oberhand, die ich hatte, verwandelte sich langsam in Unterlegenheit.

Sie sah es. Nach einer Weile trat sie mit der Zehenspitze wieder nach dem Geld und sagte: »Heb es auf!«

Und ich tat, was sie sagte. Nicht Kristers wegen und obwohl ich nicht wollte.

Als ich es zusammengesammelt hatte, sagte sie: »Zähl es nach!«

Und als ich das getan hatte und es stimmte, sagte sie: »Gib es mir!«

Ich gab es ihr ohne ein Wort, und sie steckte es in ihre Manteltasche. Dann gingen wir weiter hinauf.

In der Tür des Pensionats stand Egon, der gewartet hatte und hinter ihm Knirps. Keiner von beiden sah mich auch nur an, es war, als existiere ich nicht.

»Also, jetzt kommst du!«

Steva sagte weinerlich: »Mach Platz. Ich will rein!«

»Und wo warst du, wenn man das mal fragen darf?«

»Das darf man nicht! Ich bestimm' selbst, wo ich hingeh'.«

»Möglich! Aber das Geld rückst du jetzt mal raus.«

»Ich versteh' nicht mal, wovon du redest«, versuchte Steva.

»Gib es lieber gleich her. Der da soll jedenfalls keine Freude dran haben, das steht fest.«

Er wies auf mich, ohne mich anzusehen.

»Knirps, untersuch ihre Handtasche!«

Sie tat nichts, um ihn daran zu hindern.

»Nichts zu finden«, meldete der Knirps.

»Dann hat das Schwein es schon einkassiert. Aber morgen sag ich's Krister, was gewisse Personen hinter seinem Rücken unternehmen.«

»Krister«, sagte Steva. »Der soll doch das Geld kriegen, dem kannst du es gern erzählen!«

Knirps schnaubte: »Hast du schon sowas gehört?«

»Zieh Krister man nicht in deine dreckigen Affären, das nützt dir gar nichts. Das hat der dir natürlich eingeredet, aber ...«

»Frag ihn doch selbst«, sagte Steva.

»Hätt' ich wirklich fast Lust.«

»Na, denn komm, dann gehn wir!«

Aber Egon schob sie zurück.

»So verdammt besoffen bist du doch nicht.«

»Wir wollten ihn doch fragen, hast du gesagt.«

»Du kannst mir doch nicht erzählen, daß Krister dein beschißnes Geld auch nur anrühren will!«

»Was weißt denn du davon?«

»Krister soll das Geld kriegen«, sagte ich.

»Halt du deine Fresse!«

»Wir gehn jetzt rein zu ihm und geben es ihm. Kannst ja mitkommen und dir's ansehen.«

»Du meinst also, daß er zu Steva gesagt hat: ›Ach, Steva, hur doch mal Geld für mich zusammen, dann bist du wirklich nett!‹«

»Na, und?« sagte Steva. »Du machst es ja auch so!«

»Dir werd' ich das Maul nachher schon stopfen!«

Ray erhob sich unwillig und knurrte. Wir standen immer noch vor der Tür, und er wollte hinein.

»Glaub, was du willst! Wir müssen jetzt jedenfalls rein und ihm das Geld bringen. Mach Platz!«

»Er hat uns selbst drum gebeten. Also ...«

Die Tür war verschlossen, aber wir klopften und schlugen so lange gegen sie, bis er wach wurde und an die Tür kam. Wir sahen ihn durch den Spalt, er war ebenso grau wie das Morgenlicht im

Zimmer hinter ihm, nur die Augen hoben sich deutlich ab. Er stand mit krummen Rücken da und zog sich den Schlafrock zurecht.

»Was gibt es denn?«

»Du wolltest doch das Geld haben.«

»Hast du's?«

Steva zog es aus ihrer Manteltasche und gab es mir, und ich reichte es ihm weiter.

»Zähl nach.«

Steva sagte: »Egon wollte es nicht glauben, daß du es kriegen solltest, deshalb hat er es sehen wollen, wie wir's abliefern.«

Er hatte aber die Türklinke schon losgelassen und war schnell zum Schreibtisch gegangen, um zu zählen. Wir gingen ihm nach.

»Es ist ja mehr als dreihundertachtzig. Was darüber hinaus ist, ist wohl nicht für mich bestimmt.«

»Gib's doch Steva. Sie hat es ja zusammengehurt.«

Aber er hörte nichts und begann, ihr zu danken. Er hörte nichts und begriff nichts, bis Egon langsam sagte:

»Das hätt' man von dir nicht gedacht, Krister. Daß du so einer bist. Daß du 'n junges Gör auf die Weise ausnützen kannst. Du, von dem wir gemeint hab'n, daß wir uns auf dich verlassen könn'n. Und noch dazu das Mädchen von einem andern. Du glaubst wohl, daß ich mir das einfach gefallen lassen muß, daß du mir mein Mädchen klaust und sie auf'n Strich schickst, daß sie für dich Geld anschafft.«

Da, ganz langsam, begann ihm ein Licht aufzugehen, und er wurde blaß.

»Halt! Meinst du, daß ...«

»Ach, scheiß doch drauf, was der da sagt«, sagte Steva eifrig. »Ich hab' mit ihm nichts zu schaffen. Ich bin frei, und ich mach', was mir paßt.«

»Aber das kann doch nicht stimmen? Nisse!«

Egon fuhr unnachgiebig fort:

»Nee, natürlich wußtest du von nichts, was? Ist ja klar, daß du gemeint hast, sie soll sich das Geld zusammenleihen! Ich glaub', ich fang' an zu begreifen. Du hatt'st dir vorgestellt, daß du aus'm Jugendpensionat der Sachlichkeit einen Puff machen kannst! Steva war bloß 'n kleiner Anfang, was? Und jetzt hast du Nisse in der Tasche, bloß weil er deine alten Möbel verkloppt hat, und jetzt muß er auch für dich arbeiten! Was? Und *du* hast einem leid getan!

Hast wohl gedacht, daß wir alle für dich arbeiten werden, wenn du erst mal in Fahrt bist. Was?«

»Nisse!«

»Hast ja nicht gefragt. Bloß nach Geld. Das einzige, an das du denken konntest, waren die Möbel und wie du sie wieder kriegen kannst.«

»Aber jetzt bist du durchschaut«, schrie Egon. »Jetzt ist Schluß!«

»Was schreist du denn?« sagte Steva. »Er zahlt mir's doch zurück.«

»Das glaubst du doch selber nicht! Hab noch nie so'n großen Stuß gehört.«

Er lachte wütend.

»Ich wußte es nicht; ich schwöre es! Ich hatte keine Ahnung, ich hätte mir nicht vorstellen können, daß ... Ich begriff nichts, und ich hätte nie ...«

»Und unser Job wär's gewesen, mehr Gören herzulocken, daß du sie ausnützen könntest. Und ins Verderben bringen. So hast du dir's vorgestellt, was?«

»Kannst du denn nicht hören, was ich sage? Das ist ja fürchterlich! Ich wußte es nicht, ich konnte mir das überhaupt nicht vorstellen! Sonst hätte ich doch nicht ... Hätte ich bloß eine Ahnung gehabt!«

»Hätt'st du doch besser zugehört.«

»Bloß die geringste Ahnung ...«

»Was müßt *ihr* euch denn streiten, wo *ich* 's doch gemacht hab'!«

»Ich kann das Geld nicht annehmen, Steva. Nicht jetzt, wo ich Bescheid weiß.«

»Nein, die Hauptsache war ja, daß du nicht wußtest, wo's herkam.«

»Liebe Steva, verzeih mir, aber ich kann es nicht mehr annehmen! Nimm es wieder!«

»Und damit wär' dann alles aus der Welt, was dich betrifft, was?«

»*Ich* will es nicht haben«, sagte Steva und legte die Hände auf den Rücken. »Das ist der Dank! Erst schafft man das Geld ran, und dann will es keiner haben.«

Er hielt jedem von uns das Geld hin, aber keiner wollte es nehmen.

»Du, Nisse?«

Aber ich sah es nur an.

»Knirps? Kannst du es nicht nehmen?«

Aber Knirps rührte sich nicht.

»Egon!«

»Glaubst du vielleicht, du kannst uns bestechen?«

»Verzeih und noch mal verzeih!« sagte Steva. »Damit kannst du auch nichts ungeschehen machen!«

»Aber ich wußte es doch nicht! Du mußt mir glauben, wenn ich dir sage, daß ich keine Ahnung hatte. Ich hätte dich nie darum gebeten, wenn ich bloß eine blasse Ahnung gehabt hätte, wie du dir gedacht hattest, das Geld für mich ...«

»Sowie es den kleinsten Stunk gibt, willst du nicht mehr mitmachen. Da kommst du gleich mit Geld und willst, daß man's zurücknimmt! Pfui Deuvel noch mal!«

Ich hatte zu sagen vergessen, daß die halbe Flasche Branntwein, die wir gekauft hatten, noch nicht leer war. Ein Rest war noch übrig. Ich reichte Steva die Flasche. Sie schraubte den Verschluß ab, schielte zu Krister hin, um zu sehen, ob er es merkte, und trank einen ordentlichen Schluck.

»Pfui Deuvel, wie's einem überall weh tut. Man muß was zum Betäuben haben. Das kotzt mich alles so an. Und danken tut es einem dann keiner. Im Gegenteil, nachher kriegt man zu hören, daß alles für die Katz war. Als ob man sich von 'm Haufen Kerls stoßen läßt, weil es einem Spaß macht! Vier hintereinander! Und der eine hatte so einen großen, daß ich dacht', ich würde in der Mitte platzen. Aber dann heißt es hinterher: Nimm das Geld zurück! Ich nehm' es schon, aber du bleibst es mir doch schuldig. Kannst dafür ja über mich rübersteigen, einer mehr oder weniger spielt keine Rolle!«

Sie wandte uns ihr Gesicht zu: »Könnt ihr nicht mal 'n Augenblick verschwinden, damit er mir einen machen kann mit seinem kleinen Pinsel.«

Und sie sah Krister in die Augen und hob ihre Röcke hoch: »Na, willst du oder willst du nicht?«

Ein Geruch stieg auf, den ich allmählich kannte. Die Hose war zwischen den Beinen fleckig und gelb.

Egon schnappte plötzlich über: »Wenn du meinst, daß du dich damit aus der Affäre ziehen kannst, dann irrst du dich. Jetzt geh' ich zur Polente!«

Ich glaube nicht, daß Krister irgend etwas hörte, weder das, was Egon gebrüllt hatte, noch den Knall, als er die Tür hinter sich zuschlug, denn er war auf dem Bettrand zusammengesunken. Er hielt die Hände vor das Gesicht und war ganz weg.

Nach einer Weile nahm er für einen Moment die Hände vom Gesicht und sagte: »Ich danke dir, Nisse, für die Lektion, die du mir erteilt hast. Ich sehe jetzt ein, daß ich weder von mir selbst noch vom Leben viel wußte. Ich wollte nicht verstehen, daß es solche Abgründe in mir gibt. Es ist dein Verdienst, daß du mir die Augen geöffnet hast. Dafür habe ich dir zu danken.«

Dann sank er wieder zusammen, als ob wir für ihn nicht existierten.

Steva verhöhnte ihn: »Was bist du doch für ein Scheißer! Pfui Deuvel! Was heulst du denn? Worüber hast *du* denn schon zu heulen? Was hast *du* denn gemacht, daß du heulen mußt?«

»Ach Scheiß! Kommt, wir hauen ab!« sagte Knirps.

»Wenn hier einer heulen muß, dann bin ich es doch, verdammt noch mal! *Ich* mußte mich schließlich hinlegen und von 'm Haufen scheißiger, alter Kerle schieben lassen!«

»Steva, komm doch!«

Aber wir vergaßen Dschingis. Er war die ganze Zeit dagewesen, obwohl wir ihn nicht gesehen hatten.

Es war am frühen Sonntagmorgen. Aller Geschmack vom Samstag war verschwunden. Wir saßen im Tagesraum und warteten.

»Wie spät ist es?«

»Bald fünf, glaub' ich«, sagte Knirps.

»Bist du schläfrig?«

»Nicht besonders.«

»Ray scheint aber auch ganz schön fertig zu sein.«

»Warum?«

»Ich mein' bloß. Er macht so 'nen Eindruck.«

»Ja.«

»Ich möcht' wissen, ob Egon wirklich die Polente holt.«

»Wer weiß. Wo sind die andern?«

»Racing kam, als wir bei Krister drin waren. Der Fisch schläft.«

»Du mußt uns auch was vom Schnaps geben«, sagte ich zu Steva.

Aber sie wollte nicht. Sie saß da und zog die Nase kraus und hielt die Flasche fest, obwohl sie nicht trank.

»Du kannst dir deinen Schnaps selbst kaufen«, sagte sie.

»Hab' ich nicht die Flasche da gekauft?«

»Die alte Nutte«, sagte Knirps.

»Für dich, was? Du möchtest wohl gerne, wenn du könntest.«

»Wenn ich was haben will, dann nehm' ich mir's selbst.«

Knirps schaute schief nach unten.

»Ja, vergewaltigt mich doch«, schrie sie. »Kommt doch her! Nehmt mich doch einer nach dem andern, das is' es doch, was ihr wollt!«

»Was machst du denn für einen Höllenlärm! Wer hat schon Lust, dich zu vergewaltigen.«

»Am besten, ich zieh' die Hosen gleich aus, was? Man weiß ja, wie es sonst wird: ihr reißt sie in Fetzen, daß ihr bloß schnell genug rankommt.«

Wir sahen nicht hin und taten, als hörten wir nichts, damit sie mit dem Geschrei aufhörte. Knirps schnappte sich die Flasche, die sie losgelassen hatte, und sah mich fragend an. Als ich nickte, schraubte er den Verschluß ab und nahm einen Schluck.

»Pfui Teufel! Eine lauwarme Brühe!«

»Dann trink noch mal.«

Nachher ging er in den Waschraum und trank Wasser, um es runterzuspülen.

Sie hörte mit dem Geschrei auf, leierte aber immer weiter ihr Lieblingsthema ab:

»Und die Bluse zieh' ich am besten auch gleich aus. Und hol' die Zitzen raus, daß ihr dabei was zu lutschen habt. Nur schade, daß keine Milch drin ist, daß ihr gleich satt werden könnt, ihr verdammten Nuckelkinder.«

»Willst du auch was?« wollte Knirps wissen. »Ich hab 'n Glas Wasser mitgebracht.«

»Gebt mir was, das ist mein Schnaps.«

»Laß sie mal 'n Schluck nehmen.«

»Eigentlich is sie schon blau genug.«

»Wenn ihr vier lieben wollt, muß ich erst was trinken.«

Sie warf den Kopf zurück und trank.

»Jetzt ist es aber genug! Knirps, nimm ihr die Flasche weg.«

Dann zog sie sich die Hosen runter und schob uns den Bauch entgegen, wie sie es vorher bei Krister getan hatte.

»Da habt ihr sie also!«

Wir hüteten uns, hinzusehen.

»Na, sind die kleinen Jungs womöglich schüchtern? Soll ich die andern wecken, daß ihr mehr seid? Denn traut ihr euch vielleicht. Mir is es egal; paar mehr oder weniger spielt keine Rolle. Schon gar nicht bei so kleinen Jungs. Da kann man gar nicht merken, wenn sie's machen, man weiß nicht mal, ob sie drin sind oder nicht. Von eurer Sorte nehm' ich immer zwei auf einmal! Aber ich will auf 'm Bett liegen, merkt euch das! Und 'ne Matratze will ich auch haben! Ich hab' es satt, auf der Erde zu liegen.«

Wir versuchten, sie nicht zu beachten.

Knirps sagte: »Den hast du aber fertig gemacht! Was?«

»Er hat es nicht anders verdient.«

»War was Besonderes?«

»Er ist dumm gewesen.«

»Was wegen Ray?«

»Das auch.«

»Glaubst du, daß er geheult hat, als wir gingen?«

Aber Steva gab nicht nach; und sie hatte es auf mich abgesehen. Sie kam immer näher, und schließlich stand sie vor mir und berührte mich mit ihrem nackten Bauch. Als ich aber nicht reagierte, bückte sie sich und fing an, an meinem Hosenschlitz herumzuzerren.

»Na, hol ihn doch schon raus! Glaubst du, ich fühl' nicht, wie hart er ist? Du, Kleiner, oder wie sie dich nennen, Knirps, hol mal aus meiner Handtasche die Pinzette; ich werd' sie hier brauchen!«

Als ich ihr dann eine klebte, schrie sie: »Schlag ruhig zu! Schlag zu! Dann geht dir wohl einer ab, du verdammter Sadist, wenn du ein nacktes Mädchen schlagen kannst!«

Sie fiel hin und blieb liegen. Ich hatte sie kaum angerührt, ihr bloß einen Schubs gegeben, damit sie mich in Ruhe ließ.

Dann standen wir mitten im Zimmer, und sie lag vor uns auf den Knien und wollte nicht aufstehen. Immer wieder mußte ich zurückspringen, wenn sie mit ihren Nägeln an meinem Hosenschlitz kratzte. Wir wollten bloß, daß sie den Mund hielte, wollten sie nur auf die Beine bringen und ihr die Hosen wieder anziehen. Aber wir wußten nicht recht, wie wir's anstellen sollten. Wir fühlten uns unsicher, und es fiel uns schwer, uns nichts anmerken zu lassen.

Wir hielten ihr die Hände auf dem Rücken fest, damit sie uns nicht zu fassen kriegen sollte, und versuchten, sie aufzuheben. Aber sie strampelte wild, teilte Fußtritte aus und spuckte uns an. Aber dann packte uns die Wut, und wir zerrten an ihren Brüsten und drehten sie herum, um sie kleinzukriegen, bis sie so gellend schrie, daß wir uns nicht trauten, weiterzumachen.

Sowie wir sie aber losließen, sagte sie: »Könnt ihr nichts Schlimmeres?«

Wir versuchten alles, was uns nur einfiel. Wir rissen sie hin und her und bearbeiteten sie, spreizten ihre Beine auseinander, fingerten hart an ihr herum und schrien: »So ein Scheißhaufen!«

»Auf den Scheißhaufen seid ihr aber mächtig geil! Da könnt ihr ja die Gelegenheit ausnutzen, wenn ihr jetzt schon die Chance habt! Oder soll ich euch erst einen blasen? Laßt doch die Hosen runter. Sonst platzen sie noch, wenn er so steif wird, wo ihr jetzt die Spalte gerade vor der Nase habt. Sieht sie nicht wunderbar aus? Leckt doch mal dran, sie schmeckt sicher prima, gut eingefahren und geschmiert ist sie ja. Riecht mal dran, dann werdet ihr's merken!«

»Hol ein Bett, Knirps. Aber nimm die Matratze raus, daß sie 'n karierten Rücken kriegt!«

Als er damit ankam, schrie sie: »Reißt mir doch die letzten Klamotten auch noch runter!«

Und das taten wir. Aber dann kam Egon mit den Bullen.

Wir hörten sie, als sie zu dritt die Treppe heraufkamen, aber keiner von uns rührte sich. Steva war immer noch nackt, saß auf der Kante des Bettes, das wir hierhergeschleppt hatten, und starrte in die leere Luft. Sie hielt den einen Arm quer über ihre Brüste, und die eine Hand umfaßte den andern Arm, der sich auf den eisernen Bettrand stützte. Ihre Kleider lagen im Zimmer verstreut.

»Jetzt kommen sie, es ist besser, daß du dich anziehst.«

Sie schüttelte langsam ihr Haar nach hinten und stand auf.

Und dann kamen sie herein, Egon und zwei in Zivil, die ich noch nie gesehen hatte. Sie starrten Steva an, die noch immer nicht mehr anhatte als ihre Hose und den BH.

»Es ist keiner von denen da; wir müssen auf die andere Seite.«

Auch er sah Steva an, wandte aber seinen Blick schnell wieder ab. Sie gingen zu Kristers Tür. Knirps und ich standen auf und liefen hinterher. Steva stand mit abgewandtem Rücken da und zog sich ihre Strümpfe an.

Die Tür war nicht zugeschlossen. Egon riß sie auf und deutete mit dem Arm ins Zimmer. Die Polizisten gingen zögernd hinein, aber Egon war gleich hinter ihnen her, trieb sie an, drängte sich zwischen sie und zeigte auf Krister: »Der da ist es. Da auf dem Bett!«

Er hatte die Decke über den Kopf gezogen und schlief, schlief so fest, daß er nicht einmal wach wurde, als Egon gegen das Bettende trat und schrie: »Steh auf, du Schuft! Jetzt kommst du dran!«

Erst als einer der Polizisten ihn an der Schulter schüttelte, kam er langsam zu sich.

Ich weiß nicht, was ich erwartet hatte, aber als ich ihn da schlafen sah, durchfuhr es mich wie Feuer.

»Was ist denn los?« sagte er undeutlich. »Laßt mich schlafen!«

Dann sah er die Polizisten, er blinzelte heftig und setzte sich, die Decke bis zum Kinn heraufgezogen, im Bett auf.

»Wer sind Sie?«

»Rat' mal«, sagte Egon. »Sehen sie aus wie Heilsarmeeschwestern?«

»Wir kommen von der Polizei«, sagte der eine, der ihn an der Schulter geschüttelt hatte, und zeigte ihm sein Schild. »Sind sie es, der Krister heißt und hier Assistent in diesem Heim ist?«

»Ja, gewiß. Aber . . .«

»Der Junge hier hat schwere Beschuldigungen gegen Sie erhoben. Es ist unsere Pflicht, die Sache zu untersuchen. Sie wissen vielleicht schon, worum es sich handelt?«

Er rieb sich kräftig die Augen und versuchte, sich zu sammeln und zu erinnern.

»Ja, Augenblick mal. Er bildet sich, glaube ich, ein, daß . . . Aber das ist vollkommen falsch, natürlich, es ist absurd, durchaus ein Mißverständnis . . .«

»Was, Mißverständnis? Bild' dir nicht ein, daß du dich jetzt mit 'ner schönen großen Rede rausreden kannst! Jetzt mußt du dich auf Knast gefaßt machen, du Aas! Wir haben ja Beweise! Kannst du vielleicht leugnen, daß du dir von ihr das Geld hast geben lassen? Wir haben's doch fast alle gesehen — und dann haben wir doch Steva selbst.«

»Aber ich wußte ja gar nicht . . . Und als es mir klar wurde, wie sie zu dem Geld gekommen war, wollte ich es doch zurückgeben!«

»Ja, als es klar wurde, daß *wir* dahinter gekommen waren. Da liegt das Geld übrigens, Herr Wachtmeister! Zählen Sie mal nach und fragen Sie dann Steva, wieviel es ist!«

»Ich weiß es«, sagte ich. »Vierhundertfünf Kronen.«

»Was spielst denn du für eine Rolle bei der Geschichte?« fragte mich der Bulle.

»Ich war mit, als sie's anschaffte. Sie wollte dabei nicht alleine sein.«

»Da können Sie sehen«, schrie Egon. »Genau, wie ich's gesagt hab'.«

Und als Steva ins Zimmer kam und die Polizisten sie fragten, wieviel es gewesen war und wie sie sich das Geld beschafft und ob sie es dann Krister gegeben hätte, und als sie dann erzählte, wie es gewesen war, schrie er noch einmal: »Da können Sie sehen!«

»Ich kann dich wiedererkennen«, sagte der andere Polizist zu Steva. »Es wird also schon stimmen. Zum Teil jedenfalls.«

»Nun, wie ist es also, haben Sie das Geld angenommen oder nicht?« fragte der erste Polizist Krister.

»Ja, aber ich sage doch, daß ich da nichts wußte! Da noch nicht! Ich versichere Ihnen!«

»Ist es auch wahr, was du da erzählst?« fragte mich der Polizist. »Daß du die ganze Zeit mit warst und bezeugen kannst, daß sie auf die Art, wie es der da behauptet, zu dem Geld gekommen ist?«

»Ja.«

»Aber der kann nichts dafür«, sagte Egon. »Und sie auch nicht. Er hat sie dazu gezwungen!«

»Stimmt das?«

»Ja, gezwungen . . .«

Steva sagte: »Klar! Wenn ich's nicht gemacht hätte, hätt' er mich doch rausgeschmissen!«

Krister fuchtelte wild mit dem Arm umher, der nicht die Decke hochgezogen hielt.

»Nisse! Das kannst du nicht machen! Du verdirbst dir damit doch alles!«

»Na, nu wollen wir mal schön die Ruhe bewahren und nicht versuchen, jemand zu beeinflussen, daß er etwas sagt, was er gar nicht meint«, unterbrach uns der erste Polizist. »Antworten Sie bloß auf meine Fragen, mehr brauchen Sie nicht zu sagen.«

Krister machte einen Versuch, die ganze Geschichte zu erzählen, er holte tief Atem und begann: »Hören Sie mich mal an, Herr Wachtmeister! Alles fing damit an, daß ich ein paar alte Möbel hatte, ein Sofa und einen Tisch und zwei Sessel, einen Flügel und einen Spiegel, einige Bilder und sonst noch einiges, im Zimmer hier nebenan. Als ich eines Tages nach Hause kam, war alles fort, und es zeigte sich, daß Nisse, der da, der links neben dem Mädchen steht und der sagt, daß er dabei war, als . . .«

»War er vielleicht nicht?« sagte Steva.

»Es zeigte sich, daß er das Ganze verkauft hatte und es per Lastauto abtransportieren ließ. Da mir aber viel daran gelegen war, meine Sachen so schnell wie möglich wiederzubekommen, ehe sie weiterverkauft werden konnten, versuchte ich selbst, das Geld zusammenzukratzen, das mir dazu fehlte, und deshalb fragte ich, auf sein Anraten hin und als letzten Ausweg, das Mädchen ...«

»Quatsch! Er selbst hat doch Nisse, den armen Teufel, dahin gebracht, wo er ihn hin haben wollte, hat ihn erpreßt und gezwungen ...«

»Haben Sie Anzeige bei der Polizei erstattet?« fragte der Bulle.

»Nein, aber ...«

»Das mit den Möbeln gebe ich zu«, sagte ich.

»Ich glaube, es ist am besten, daß Sie alle hier zur Kriminalpolizei mitkommen, damit die Sache ordnungsgemäß untersucht wird. Wenn Sie sich so schnell wie möglich anziehen wollen ...«

Keiner von uns hatte an Dschingis gedacht oder ihn gesehen. Er lag in seinem Bett, das in dem andern Zimmer stand, am selben Platz, wo der Flügel gestanden hatte, und war vielleicht erst jetzt aufgewacht. Aber gerade als der Polizist sagte, daß wir alle zur Kripo runter sollten, stand er plötzlich im Pyjama, klein, mit wirrem Haar und ganz starr, vor uns. Ich weiß nicht, wieviel er von allem begriff, aber auf einmal fing er an zu reden. Er sagte: »Mach dir nichts draus, Krister! *Ich* werd' dir helfen!«

Und ehe noch einer von uns erfaßt hatte, was er meinte, sprang er auf den Polizisten los, der Krister am nächsten stand, und biß sich in seinem Ohr fest.

Krister vergaß seine Verschämtheit, warf die Decke zur Seite, sprang auf und schrie: »Nein, nein! Dschingis! Nicht doch!«

Ehe er aber zu den beiden kommen konnte, war das Ohr schon fast abgebissen. Das Blut rann nur so herunter. Der Polizist war zunächst völlig verblüfft. Er hob die Hand langsam an das Ohr, als Dschingis seinen Biß gelöst hatte und auf den Boden hingeschlagen war.

Es dauerte eine ganze Weile, bis der andere Polizist schließlich reagierte: »Nehmt ihn fest«, schrie er.

Da kam Dschingis wieder auf die Beine und rannte zur Tür. Der Polizist, der gerufen hatte, versuchte, ihn daran zu hindern, bekam aber nur die Pyjamajacke zu fassen; Dschingis streifte sie ab und rannte quer durchs Zimmer.

Der Polizist setzt ihm in voller Fahrt nach und holte ihn fast ein, so daß Dschingis die Wohnungstür nicht mehr erreichen konnte und statt dessen in den Tagesraum rannte. Und wenn er sich nicht in eines der Schlafzimmer einschließen wollte, gab es jetzt nur noch die Küche, in die er flüchten konnte. Er rannte also an allen Türen vorbei geradewegs weiter.

Erst sah es so aus, als würde ihn der Polizist erwischen, ehe er den schmalen Gang zur Küche erreichte. Aber er benutzte denselben Trick, den die Hausmutter ihm gegenüber angewendet hatte, er warf hinter sich ein paar Stühle um, über die der Polizist stolperte und hinfiel. So gelangte er doch hinaus.

Der zweite Polizist, der seine Hand immer noch an sein Ohr hielt, während das Blut zwischen den Fingern hervorquoll, hinderte uns daran, ihm in die Küche nachzulaufen. Wir konnten aber vom Fenster des Tagesraumes alles sehen. Bloß Krister sah nichts, weil er sich anzog.

Wir sahen, wie er das Küchenfenster erreichte und es öffnete und wie er dann auf das Fensterbrett kletterte und sprang. Bloß ein paar Meter weiter unten war das Dach des Hofgebäudes, das nicht besonders steil oder glatt war. Nur ein wenig feucht, da die Sonne noch nicht drauf schien. Aber er landete schräg, fiel hin und glitt dann über das ganze Dach bis an den Rand. Dann kippte er über den Rand und stürzte hinunter.

Das Haus war nur zwei Stockwerke hoch, aber der Hof war gepflastert, und er schlug mit dem Kopf zuerst auf. Er lag ganz still da, sowie er über das Dach geglitten und unten gelandet war: zusammengekauert, den Kopf zwischen den Armen versteckt, als hätte er sich vor Schlägen schützen wollen.

Und mir wurde alles, alles vergolten. Aber auch alles. Nur wegen seines Todes klagte mich niemand an.